曼陀罗悬疑馆
给您最好看的原创悬疑小说

思想罪
看不见的爱人

香柏／著

贵州出版集团
贵州人民出版社

图书在版编目（CIP）数据

思想罪：看不见的爱人 / 香柏 著.—贵阳：贵州人民出版社，2019.7

ISBN 978-7-221-15377-7

Ⅰ.①思… Ⅱ.①香… Ⅲ.①长篇小说–中国–当代

Ⅳ.①I247.5

中国版本图书馆CIP数据核字（2019）第152861号

思想罪：看不见的爱人

香 柏／著

总 策 划	陈继光
责任编辑	陈继光
特约编辑	Echo
装帧设计	陈 晨
封面设计	源画设计
出版发行	贵州人民出版社有限公司（贵阳市观山湖区会展东路SOHO办公区A座）
印 刷	环球东方（北京）印务有限公司
版 次	2019年8月第1版
印 次	2019年8月第1次
印 张	19
字 数	200千字
开 本	710mm×1000mm 1/16
书 号	ISBN 978-7-221-15377-7
定 价	42.00元

人物简介

尤欢，女，32岁

职业： 知名设计师。

外貌性格： 黑长直发，眼角下有痣，清冷美艳。性格跟外貌一样冷。有强迫症、轻微洁癖。成功型精神分裂症，内心有很多创伤和挣扎。

服饰： 偏爱旗袍，假发收藏控。

人物关系： 母亲芦溪，关系疏离；父亲尤金，从小崇拜；妹妹尤喜，暗地里羡慕她的受宠。丈夫马德，由一见钟情变成相看两厌。

经历： 8岁时曾因精神疾病接受极端治疗，从此童年结束。家庭关系也自此发生逆转。12岁时父母离异，她同母亲相依为命，却关系冷漠。因此，她没有按照母亲的期望学医，而是凭借天赋成为一位知名设计师。直到25岁时，同马德在她的庆功宴上一见钟情，两人顺理成章地进入婚姻生活。然而，乏善可陈的婚姻生活在妹妹尤喜和父亲尤金的一次拜访后，变得岌岌可危起来。在意外得知丈夫的别有用心，并经历一场死里逃生后，她最终走上了复仇之路……

精神疾病症状： 一旦尤欢不知道如何处理现实，其他的人格就会出现。

马德，男，35岁

职业： 基金管理人。

外貌性格： 外表俊美，身材高大，说话语速较慢。表面是社会精英，实际上是花心冷漠的自恋狂。擅花言巧语，一心往上。

服饰： 西装、针织衫。

人物关系： 妻子尤欢，由甜蜜到相敬如宾到形同陌路。岳父尤金、岳母芦溪，在其面前因出身自卑。小姨子尤喜，对其动心。

经历： 出生在一个小村庄里，父母关系糟糕，身边都是粗鄙穷困的人。幼时遇见一个神秘的流浪汉，第一次燃起他对外面世界的渴望。后只身投入大城市里，为了往上爬不惜以婚姻为跳板，前28年的梦想就是娶一个像尤欢这样气质温婉、出身良好的城市妻子。然而，梦想成真后，压抑的家庭生活、冷淡的妻子、神经质的岳母……令他窒息。直到尤喜的来访，她的魅力和热情，重新勾起了他对粗放生命的渴望。于是，为了跟尤喜在一起，为了"新生活"，一场针对尤欢的谋杀和李代桃僵的戏码上演……

尤喜，女，28岁

职业： 药企高管。
外貌性格： 身材丰腴性感，同样眼角下有痣，红色卷发。性格热烈外放，喜怒无常，有着原始粗糙的生命力。声控，备受父母宠爱。
服饰： 性感欧美风。
人物关系： 父亲尤金，对其为人不齿；母亲芦溪，心怀孺慕之情；姐姐尤欢，对其又爱又恨；姐夫马德，诱惑他利用他。
经历： 4岁时，姐姐生病，她几乎成了"隐形人"，很少再得到父母全心的关注。父母离异时，她只有8岁。之后她同父亲定居美国。医学院毕业后，进入父亲的药企工作。很长一段时间，她都以为是自己做错了什么，才导致母亲和姐姐抛弃自己。她的前半生一直在期待母亲，尤其是姐姐尤欢的爱。对于姐姐，情绪复杂——渴望她的认同，却又暗地里较劲；羡慕她，却又习惯凡事竞争。一次拜访之后，她开始默许姐夫马德的示好，最终在她有意无意的推波助澜下，尤欢被"杀"，她顺利地以"尤欢"的身份登堂入室，取而代之……

芦溪，女，58岁

职业： 医学院教授。
外貌性格： 沉默寡言，醉心学术，缺乏对子女的关心和关注。因长期郁结在心，面带苦相。
服饰： 黑色套装为主。
人物关系： 大女儿尤欢，相依为命却缺乏交流；小女儿尤喜，相隔两地接触较少；前夫尤金，因对大女儿的养育分歧和出轨而水火不容，维持表面和平。
经历： 曾经家庭和睦，事业有成，受人尊敬，却在尤欢8岁时，从天堂坠入地狱。她既无法相信丈夫对尤欢的放弃，也无法忍受他的一再背叛，在经历四年的挣扎之后，最终选择离婚。至于女婿马德，她并不看好，却无话语权。然而虽力量有限，甚至不被尤欢知晓，其实她已经尽己所能地在保护她……

尤金，男，62岁

职业： 某药企董事长。
外貌性格： 身材高大，儒雅温润，常年带一副金丝眼镜。实际上，酗酒，有暴力倾向，是尤喜口中的"衣冠禽兽"。
服饰： 风衣为主。
人物关系： 大女儿尤欢，相隔两地曾被他放弃；小女儿尤喜，共同生活却并不过问；前妻芦溪，因为两个女儿维持表面和平。
经历： 面对尤欢的疾病，他因不堪重负，最终选择放弃。后带着尤喜远走美国，弃医从商。常年的独居生活和事业压力，让他染上酗酒和暴力倾向。当他的真实面目逐渐显露，他同女儿们也渐行渐远……

乔安，女，30岁

职业： 心理咨询师。
外貌性格： 短发，有两个梨涡。理智干练，擅长解读人心。
服饰： 白衬衫。
人物关系： 尤欢的医生兼朋友。知晓尤欢的过往和心理创伤，也是最了解她的人。实际上同庆庆、大卫、红莲、安达一样，是尤欢的分裂人格之一……
人格特质： 自我治愈。

第一幕　婚姻 /1

序　　1

1 归来　　3	12 戒心　　47
2 挑逗　　11	13 约会　　51
3 心生　　14	14 破碎　　56
4 芥蒂　　18	15 往昔　　60
5 梦忆　　22	16 行差　　62
6 忘忧　　28	17 就错　　66
7 病入　　31	18 骗子　　71
8 膏肓　　33	19 尘埃　　80
9 割裂　　35	20 插曲　　84
10 惯犯　　38	21 落定　　87
11 变化　　41	

第二幕　姐妹 /91

序　　91

1 死里　　95	12 入室　　143
2 逃生　　97	13 窃听　　144
3 安达　　102	14 螳螂　　148
4 传教　　108	15 抛弃　　155
5 群欢　　112	16 轮回　　158
6 落幕　　116	17 黄雀　　163
7 惊醒　　120	18 孤蝉　　170
8 重启　　126	19 布局　　174
9 偷窥　　134	20 人面　　183
10 铃声　　138	21 无心　　187
11 登堂　　139	22 无欲　　189
	23 则刚　　194

第三幕　落幕 /198

序　　198

1 死讯　　199
2 重逢　　204
3 恨早　　209
4 真相　　212
5 群魔　　217
6 24 格　　224
7 不白　　229
8 其言　　235
9 不善　　245
10 解脱　　249

第四幕　终 /253

番外一　结婚后的第一年　/255
番外二　结婚后的第三年　/267
番外三　结婚后的第七年　/283

可加入本地读者交流群
同地区爱好悬疑推理的读者交流群
【群类别：本地交流群】
入群指南详见本书封二

第一幕 . 婚姻 .

序

是夜，夜凉如水，寒气入侵。

一张双人床上，一对中年男女各占一侧。中间似隔着千山万水，仿佛如此才能创造些微安全感。

突然，左侧的男人似被什么东西袭击一般，眉头紧锁，面色苍白，脸上浮现出极度痛苦的神情。下一秒，他猛地从床上弹起，大口大口地喘着气。薄被滑落，床单上一个凹陷的"人"字形清晰可见。

男人名叫马德。白日里，他是人人称羡的人生赢家——年纪轻轻就在银行界小有作为，妻子尤欢家世富贵，在设计界成绩斐然，就连现在居住的房子都是岳母无偿提供的。

然而，褪去白日里体面的新衣，他知道自己只是一件被命运随意选中的祭品——现在的一切随时可能崩塌，就像梦里的预演。

此刻，他全身湿淋淋的，就像溺水的人刚被捞上来。马德下意识朝旁边看了看，他的妻子——尤欢依然酣睡，丝毫没有苏醒的迹象。她侧躺着，弯成一只舒展的虾米模样，手里抱着一个破旧的方形毯子。褪去白日里的冷淡，此刻的她显得格外柔弱。

然而，就是这样一个看起来柔弱的人，在梦里却手举大刀刃，将他凌迟，狰狞而疯狂的笑即使脱离梦境，依然清晰得令人胆寒。

马德忍不住又打了个寒战。

白晃晃的月光透过窗子，肆无忌惮地打在他的身上。惨白的脸颊上沟壑汗流，这具身体好像死过一百次一样。

同样的梦，他已经做了一个月。

同样的结局，不同的死去方式。每一种都是灵魂的酷刑。

马德下意识地朝旁边伸出手，底下是尤欢白洁柔软的脖子。他就跟魔怔了一样，嘴里喃喃自语："只要，只要轻轻一握、一扭，这个人就能永远酣睡。而我，也将解脱了。"

"砰！"就在马德的手离尤欢还有一指远时，楼下突然传来瓶子摔碎的声音，夹杂着几句带着酒气的咒骂。

马德一下子清醒过来，受惊般地从床上跳下。他的内心掀起滔天巨浪，一股复杂的情绪瞬间淹没了他，让他一阵心悸。

他不知是该害怕自己，还是该害怕同床共枕的那个人。

一切都发生得莫名而慌张，似乎为了契合这个夜晚深处的某种召唤。

凌晨1点的天空是蓝黑色的，黑黢黢的灌木丛里似乎传出几声尖厉的猫叫。

"就算动手，也不是今天。"他怔怔地看着自己的手，掌纹繁复混乱。据说这是孤独终老之命格。"还是算了吧，至少她毫无保留地爱着我。"想到这儿，马德整个人突然被一种宿命般的悲凉感所笼罩。

只是，很久以后，马德无数次后悔，当初怎么就没有下得去手呢？

明明，一切都该在那个稀里糊涂的夜里稀里糊涂地结束。

1
归来

"叮咚、叮咚……"

寂静的社区里,一阵喑哑的门铃声响起,又迅速消失。

这是一个几十年的老社区了。住户大多是×大学的教授。一座座相似的小红楼比邻而立,就像一排排井然有序的列兵严阵以待。它们投下一片片阴影,铺在宽阔的街面上。随着云彩的移动,阴影渐渐投射到房前的花园里。这些房子看起来都差不多,在斑驳的光影中,夹杂着与这个学校医学院一样繁盛的各种药草:车前草、白刺苋、六角英、鸡蛋花……

它就像水晶球里的宫殿一样,脆弱、精致、一眼尽览,经不起些微的晃动和震颤。

"我去开门。"房内,马德首先注意到门铃声。他一边朝厨房交代道,一边有点急不可待地起身。只是他身材高大,拖慢了一点速度。不过,在俊美的皮囊下,这只是给他平添了一分真诚。

打开门,迎面站着这栋房子的前男主人——马德的岳父尤金。男人个子很高,米色风衣搭配黑色围巾,儒雅温润。

"嗨,马德!"两人还没来得及说话,尤金背后先露出了一颗红色的脑袋。少女的灵气立刻扑面而来,夹杂着些微魅惑的香甜芬芳。她说话时带着一些不易察觉的美国口音,露出满口白得如象牙一样的牙齿。

"没大没小!叫姐夫。"尤金虽然嘴上训斥,语气里却带着显而易见的纵容宠溺。他笑着打招呼,"人都到了?"

马德恭敬地点点头。"爸爸，小妹。先进屋。"至于被自己的小姨子直呼其名，他并不在意。毕竟，这位名义上的妻妹，从小在国外长大，不可同日而语。何况，她人如其名，格外讨喜——起码此刻很讨马德的喜欢，如此，便值得人去原谅很多事。

"尤喜"，"尤喜"，她就仿若一颗刚摘下，剥了外皮的、正当时的石榴，透着一股子娇嫩欲滴的欢喜。要知道，人到中年，什么都差不多了，过得差不多，连做爱的频率和姿势都差不多，只有新鲜的肉体能勉强搅动那潭死水，不过也只是泛起一点点涟漪而已。

想到这儿，马德收敛心神，一边侧身把人让进屋，一边加上一句："妈妈今天上午就到了。"

尤金点点头，尤喜则迫不及待地越过自己的爸爸率先进屋。一年没见，也不知大家又有了什么变化。

尤喜8岁时父母离婚，姐姐尤欢也不过12岁。尤欢跟妈妈芦溪住在学校分配的老房子里。尤喜则跟着爸爸去了国外。除了视频，也只有每年10月一家人能聚上一聚。

此时，室内正飘荡着维瓦尔第的小提琴协奏曲，就跟20年前一模一样，跟每年一模一样。时光，似乎把这里遗忘了。

"姐姐！我好想你。"她先按着惯例跑到近门的厨房，探头看了看。果然发现了目标人物。

然后，她就急匆匆地从后面抱住正在准备晚餐的尤欢，还忍不住用头轻轻地蹭了蹭。

早在她们进门之时，尤欢就察觉了。熟知这个妹妹的脾性——没有得到自己想要的回馈，绝不善罢甘休，尤欢转身给了

第一幕 . 婚姻

她一个回抱，清冷的声音如融化的冰水滴落："去找妈妈吧。"

同样地，尤喜也深知这个奇怪的姐姐的特殊习惯，比如不喜欢肢体接触。想着反正自己已经得到想要的回应了，尤喜乖觉地抱了一秒便松开了。

在厨房里的尤欢跟平时很不一样。褪去了惯穿的旗袍，藏在围裙下的休闲装让她变得随和许多。不过，尤喜知道，换过衣服的她很快会再次成为焦点。

尤欢是业内著名的设计师。从小到大，什么都比她强。就连外貌都是。尤欢遗传了妈妈的清冷美艳，她却遗传了爸爸的大鼻子和长下巴。虽然人们总是误以为两人是双胞胎，但那些细节上的差异却令尤喜耿耿于怀。

一直以来，她都对自己不够满意，也习惯了在各方面跟尤欢一争高下——或者说单方面的竞争。只是尤欢从来都是一副不在意的样子，这令尤喜感到挫败又无奈。

"等着瞧吧！日子还长。"尤喜在心里默默握拳。她甩甩头，跑到客厅。

"妈妈，生日快乐！"此时，尤金已经在马德的引导下先到一步，送上了礼物。尤喜自是不甘落后，整个人扑到芦溪怀里，娴熟地撒起娇，"我给你准备了一份特别的礼物呃……"

"辛苦你了。"放那一家三口联络感情，马德来到厨房门口，看着尤欢一丝不苟地翻炒锅中的菜。她似乎对秩序有天然的强迫症——两次翻炒之间间隔几秒，一盘菜中出现哪几种颜色，放调料的顺序，以及盛盘时习惯性地画出一个个螺旋状的圆形。

"没事。"尤欢提起一个得体的笑，这笑却未达眼底。说实话，马德厌烦她这种笑——似乎是对对方的一种施舍，又似乎看透了对方的伪装。不过，此刻他倒品出一些真心。"还有最后一道菜要装盘。你先送到餐桌吧。"

"好。"马德顺从地照办。在返回时看到尤喜立在窗边，他的脚步顿了顿，犹豫是否还要去给尤欢帮忙。

此时，尤喜正立在窗边。她的视线掠过面前的花园和花园里开得正好的花树，仰头看着远方虚无的天穹，侧影有些寂寞。马德不由得拉了拉衣摆，走了过去。

他没说话，只是站到了她的身边，试着用尤喜一样的角度往天空看去。

这个方向的话，跟其他任何方向没什么不一样，什么都没有。今天天气很好，天很高很蓝，每一块都一模一样，连一丝云都没有，甚至不见一点杂质，让行走的路人产生自己并没有在移动的错觉。

"你在看什么？"终于，他忍不住开口问道。

"几十年了，这里还是没什么变化啊。"尤喜指了指外面的小花园，感叹道。风还是同样的风，摇动着同样的树叶，不分白天黑夜。那时她和尤欢每天都起得很早，跟在芦溪身后，听她念着口头禅，"要除草施肥，活着的东西是很费工夫的。"草药植株如此，生活何尝不是如此。此时此刻，日光照亮的世界，宛如一个久远的、超越记忆的熟人——这个熟人她一直想待之如友，却即使有过什么机会，也已经擦肩而过。她接着说道，"姐姐还是时时刻刻都要戴假发啊。"一阵风带起簌簌的声音，听起来像是一声久远的叹息。

第一幕．婚姻．

马德点了点头，顺便把饮料——原打算拿给尤欢的饮料递了过去。"你知道你姐姐的。"

尤喜点点头，眼睛瞪得圆圆的。她喝了一口饮料，好像小鹿饮水，充满了无辜感。她当然知道，尤欢——自己的姐姐，固执又精致，令人想逃离又想靠近。

"中国变化很大吧？"马德找了个安全的话题，打断了尤喜跑远的思绪。

"是啊。除了这些老房子。"这里乏味又平静，就像一片无边的海域。再大的石块投进去，也激不起巨浪。

"现在更适应美国的生活吧？"马德觉得自己理解尤喜的感受。一切如故，物是人非。

尤喜点点头，又摇摇头。"十几年了，还是不习惯食物。"
对此，她也觉得无能为力。人的口味真是跟人的天性一样固执。

"那你今天可得好好尝尝你姐姐做的新菜。"马德哈哈笑了起来。顿了顿，他谨慎地问道，"最近还好吧？"

"如果不好，难道姐夫会帮我摆平？"尤喜仰头看着马德，眼睛微微眯起，里面水波流转，就像一只找人撒娇的波斯猫。

"姐夫会帮你摆平。"他肯定地快速回答。

"开玩笑啦，我很好。见到你之后很好。"没想到是肯定的答案，尤喜调皮地吐了吐舌头。接着，她又似乎有点不好意思，"嗯，除了一点小麻烦。"

"什么麻烦？"马德关心地问。他有点不明白，自己为何会如此热心。

"安吉。"尤喜皱了皱眉，似乎很受困扰。

"你在美国的男朋友？"马德也下意识皱了皱眉。他就说嘛，中国人还是适合跟中国人在一起，何必嫁给外国人。

尤喜点了点头，还带着一丝不耐烦。"他想跟我结婚。可是我没准备好。"

"哦？"马德挑了挑眉，颇有些好奇，"我以为，对于结婚这件事，女人们都一样——时刻准备着。"

毕竟，尤欢嫁给他时，只有25岁。比现在的尤喜还年轻3岁。那时，他们也就认识半年多而已——连一个四季都没走过。

"不，不。我还没有做好exclusive的准备。"或者说，安吉并不是那个能让她专心安定下来的人。

"中国人的观念里，婚姻状态即胜利。"马德嘴角扬起，带着一丝不屑。显然，他对这种观念并不完全认同。

"没办法啊。我知道自己不够忠诚，但是我喜欢这样。"尤喜任性地说。

马德侧头认真地看了她一会儿，然后像对待孩子一样摇了摇头。

尤喜全不在意地继续往下说："我知道中国式人生。早些年，身边人都在炫结婚，后来炫孩子，还没等我适应，又都在离婚、再婚……看得多了，就觉得婚姻嘛，也就这么回事。跟吃喝拉撒睡一样，没什么了不起。"

"还好你在美国跟爸爸住在一起。如果是妈妈……"马德意味深长地说。

"我宁愿跟妈妈住一起。"尤喜赌气似的说，显然并不想多谈这个话题。

马德看了她一眼，继续之前的话题。"你跟安吉吵架了？还是爸爸棍打鸳鸯?不像啊……据我所知,安吉可是整个尤克城的梦中情人呢……"

尤喜打断马德天马行空的猜测。"Maybe he is too good for me."她耸了耸肩,无法想象余生都跟一个没血缘的"陌生人"朝夕相处。从这一点来说,尤喜觉得自己还是多少继承了中国人的传统和古旧观念。

"我厌烦一切正统、正义、内敛的东西。我想找一个人能陪我一起冒险。"

"冒——险——?"马德不确定地重复了一遍。

"对啊。不是蹦极、喝酒这种一般意义上的冒险,而是一起策划、实施一件秘密事件,一件剥除道德和理智的大事。"尤喜眨了眨眼,神秘地轻声说。她的宣言带着一种清晰可见的诱惑,仿佛诱人堕落的恶魔天使,对途经之人招手——"怎么样?来不来?来嘛来嘛。这里有好玩的呢……"

然后,她又啜了一口饮料。心里想的却是,出于好意的信任根本不可靠,只有一起犯过事儿的经历,才能将人紧紧绑在一起。

过了几秒或者是几十秒,马德才从"我就是那个跟她一起冒险的人"的错觉中苏醒。一瞬间,万千思绪涌上心头。他喃喃地说:"就跟土匪总是比警察更讲义气一样。"

"没错,就跟土匪总是比警察更讲义气一样。"

尤喜赞同地点头。话题到这里算是打了个结。

"妈妈还在老房子住?"她随口问道。

"有时会。大部分时候住在别处。大家都习惯了。"马德回过神儿来。

"真羡慕你们。"尤喜说，听不出情绪。

马德不置可否，学着她刚刚的样子耸了耸肩。

"你看，"尤喜指了指客厅，马德顺着看过去。沙发上，尤金和芦溪遥遥相对，似乎没什么交流。"我很少看到那两个人平心静气地待在一处。"尤喜身体缩了缩，看起来小了很多，"在我的记忆里，他们总是在吵架。"

从远处看，女人的身体正好嵌进了男人的怀里，发丝的香气钻进马德的鼻子里，又在心里打了几个转，让他差点忘了说话。"所以你不结婚？"

"单身多好！大把的肉体，大把的时光！"她突然重新活跃起来，声音如歌，带着显而易见的愉悦。

"你倒是没有压力。"马德被她感染，也忍不住笑着调戏道。

"不不不。朋友劝我说，你得为了压力冲动一把。可是，一个人不为自己的追求冲动，不为精神肉体的欢愉冲动，难道要为了狗屁的压力冲动吗？"她在庆祝自己的未婚生活。

"那你……"

"走吧。"上一秒还沮丧的人，这一秒又高兴起来。她推着马德往前走，开心地说，"要吃饭了。"

餐厅那里，尤欢正走到沙发边，低着头跟芦溪说了什么，又等尤金点头——她总是这么周全，却从不以真面目示人——这才转身朝楼梯走去。

2
挑逗

趁着马德和尤喜摆桌的空当，尤欢跟尤金和芦溪打了个招呼——她似乎永远是这样，得体清冷，哪怕面对至亲，也保持着有意无意的疏离。

"我先去换个衣服。"她淡淡地说完，便朝二楼走去。

虽然很少出门，尤欢却习惯每天盛装打扮。衣橱里那一件件定制的旗袍，配上得益的假发，以及淡雅的妆容和一抹红唇，这对于她来说，跟吃饭睡觉一样重要。她一直觉得，自己的内心住着一只兽，在不停地叫嚣着对美的渴望，只有华服才能让它暂时平息下来。

或者说，服饰对女人之所以如此重要，是因为它们可以使女人凭借幻觉，在无聊的人间继续存活下去。

就跟尤喜想的一样，换回常穿的旗袍——她偏爱旗袍，就跟她偏爱过去一样——站在二楼楼梯转角，款款而下的尤欢，就像真正的旧日贵族，从画中走入尘世。略略烦恼，却克制、疏离，谦逊得恰到好处。

可惜，风景无人看，风景中的人却在注视着每一个局外人。

或者说，她才是真正的局外人。

此刻，餐厅里坐着她的爸爸、妈妈，妹妹和自己的丈夫。即使她不在场，四人也相谈甚欢。或许，正是她不在场，才使他们得以如此放松。

维尔瓦第的曲子依然若有若无地放着。照尤欢的话来说，维尔瓦第的曲子让她有一种饥饿感，这让她感觉自己真切地活着。它有一种奇妙的能量，能把皮囊充满生气，把浮萍拉到实地，让飘荡的魂魄归位，让虚无的存在变得有意义。衣食住行，吃喝拉撒，在激昂的音乐中，一下子被赋予了使命感。那些不重要的事，变得值得追逐了。而那些被追逐的事，变得可以接受了。每个人都如蚂蚁行走，卑微却值得活着。

节奏连着节奏，音符跳动音符，每拉一下，就把身上的沉疴震碎一块；每拉一下，就把华丽的包裹撕裂一块；一下又一下，大大小小的碎块就扑簌簌掉落，露出鲜嫩真实的皮肉和粘连的血管，在这音符的撞击下，划破，结痂，变得坚韧起来。

尤欢就那么居高临下地看着。以餐桌为中心，那里不时响起的"哈哈"笑声，撞击在四面墙上，久久地回荡在这并不算小的空间里，让人的心情也不由得高兴一点。

马德觉得有一丝丝生命从脚下升腾而起，一点点注入自己干涸已久的体内，五脏六腑都随之暖和起来。但是还不够。

他突然很饿。明明早餐吃的饱饭，直到尤喜这里却突然开始饿了。她的气味，他深深吸了一口，肚子"咕嘟"一声；她的口音，他细细听到耳里，肚子又"咕嘟"一声；她的笑，他紧紧印在眼里心里，完全控制不了肚子长长地"咕嘟"许久。

橘黄色的灯光下，她就像一个燃着蜡烛的肉味儿的蛋糕，勾引着他扑上去咬一口。马德觉得自己特别饿，甚至有几次还吞了口水。"咕嘟"一声，他觉得自己变成了一只饕餮。

明明刚刚在厨房闻着香气时都毫无感觉，明明一直对吃缺少欲望，不像尤欢总是对吃喝穿着情爱灵感这些无用的东西过分执着，此刻马德却像饿了很久似的，饿得能吞下整个人。

于是，他一边笑着，一边不动声色地抬头瞧了瞧对面，看着尤喜一副没心没肺的样子。明明是年近30的人，却散发着一股稚子的天真和少女的纯洁。一向严肃的岳母也卸去一身沉重，让人不似往常那般屏着气去呼吸。还有岳父，象征性地说了少女几句，自己先忍不住笑了起来。

一切都很好。很美好。像画一般。马德觉得自己也是这画的一部分。

这个发现让他格外欢欣鼓舞。尤其是在不经意间跟尤喜的视线相交，他认定自己接收到一丝不寻常的信号，这不是自己的自作多情，他能肯定。摆桌时，对方擦肩而过时扬起的发香、两人不小心触碰到的手和他偶尔掠过的大腿，这一切，都不是幻觉。

"人人都爱马德里。人人都爱马德哩。"这样想着，他不禁挺了挺背脊，就像一只骄傲的雄孔雀。他既扬扬得意，又有一点懊恼——早知道就应该换上尤欢早上准备的那套礼服——想到尤欢，他又有一丝埋怨，尤欢从未这样看过自己，哪怕是热恋，也像一块冰，要不是，要不是……

诱惑害人。

他习惯性地撇了撇头，这才看到尤欢正在下楼。她走得格外地慢，步与步之间总是停顿了比普通人更长的时间，就像一台年久失修的马车——果然年纪大了，干什么都失了趣味。走路，说话，就连跟她做爱，也像上一块无趣的胶合板。马德一边在心里默默吐槽，一边堆起笑容，站起身来迎接。

他毕竟还要扮演一个好丈夫——何况，面具戴久了，连自己都会信以为真。

"姐夫跟姐姐感情真好。"看着马德拉开椅子，服侍尤欢坐下，尤喜笑闹道，"我也想要一个姐夫这样的老公啊。"对面少女的眼波流转，在自己姐夫身上打了几个转，又快速掠过。

"你啊，别不上心，差不多就行了。"没等当事人接话，芦溪就先训斥道。

尤喜吐了吐舌头，不说话了。

"好了好了，吃饭吧。"尤金适时发话，气氛很快又热络起来。

3
心生

"你老公那双眼就没离开过尤喜……"

"桃花眼的男人就靠不住。长得好看有何用！"

"你们一家可真累，明明彼此讨厌，却还装作一副相亲相爱的样子……"

梳妆台前的尤欢，一边听来人絮叨，一边去拆高高绾起的发髻。她下手急切，扯疼了自己，身体却岿然不动。

十分钟前，午餐结束，进入喝酒闲聊时间。尤欢待了一会儿，看着其他四人相谈甚欢，突然一阵生厌，便找了个借口回房。

刚到房间，庆庆和大卫就来了。庆庆是个活泼的小姑娘，总是一副小大人的模样。她的实际年龄不过八九岁，无父无母地长大。至于何时跟大卫混到一起，则不可考。她脸圆圆的，皮肤白得几乎透明；头发黄黄的，扎着两个麻花辫。一看就是幼时营养不良的后遗症。她的怀里总是抱着一个光了头还掉了一只眼睛的旧娃娃——尤欢提过好几次给她买个新的，都被她拒绝。

这是一个奇怪的小女孩。

不过话说回来，我们都需要一件旧物提醒自己，我们的传承，我们为何为人，我们如何为人。围巾、毛毯、日记本、信仰、记忆，甚至影子……这样的我们，才不孤单，不孤独。重要的不是物品本身，而是发生在它身上的故事，以及它所代表的意义。

哪怕习惯孤独如尤欢，也需要抱着那张旧毯子才能入眠。

大卫则有些不同。他是一位金发碧眼的英国绅士，颇为沉默，看上去十分可靠。

"你们怎么这个时候来了？被发现就完了。你们知道马德不喜欢陌生人来家里。"看看大开着的窗户，尤欢忍不住皱了皱眉，说话也带上一丝焦虑，"不是说不能带她爬窗吗？！"

"想你了。"不用大卫使眼色，庆庆就撒娇着坐到尤欢怀里，这一幕要是被其他人看到，非惊掉下巴不可——尤欢可是从来不跟人肢体接触的，就连跟马德做爱，也有严格的时间表。

不过，例外的也只有庆庆一个人。

她娴熟地攫取尤欢的疼惜，似乎不懂拒绝为何物。然而下一秒，她突然叫起来，听起来颇为惨烈："啊，不，不，不，我就喜欢把领口的纽扣松着。"

看着庆庆大惊小怪的样子，尤欢正在帮她系扣子的手顿了顿，最终淡定地收了回来。

然后，一大一小就这么对望着、僵持着。

"好了好了，我扣好行了吧。"过了好一会儿，庆庆受不了，率先败下阵来。她一边扣扣子，一边碎碎念道，"你大拇指上的肉都快被扣出来了。"

尤欢侧身得意地笑了笑。这一幕正好落在大卫眼里。他一直静静地站在一边。

"你怎么想？"大卫说了来到这儿的第一句话。

"什么怎么想？"尤欢一边盯着庆庆扣扣子，一边敷衍地回道。当感情已食之无味，弃之可惜，到了这么黯淡无光的田地，就像身上的一块死肉，你再怎么扎它，也扎不出痛感来。想了想，她还是缓和了下语气，"他很好。"

"什么很好啊？难道一个身材魁梧的35岁大叔，对一个漂亮的28岁女人还能有什么别的想法吗？"庆庆没好气地反驳。

她摸了摸女孩的头，没有说话。

"尤欢，"大卫叹了口气，如果这名字也有味道，"尤欢"这个名字尝起来应该是涩的，带点儿苦咖啡的香醇。虽然它看起来如此简单轻盈，但这个名字的主人却度过了无比沉重的前半生，"我只是不想看你过得这么委屈。"

尤欢摇了摇头。"男人都一样。至少这个是我自己选的。"她顿了顿，看不出什么情绪，"我想我还爱他。"

"你真是……"庆庆怒其不争地说不下去了。真是蠢？真是执迷不悟？还是真是活该？或许都是吧。

"你真的从来没有感受过痛苦吗？"尤欢突然转移话题，向大卫发问，"伤心，愤怒，任何人类的情绪都没有吗？"

"没有。"大卫那张面瘫脸上依然没有起一丝一毫的波澜，好像雨滴在大理石板上。"你知道的，不是不想，是不能。"

"是呀，我知道。"尤欢若有所思地呢喃道。

第一幕·婚姻

大卫心知多说无益，想起外面的境况，没有多待，便拉着庆庆起身："你也知道你可以不用过这种生活的。杀死婚姻，就能得到自由。"

等到两人离开，房间一下子安静下来。突如其来的寂寞，将尤欢淹没了。你一定也有过这样的感觉。看着斑驳的日影拖着暗淡的步子西斜，看着阳光下的浮尘毫无目的地游动，一切都变得沉重起来，那寂寞的感觉在你心上压一下，压一下……直到你呼吸困难，像一尾冲上岸的鱼，奄奄一息。只有寂寞，只是寂寞，填满了整个空间，无边的寂寞。

尤欢发了会儿呆，突然觉悟了什么似的，猛地起身，走到门前扒开一条细缝。外面四个人不知道说起什么好玩的事儿，都笑了起来。

坐在中间的少女，身材丰腴，脸颊肉嘟嘟的，右眼角下有一颗痣。据说这叫泪痣，注定为情所伤、为情流泪。尤欢也有一颗，一模一样。她的嘴唇柔软似果冻，红色的卷发搭建了一座盛放的花园，细肩带黑色连衣裙下勾出一段凹凸有致的身材。她的美是狂放的，是肉欲的，带着一种艳俗的、喧闹的气质。

尤欢知道，自己的所谓魅力在这样的艳俗与喧闹面前节节败退了。

从小到大，尤喜都是更招人喜欢的那一个。她羡慕过、期待过，试着成为尤喜，却始终无法获得青睐。那是一种完全不同的生活。她记得闭上眼就是走进黑色之中，仿佛跃入冰冷的茫茫大海。

那时她还同今天不一样，总认为人的性格是单纯统一的。那时她还不了解人性多么矛盾，即使在邪恶里也找得着美德。那时她还没认识到一个人的性格是极其复杂的：卑鄙与伟大、恶毒与善良、仇恨与热爱是可以互不排斥地并存在同一颗心里的。

"那才像一家人。"她下意识地抓紧了衣角,眼中暗芒闪过。这个念头一起,就像被烈火灼烧的满屋枯木,一发不可收拾。她快速坐回到桌前,抽出一叠白纸迅速画起来。

突然,"嘭!"的一声响动打断了她的动作。

尤欢手下一顿,抬头看了看。正巧一只黄色的蝴蝶像一枚子弹般射向她的眉心,没想到却撞到了透明的窗玻璃上。它直挺挺地下坠,不知是死是活。

她看着这一幕在一秒之内发生又结束,眨了眨眼,有点茫然。她习惯性地摸了摸桌子上摆着的木偶,把它挪放规整。

这是一个小孩子,分不清性别,一顶帽子斜戴在头顶上,双手大人似的抱在胸前。整个造型色彩艳丽,做工粗糙,一看就是哪个新手上工,或者做到一半时间不够,只能把手头有的颜料全都浇了上去,带着一股凌乱又粗狂的痞气。

与此同时,客厅里的马德似乎听到门"吱呀"一声,下意识朝尤欢房间的方向看了看。他好像察觉到了什么,却并不在意,继续兴致盎然地说着最近的大新闻。

4
芥蒂

是夜。

马德和尤欢并排躺坐在床上。两人之间隔出两个拳头的距离,跟床单上的"人"字形凹陷完美契合。

"你会怪我吗?"尤欢看着马德脱衣服,忍不住轻声问道。

第一幕 . 婚姻 .

"嗯？"马德的手顿了顿，又若无其事地把衣服递过去。尤欢把衣服叠好，再整齐地放在床头柜上。

"怪我没有为你生一个孩子。"尤欢继续说。

同一个话题被一而再、再而三地提起，马德有点厌烦。他侧身吻了吻尤欢的额头，不在意地安抚道："我们不是早就讨论过吗？过两年再要。"

尤欢静静地看了他一分钟，似乎是要确认他是不是在敷衍自己，或者只是沉溺在他营造的温柔氛围里忘了动作。

"今晚玩角色扮演吧？"她下意识拉住马德要离去的手。笼罩在他的气息里让尤欢觉得安全，当年就是这样，现在也是这样。

"哦？最近又有什么新想法？"马德停止了往下滑的动作，带刺儿地调笑道。如果说时至今日，还有什么让他觉得不舍的话，除了知名设计师、富豪继承人这样的身份外，就是尤欢角色扮演的天赋了。

跟一般人不同，尤欢的扮演能够以假乱真。当她投入到另外一个身份时，她似乎就是那个人——那个人的模样、神态、表情和细微的反应，全部如出一辙，很容易让人沉迷其中，享受非比寻常的愉悦体验。

对此，马德很喜欢。在此之前，他从未想过有人能完全刨除已有的身份，进入另一个角色。不同于演员，那是真的存在的一部分的显性。

年轻时，两人也曾抱着极大的热情探索这件事，医生、护士、大盗……花样繁多。不过，马德心里知道，同样的招数，再怎么管用，用得多了也就食之无味了。不知道从什么时候起，大概是5年前，或者更远一些，尤欢对于做爱这件事突然就丧失了兴趣。每年两次，一次是母亲生日，一次是马德生日，连自己的生日都不肯放纵一下。

不过，次数少了，精彩程度倒是越来越好了。想起那一次，扮演的精神病人，那种极致的痛苦中夹杂的愉悦和快感，马德不禁期待起来。

"尤喜。"尤欢的声音带着一丝冷酷，但她的表情已经变化了。他看着她的鼻子变大，满眼风情，散落的头发一点点卷曲，似乎手下的肌肤都变得更紧实年轻。

马德下意识地摇了摇头，似乎要甩掉什么脏东西。他觉得自己魔怔了，把对面的尤欢用意象改造了。几乎是立刻，他就发觉这个动作的不妥。

"比起小妹，我更喜欢你的样子。"他强装镇定地说。没有人知道他花费了多大的力气才勉强克制体内翻涌的欲望，"不能疯狂，一定不能。"

"真的吗？"尤欢趴在他的身上，舔了舔他的耳朵。"真的吗？"她蹭着他强壮的身体，褪去衣衫。"真的吗？"她的指尖每滑过一处，便引起身下一阵战栗。

马德汗毛都立起来了。他觉得自己的眼睛一定充血了。他需要发泄。那种渴望从体内喷涌而出，细细密密地侵蚀着他的理智，腐蚀着防止放纵之后的后果出现的层层枷锁，从裂开的缝隙中一缕缕蹿了上来。他的每一个毛孔都在叫嚣：压倒她！压倒她！

"我就是我啊。我是尤喜啊。你不能满足我？"就在马德的神经绷到极致，再也关不住心中猛兽时，她突然停了——

第一幕.婚姻.

尤欢起身离开了马德，只是居高临下地含情望着他。

"妈的！"马德忍不住在心中用家乡土语骂了一句。这不是坑人嘛！

戛然而止的挑逗就像突然断水的热水澡——眼看着享受正值高峰，突然有人告诉你没热水了，随即一盆冷水浇头，令人无处发泄。

他想发火，但是居然奇异地忍了下来。

他发现，面对尤喜——哪怕只是一张同样的脸，他的容忍度也明显地提高了。

"我懂，我懂。"马德终于放弃挣扎了。"我这是为了成全她，"他这样想，"她这招欲擒故纵奏效了。"

然后，他一个翻身，反客为主，彻底将理智权衡抛诸脑后。很快，两人沉沉浮浮，奏出极乐的乐章。有一个比喻说，欲望就像海水一样，越喝越渴。这个比喻用来表达爱也很合适。

此刻，马德穿插在泥泞小道里，时而如急风暴雨般冲锋，时而若闲庭漫步般舒缓，来回往返数趟，仿若泥足深陷，直将小道踩得泥泞不堪，溪水长流。

整个过程中，马德的内心都充斥着一种异样的快意——那种撕开身下人的假面的快意——你以为这个女人一本正经，从外表看来或许如此，但是，她的内心其实是一口翻腾着怒气的大锅，只要轻轻一拍，她就"砰"地爆发了。

"这个虚伪的女人！"

"羞辱她！羞辱她！羞辱她！"

他发狠地想，发狠地动，发狠地撕碎一切。

5
梦忆

"为了取悦一个人,我们有时会裂变成另一个人。人的易变和多样,简直超过自己的掌控。这真让人绝望。"

尤欢这样想着,灵魂却脱离了沉重的肉身,飘浮在半空中。她看着床上的一对男女缠绵、翻滚,掀起滔天骇浪,就像在看一部有声电影。

过往零碎而冒失地浮出水面。自始至终,她的表情都很漠然,不起一丝波澜。

突然眼前的画面一转,镜头拉到二十年前。年幼的尤欢,从小就不如尤喜讨人喜欢。就连爸妈离婚时,自己最爱的爸爸也是选择了妹妹而不是自己。于是,神经质的妈妈不得不接收自己这个"麻烦"。

可是,她一点都不想跟着芦溪。那个冷漠的女人,只有在面对自己医学院的学生和尤喜时才会露出一丝笑容。

那毕竟是自己的妈妈啊。尤欢始终不知道自己做错了什么,使得一个女人可以对自己的亲生女儿都视若无睹,吝啬给予半分温情。

她怨过,她恨过,后来,她对她再无期待。就像芦溪一样,就像她希望的那样。

她永远都忘不了。那天是芦溪的生日。

一家四口人难得聚在一起,露出久违的笑容。大家一起庆祝,高高兴兴的,给人一种将永远高兴下去的错觉。

只是,在给芦溪庆祝完生日后,梦就醒了。

第一幕 . 婚姻 .

尤金带着尤喜离开，头也不回，甚至连一句"再见"都没有。

那时，她以为他会像往常一样，很快回来。谁知，这一等就是十几年。

"你爸爸带着阿喜已经走了。"芦溪说这话时带着一种报复的快感。

"我跟他离婚了。"她说，"他不会回来了。"

尤欢的手顿了一下，接着涂面前的画板。

"你不哭吗？你不是最怕疼吗？你不疼吗？"芦溪继续残忍地刺激着自己年幼的女儿。

"我没有任何感觉。"尤欢冷漠地说。只是手下的笔画错了。

"你画再多有什么用？他也不会多看一眼。"芦溪不无恶意地说，"他不要你了。他带着尤喜走了……"

"是啊。做再多有什么用？"尤欢讽刺地说，"他还是不要你……"

"你……"芦溪听出其中的讽刺，脸色因为生气而涨红。她像看仇人一样狠狠地瞪着尤欢。

或许在她的内心，多少是有些埋怨尤欢的——如果不是这个女儿，如果不是她那场突如其来的大病，她和尤金之间就不会骤生分歧——至少不会这么早就出现间隙，直到演变成不可弥补的裂痕，只能以离婚收场。

然而，这些她都不能说。她只能凭着本能，以自己的方式宣泄自己的情绪，她甚至无暇关注这种自我的宣泄会对自己的女儿产生什么样的影响。

看到女人被自己气得说不出话，尤欢终于抬起头。对面的女人面目惨白，并未得到生活的善待。她突然笑了笑，说："他，你，我都不在乎。"

面前的女人似乎怔了一下，也笑了起来。这笑略带疯狂，以及痛苦。"好，真好，不愧是那个男人的好女儿。"她一边后退，一边补充道，"你——一个人——继续。"

当门关上，尤欢一下子软了下来。她浑身汗津津的，似乎刚经过一场酷刑。面前的画纸上，是大片大片的黑色，拥挤不堪，语焉不详。

然后，她迅速地跑到窗前，朝下面看去，却连一个人影都没有。

她有那么多话想跟他说。可是，他让自己失望了。

当即将启程走向人生的下一站时，回首前尘，尤欢觉得她的一生便在那天被决定了。她忆起那个没吃完的精致的12寸草莓蛋糕。她缅怀年轻的父亲和母亲。她想到年幼的尤喜。她思念终日的争吵。她念念不忘曾经的温情。那个改变了一切的12岁的今天，造就了之后的她。

从那以后，她的生活就像一场漫长的溺水。她一点一点地沉入深海，冰冷，寂静，了无生趣。妈妈是一个教授，眼里只有那些药剂和学生。母女像隔了一个大洋，在一个屋子里都不得见面。

她忘记了如何哭，也忘记了如何笑。一切的一切，都变得面目模糊起来，表情成了配合演出的道具。

画面再一转，是自己刚认识马德的那一天。

天赋非凡的尤欢，在25岁的年纪就获得了托尼奖。在这些光环落在她头上之时，她在风城的一个时尚沙龙宴会上结识了马德。

彼时，尤欢正怯生生地坐在黑暗的角落里。她的头发包裹

第一幕 . 婚姻 .

着小小的发绺；黑色的眼睛带着怯怯的笑意，诱人而纯净；脸庞美丽无比，似乎散发着某种光辉，令人不敢直视。她的嘴唇是朱红色的，比夏天的玫瑰或樱桃更为鲜艳，娇艳欲滴；牙齿又小又白，整齐而可爱；她的胸部挺拔，在她的华贵衣衫下如同两只圆圆的坚果，诱人采摘；她的曲线优美，让人想用手环绕她的腰带；背景的喧闹和花瓣在她的面前，似乎也黯然失色。

然后，那个男人就这样凭空落在她的面前。

他伸出手，露出一小把咸花生。"我多希望自己给你的是宝石。"他对她说。

然后，她笑了——仿佛最绚烂的烟花瞬间齐放。

他们的生命里曾出现一个人，从此一生都改变了。人们称之为命运。

两人就这样一见钟情了。

尤欢觉得，那话里的温柔和细腻，就像春天的第一场雨，秋天将落未落的叶。

她身处的是整个世界，哪怕微不足道。

此时此刻，对她非常重要。

她看着对面那个好看的男人，头发梳得一丝不乱。他的眼神温柔，好像在说，"证明你的爱，亲爱的"或者"给我、给我、给我一切我想要的"。

当天晚上，她已上床多时。

白天的场景在尤欢的脑海里挥之不去，她翻来覆去，好不容易迷糊了一会儿，床头的电话铃突然响了起来。她心生预感，心脏"怦怦怦"地跳起来——以前和以后都未如此跳跃过。

只犹豫了一小会儿,她便手忙脚乱地拿起电话。一听,果然是那个期盼良久的熟悉声音。

他说:"我爱你。"接着,电话就被挂断了。

尤欢心跳得扑通扑通,手不禁攥紧了听筒。她发了一会儿愣,才轻轻地把它放回原处。

谁知才刚搁回去,又是一阵铃声大作。

她再度拿起听筒,马德在那边问道:"我忘了问你一声,你爱我吗?"

"我爱你,你爱我吗?请做我最后一个爱人,因为,你是我的爱人。"

画面到这儿,尤欢无声地扯了扯嘴角,勾起一抹自嘲的笑。好听的情话,就像华丽的蛋糕。阳光一晒,时间一久,就化成汹涌的沼泽,只剩危险和黏腻。那里面充斥着杏仁的苦涩和腐朽的咸鱼味儿,令人作呕。

她又想起几天前,自己一个人去了动物园。就是马德答应过却临时变卦的那一天。

她知道他有约。但她不想错过自己的约会。

那天,她正好碰到动物园里的一只老虎突然发了疯。那充血的眼睛、冲天的嘶吼和因为连续撞击铁栅栏流血形成的一条条血痕,至今还牢牢地刻在她的脑海里。

当它的眼睛看过来时,尤欢离它只有10厘米。她完全动弹不了,一人一兽四目对视——那双眸子里满是决绝和恐惧。

对,恐惧。它那么强大,却在怕着什么呢?尤欢想。

那一刻,她反而没有那么害怕了。人跟它有什么不同呢?七情六欲，我们也只是用文明包装起来的野兽。

最后，它被射了几枪麻醉剂，草草地收回内场。

当它轰然倒地时，尤欢在想，它往后的命运会如何呢？失去取悦人类的用途，它还能在这个不属于它的世界好好存活吗？或者，发疯—被放逐—失去一切，本来就是它预谋好的？

尤欢的思绪就这样漫无目的地游走着，始终找不到落脚地儿。与此同时，床上战鼓轰鸣戛然而止，又似灯光大亮突然熄灭。余温尚存，却亲密不再。肉身被黏糊糊的水母包裹——湿滑、黏腻、温凉如水。

男人喘着粗气，趴在尤欢的身上，享受这难得的余韵。

"你说，世上为什么要有男人和女人？"尤欢忍不住推了推马德。因为男女有别，平白多了这许多纠葛。

"什么？"男人似梦似呓地嘟囔了一声。然后，他习惯性地翻身背对着她，便没有了声响。

黑暗是另一个世界，只不过人们看不见。就像他只能听到白昼之歌，将自己一起沉入一无所觉的混沌中。

他并不知道，尤欢不快乐。

或者他知道，也并不在意。

与此同时，尤欢一直睁着眼到天亮。

不知从什么时候起，日复日，月复月，年复年。你无心，他无意，所有话语，都撞不出回声，就像独对旷野，向着长风呐喊，终究是孤身一人走天涯。

黑暗中，尤欢只能跟影子道一声晚安。她摸了摸左手中指上的戒指，它就像一条正在张着血盆大口的响尾蛇，一点一点地将床上的人吞噬掉。

她的脸上露出一丝困惑，男人永远不知道满足。自己已经给了他那么多身份不同的尤欢，他却还是要更多、更刺激的。

他那么贪心。还是男人都这么贪心？

可是，他难道不知道这有多么伤人自尊吗？那些心照不宣的外出，那些照单全收的取悦，对她来说，如同把人踩在泥土里，当作一块招之即来、挥之即去的破抹布。

"你知道我的痛苦吗？我该拿你怎么办？我该拿我怎么办？"

看着男人沉沉睡去，尤欢像一条乖顺的小狗一样趴在马德的身边。她的手放到他胸口下方的位置上，轻轻摩挲着。这里是一个半月牙形的疤痕，并不明显，但是形状却很清晰。

是啊，自始至终，他毫无隐瞒。一切都如这疤痕般清晰。他的虚情，他的目的，他的所作所为，全都毫无隐瞒地摊开在她的面前。只是她自己不愿面对，自欺欺人。因为她总觉得时机未到。

一如此刻，她学着他在热恋时的口吻，无声地说："我爱你。尤欢。你真棒！"

6
忘忧

马德不懂尤欢的挣扎和寂寞，因为他正在自己的世界里跋涉。

马德觉得自己做了一个长长的梦，梦中的自己是一个不分昼夜工作的搜救员。

他在狭长、潮湿的隧道里走啊走啊。突然之间，一道微弱的声音从深埋在地底的碎石之中传来。马德掏出自己的随身设备，

第一幕.婚姻.

很快与一名女性建立了联系。

她被困在一个跟棺材差不多大的地方。深埋在如此黑暗而深邃的地下洞穴，不知自己能否重见天日，她几乎无法动弹。她的身体被固定在废墟之下，像是被围困在巨石和钢铁之中的囚犯。马德颤抖着向废墟中插入管道，向这位女性提供水源。

然后，隧道突然被炸开。一个女人从深处盘旋而出，向他伸出求救的手。那是一双白皙、修长又熟悉的手——是尤喜。

画面一转，那双手猛地将马德扯入地底，头顶的阳光很快消失不见。28岁的女人一袭红裙，站在马德的面前，好似一株茂盛又挺拔的木棉。她的嘴唇很厚，很红润，永远微微上扬，似乎又在一瞬间捕捉到了好玩的灵感。在她微笑的眼神里，你能看到她人生的主题：一切都是暂时而短促的，美好的不美好的都是短促。

然后，她狡黠一笑，猛地朝他扑了过来……

马德一下子从梦中醒了过来，身边的位置早已无人，没有一丝热气。看来尤欢已经起床很久了。

他静静地坐了一会儿，仔细回味刚刚那个怪异的梦，试图从中找到一些未来的征兆和启示。

很快，他就放弃了这种徒劳无功的努力。与其寄希望于梦境，不如采取行动让梦成真。在他的人生字典里，没有"白日梦"三个字。就像很久之前，那个男人告诉他的："不要把脑袋埋在沙子里。你想要什么，就去争，去取。"

床头的钟表已经指向8点。他甩了甩头，很快洗漱一番，朝楼下走去。

"爸爸和小妹到家了吧？"马德站在厨房门口，一边抻了抻袖子，一边问道。

不得不承认，尤欢是一个迷人又乏味的女人。马德这样认为（他熟悉她就如你了解自己的手掌那样，你知道每一道掌纹的走向和指尖的厚度）。她有一点鸟的特性，犹如松鸦，青绿、轻快、沉默。尽管她已三十好几，并且因为长期不见阳光愈显苍白，浑身散发着一股枯草的干燥气味。

他当然知道小妹五天前就已经到美国了。两人的联系随着有意无意的互动越来越多。不过，这一切，尤欢还是不知道的好。

"嗯。"厨房里的尤欢点了点头，两眼专注在盘子的造型上，"上周就到了。"

"哦。"马德随意地应了一声，百无聊赖地想着下次见面又要等到明年了。

突然，一阵风扫来。马德下意识后退一步，抬起头，便看见一双白皙且带着茧子的手直直地朝他的脖子而来，就像索命的拂尘。他下意识往后仰了仰，看到那双手顿了顿，这才清醒过来，自己似乎反应太大了点。

"你今天还是在家？"马德咳了一声，赶紧重新站直身体，找了个话题好打破这突来的尴尬。

所幸，尤欢并未纠缠，那双手落在马德的领带前，给他正了正位置，又拍了拍他的衬衫。她接着若无其事地退回原处，继续做未完成的摆盘。"我上午去一趟乔安那儿。"

顿了顿，尤欢又加了一句："这个月妈妈都不过来，好像是去外地参加一个学术研究会。"

马德表示知道了，独自走回餐厅。

这算得上是一个好消息。

虽然芦溪不经常在老房子住，但她就像一个无处不在的鬼魅，始终无法让人真正放松下来。

马德有时在想："那样的母亲养出来的女儿，他怎么就会认为会跟她不一样。"

7
病入

"庆庆跟我说，马德又起别的心思了？"乔安一边在编号S96709的档案上写写画画，一边问道。

"我不知道。"白色的长条躺椅上，尤欢皱着眉头，不安地动了动。最近颈椎总疼，还有点头晕。除此之外，肩膀也疼，抬头也疼，脖子总是凉飕飕的。

"你知道你可以不用过这样的生活。"乔安揉了揉眉心，似乎不知该如何劝对面那个人，"那件事，要做吗？"

"我还没下定决心。"尤欢使劲儿揉了揉头发，似乎又觉得难以忍受，马上用手理了理，把它们恢复成整齐的原状。

"东西都已经准备好了，随时可以行动。"乔安没有就这个话题再多说什么，"现在，让我们言归正传。最近怎么样？"

尤欢似乎松了一口气，紧接着又像陷入更大的麻烦中。她叹了一口气，脸上的不安显而易见。"我很好，没什么。"她紧握双拳，头依然没抬起来。

"啊！大卫，你看，"庆庆对她的朋友使了个眼色，用起了别有所指的套路，"是这么回事，现在在你眼前的尤欢，她是一个出色的女人，是设计界首屈一指的设计师。她爱上了一个名叫马德的金钱怪兽。不幸得很，那个男人却只爱钱和新鲜的姑娘——你该明白了吧！"

"不，我不明白。"大卫诚实地说。

"哦，尤欢，那男人不爱她了。"庆庆故意幸灾乐祸地说，表情却不乐观，"不对，那男人不只爱她。"

"这又怎么样？"尤欢猛地抬起头来，眼睛直盯着庆庆，像要极力证明什么似的，"我很好。别人怎么样是别人的自由，不是吗？"

"如果你偏要这么说，那就是另一回事了！"庆庆并不打算放过她，"我以为你是个真正的尤家人呢。有人告诉我说，凡是尤家人，是绝不会让对手夺去一样东西的。可以不要，可以丢掉，但绝不会被夺走。"

尤欢凄然微笑了一下："我不知道我到底是谁。有时候，不知道比知道好。这让我的生活少了很多不必要的麻烦。"

今天阳光很好，无风，敞开的落地窗，落下一层层斑驳的剪影，把整个空间都放大了。突然飞进来一只黄色的蝴蝶，盘旋几圈后，落在尤欢和乔安中间的那个玻璃桌子前。桌子上放着一个小小的盘子，薄如纸，白如玉，风一吹，会发出清脆悦耳的声音。

尤欢下意识紧了紧衣服，好似冷了。她太寡淡，认为理解彼此的一切，才是真爱；如果不能，就是辜负。后来，她终于学会，人是生来孤独的存在，能够从外界得到的帮助远少于需要的。

婚姻并不能让生活容易一些。

她突然一阵心慌，抚了抚庆庆，旧事重提："我还是给你换一个新的娃娃吧？"

果然，庆庆再次摇了摇头："这是小时候母亲为了哄我，不打扰她做实验，送给我的唯一一个玩具。"

8
膏肓

乔安想起第一次见尤欢时对她的看法。

那时，她已经完全吃不下饭、睡不了觉，甚至出现了时空错乱的症状，长期处在一种病态的生活状态。

表面看，那时的她跟现在并没有太多的不同。她一举手一投足，一拈笑一蹙眉，都带着一层浅淡的悲伤，就像高山上经年不散的薄雾。即使她在笑，这悲伤也不见消失。外人看不出什么，但凡是失去过什么的人，对这种悲伤都格外熟稔。

"你焦虑吗？"乔安问。

"对。"她承认。

"焦虑什么？"她继续问。

"我也不清楚。我总觉得我没有搞清楚某些事，因此不自在。"她很真诚。

"比如什么事？"她又问。

"比如我为何要遭受我所遭受的？如果结果终究归零，我的在场意味着什么？"她也不明白自己在说些什么。

"你觉得自己遇到的困惑是个例吗？"乔安继续问道。

尤欢点点头，又摇摇头。"我只是不明白。"顿了顿，她补充道，"至少别人看起来很快乐。"

"很多人喜欢把问题复杂化，其实大部分人都面临着相同的困境。不必觉得自己是特殊的。"她安抚道，"人们会一次次地陷入一个常见的误区，就是当心理不自在时，就觉得自己有问题。而事实上不自在很正常，不是说血压高就一定是患了高血压。"

尤欢点点头。显然，她并没有真正认同。

乔安一下就看出这种敷衍，但是她并没有戳破它。

她尽责地给出解决办法："首先，你要重拾对事物的热情。我治疗过一个病人，他把自己关了一个星期的禁闭，每天只做两件事，两件生而为人的基本行为——吃饭、睡觉。在他出来以后，哪怕是普通的散步，也会让他感受到无穷的趣味。"

"因为他在空虚中度日太久。"尤欢总结道。

"没错。"乔安点了点头，"所以我建议你首先培养一些兴趣爱好，不想做的事也尽量硬去做。比如吃饭，不想吃最好也要去吃点；比如洗澡，不想洗觉得不该洗也要去洗。路过小吃店儿，觉得想吃就吃。食物、浴室、生活环境……让它更合心意一些。做事情要顺着它，不要拒绝和逃避。"

"淡化生活琐事的重要性，把眼睛放在它可爱的一面上，不能跟这些事纠缠。对吗？"她似乎什么道理都明白。

"对。"乔安表示认可。不过，在她表示认可的时候，尤欢却有一点怀疑她是不是低估了某些东西。不过这也没有办法，毕竟连她自己都对自己毫无把握。

最后乔安建议，如果她仍然觉得失控，就画画。随便画什么都好。毕竟，这是她的强项。但她也承认，这种习惯不过是一种最低限度的补救策略。

自此，尤欢就拾起一项新的旧习惯：画画。

9
割裂

"你还在画吗?"回到现实,坐在对面的乔安一边翻看记录一边问。此刻的她不是尤欢的朋友,而是一名专业的心理医生。

"当然。"

乔安看了看尤欢递过来的一沓画纸。上面画着一对饥饿的食人花、一株妖冶的罂粟和一颗扛着摄像机的仙人球,对面是另一棵躺在地上的仙人掌,奄奄一息。

似乎,她最近的状态又不好了。

"你觉得你快乐吗?"乔安问道。

"我觉得我很幸运。"她回道。

乔安没有纠结于尤欢的答非所问。她指出:"你要注意你的心里苦。"

"你要注意你的心里苦。"尤欢把这话在嘴里咀嚼了一遍,恍然参透了一个深埋的秘密:那些被遗忘的煎熬和痛楚并未消失,它们只是暂时潜藏于底,却时有余震。

她觉得对于自己,自己好像更理解了一些——当悲伤太多,一个人承受不来时,便只能分摊到不同的人设中勉力为之。一切的一切,作为人类,大都无能为力。自己也不例外。

这个念头一闪而过,就像散落在水面的碎片,只是荡起一圈细小的涟漪就不见踪迹了。于是,她抬头时只剩困惑。

"我……"

"你还记得你的导师说过的话吗?你是我见过的最有天赋的

学生了……"

"你是我见过的最有天赋的学生了。人们都说孩子的视角才是上帝的视角,你恰恰拥有。你的情绪如此直白又极端,充满欲望、性和生命。可是,一旦你接触情欲,你的天赋就会随之消失。"尤欢接着说下去。

当时自己是怎么回答的呢?25岁的尤欢仰着天真的小脸,满脸决绝。"比起过去,我更喜欢现在的风格。那种扭曲,是我内心的折射。一直以来,我就像游荡在寂静、漆黑宇宙中的一粒尘埃,渴望一束光照进来。那种寒冷是一种诅咒。天赋的诅咒。"

"可是,婚姻会耗尽一个人,尤其是女人的心力、才华和追求。不论女人还是男人,一旦进入婚姻,就像鲨鱼搁浅,或者郁郁而终,或者同归于尽。总之,我还没见过哪个困于婚姻中的人,真正得到过自己想要的。"当时,她的导师如此说。他不希望她过早地为婚姻所累,她的天赋不应该被浪费。

当时,尤欢觉得导师对于婚姻太过悲观,而自己对于天赋又太过轻视。

她信誓旦旦地说:"我愿意打破它。才华,就像毒瘾,令人痛苦却甩不掉。如果有机会戒掉,当然值得一试。"

那时的自己有多笃定,现在的她就有多可笑。

想到这儿,尤欢忍不住捂着脸笑起来。导师说得可真准。天赋早已消失,只剩余生挣扎。每一天,自己都把周围所有看起来应该严肃的话题与事件置于名为"婚姻"的搅拌机中,再兑入大量的幽默、冷淡和漠视、挖苦,把得出的混合物打扮得冠冕堂皇后,再展现给全世界的观众。

第一幕．婚姻．

经年之后，自己再次回到最初那个封闭的世界。以前的渴望变成了寂静，变成了宇宙的一部分。

只是，那些消失已经彻底消失了。

"你的棱角太锋利，你根本就不适合普通的婚姻。"庆庆忍不住插话道。

棱角？自己早就没有棱角了。起码在那个男人的眼里，自己大概还不如一块橡皮泥有趣。尤欢想。

"生日那天，我跟他做爱了。"对于自己的画，尤欢一直有一种难以启齿的羞耻感，这种羞耻感在其他事上也经常出现，比如做爱，比如拥抱，比如跟陌生人谈话……她想尽快摆脱这种几乎将她溺死的羞耻感，主动把话题带到自己认为更重要的事情上，"以尤喜的身份。"

她叹然道，带着一丝自己都没有预见的不可思议。"我居然觉得解脱。"

"你觉得是为什么？"乔安把那些画放在档案的最下面，顺着尤欢的话问道。

"我对他还有吸引力？只要我不是我自己？"她难得烦躁地挠了挠头，"我觉得有人挡在我和他之间。"

"不过我并不是很在乎。"她认真地强调道，"我没有想象中的那么在乎。我好像期待这一刻很久了——证明他的背叛，合理化自己的动机，然后终于能够彻底地握手言和或者鱼死网破？"

她自言自语道："我是不是真的无可救药了？"

"我们都认为自己有病。"乔安摇头说道，却见尤欢不置可否地笑了笑。

"我希望你能继续画画，这会帮助你进行心理锚定，至少能够避免你的时空失忆症。"乔安合上本子，表明这次医患之间的谈话结束了，"现在我以朋友的身份，建议你不要忽略自己的直觉。如果在这世上还有什么比上帝的预言更可信，那就是女人的第六感。"

10
惯犯

"嘿，如果你察觉朋友的丈夫出轨，你会告诉她还是当作不知道？"尤欢突然问道。

"要不要告诉朋友老公出轨，这个问题根本不存在。答案就是，永远，永远，不要告诉她。等她来告诉你。"乔安冷静地说。

"所以，每次你都等着我亲口告诉你，我的老公又出轨了？"尤欢嗤笑一声，肯定地说。

乔安语气淡淡地解释道："女人永远比其他人，甚至男人本身更早发现他的出轨倾向。如果那个女人自己不提，你永远不必提。真正的朋友，是陪着彼此一起演戏、宿醉、入睡，而不是叫她起床。叫醒这件事，应该、并且只能由她的男人来做。"

"那……"尤欢正想接着问下去，庆庆不知何时冒出来，再次插话道："嘿，你打算怎么办？"

整个过程里，那只旁听的蝴蝶倒是丝毫不受影响，依然淡定地站在阳光下挥着透明的翅膀，跟坐立不安的尤欢形成鲜明的对比。

"什么？"尤欢一时没有反应过来。或许，她反应过来了，只是下意识通过反问来拖延时间，好让自己能够搜寻到一个得体的回答。

第一幕．婚姻．

"马德这次出轨怎么办？"庆庆又问了一遍。

"谁说他出轨了？"话一出口，尤欢就为回答的失态感到懊恼——这不符合她一贯的形象。

"你用不着回避。你知道的，我爸爸在我8岁时就出轨了，我的妈妈除了一栋房子一无所有。"庆庆耸了耸肩，无所谓地说。

"那我可比你幸运多了。"尤欢故意顺着回答，成功避开最开始的问题。

"呀！我不是为了说这个。"庆庆挫败地跳了跳脚。她扯了扯旁边的大卫——这两人总是形影不离，要不是岁数相差太大，很难让人不对两人的关系生疑，"你来说。"

大卫从善如流地问："你还是不准备做那件事吗？"

尤欢下意识地看了看乔安，心里有些拿捏不准大家的意思——这是今天第二次提起这件事了。

"再等等吧。"尤欢突然下定了决心，肯定地说。婚姻就是一场比赛，犯规、黄牌、假动作……不管过程多么煎熬，除非时间到了，大家就还得继续踢下去。

她抽出一支烟，看见乔安给出一个自便的口型，这才点燃。那只拿烟的手因为长期不见阳光，显得格外苍白。

"即使是跟一无是处的渣男结婚，你也会过得很好。"庆庆不知是赞扬，还是嘲讽。

婚姻，婚姻，女+昏，只有女人昏头，这段婚姻才能持续下去。尤欢弹了弹烟灰，不在意地说："人类发明的最好的东西，就是自欺欺人了。所以，才有了烟、酒、大麻和哲学"。

"那爱情呢？爱情怎么办？"此刻的庆庆似乎有些咄咄逼

人。对待装睡的人，是不能心软的。

"哈哈，"尤欢笑了笑，这一笑便停不下来了。她笑得弯下腰，她笑得眼泪流出来，好不容易才止住不停颤抖的身子。"年轻人相信爱情没有错。但一个已婚5年以上的女人，还相信爱情和婚姻，就未免太可悲了。"她走到庆庆身边，看到她那条白色裙子上有一小块污渍，忍不住皱了皱眉。她伸手使劲儿抠了抠，直到污点不明显了，才满意地点点头。"他这几天对我很纵容。对我好，比为什么对我好，重要多了。"

每段感情都千疮百孔。久经战场，留下的是阳光下闪烁的弹壳，被人们拿回家做成糖。

"以往的经验告诉我，这糖里一定掺了玻璃碴。"大卫不赞同地说。

"我倒觉得，一个人自大时，顺着他、从着他，看他慢慢膨胀。嘭！总有一天他会自行爆炸。"尤欢戏谑地说，让人看不出她的真实心情。

"你就是活得太清醒，男人才觉得太乏味。"大卫以普遍的男性视角为尤欢的前半生做了一个注脚。不知为何，这句话本身令他感到一股心痛和羞耻。

"你不能否认，美和聪明是无法共存的。不过，年轻倒是男人永恒的信仰。"尤欢并不以为意，男人总是自认为聪明，所以他不需要一个聪明的女人来抢风头，只需要一个美丽的装饰品。

她想的是——我们中很多人其实是睡着的。哪怕走在阳光下，因为太过专注自己的所得、所失、所求、所想，也无法察觉身边正在肆虐着的更大的剧情。那些念头就像浓厚的烟雾，盖住了我们的眼，以为只是黑夜降临，一切如常。

真爱，是真的。真爱不止一个，也是真的。

人，离了谁都能活，区别只在于是否快活。人一不快活，就会想让别人也不快活，甚至，想让别人不活。

11
变化

"这是你的机会，成为真正的自己的机会。"尤欢想着庆庆最后的话，不由得思索起来，"真正的自己吗？"

因为长期不见阳光，她的脸白得近乎透明，如同上等的无色翡翠。此刻，她正戴着一顶黑色圆形礼帽，帽檐遮住了大部分的阳光，在她的脸上投下一片阴影。从远处看来，她就像一名从橱窗里走出的淑女，每迈一步，就仿若踩在路过之人的心上。

当然，她也像真正的淑女一样，除了自己，对这一切都漠不关心。

尤欢知道大卫和庆庆跟在自己后面一步远，却始终没有回头。她一边走着一边思忖——我们真是大笨蛋。因为只有天晓得人为何不愿意好好活着，非要寻一个意义，哪怕不断被研磨打击，依然保持一种盲目又天真的乐观，为何甘于在生活的浪潮里汲汲营营，觉得更丰裕的生活就能拯救贫瘠的灵魂之地。即便天桥底下衣着破烂的乞丐，坐在门阶上异常潦倒之辈，酒鬼、瘾君子，以及被贫苦折磨得不成人形的单身母亲，也这般看待生活。她毫不怀疑，人被自己的大脑欺骗了：在人们眼里，在沉重的、拖沓的、摇摆而艰难的步调里，在咒骂、喧嚣和吼叫里，在电动车、汽车、三轮车吱吱呀呀的声音里，在飘扬的歌声、风铃的叮当声以及头顶上空飞机偶尔掠过的嘶鸣声中，有值得她努力的事物，有值得她等待的发生。生活、南地、这十月的时刻。

然而，一切都是虚无。It is all your fantasy.尤欢想，活着就是受苦。每过一天，离解脱的日子就近一天。那日便是极乐。苦难也罢，开心也罢，终究烟消云散，并不重要。

她慢慢地停下脚步，街边的橱窗里映着一个模糊又窈窕的轮廓。她看着看着渐渐入了神，各种往事一起如风般灌入体内。

她抬起手，挡了挡太阳，看到自己的身体一点点变得透明——马德的笑，两人牵手吃饭，一起看电影……每走一步，过去幸福的两个人也跟她一起走。她抖了抖，疯狂涌入体内的片段也跟着抖了抖。她不受控制地跑起来，哈哈的笑声追着她。

"只有什么都不行的人，才去做商人。那些连商人都做不好的人，去做了金融。有人叫我们资金的皮条客。"

第一次遇见马德，是在自己刚获托尼奖后的庆功宴上。

当然，就像刚刚所说，她对这一切都漠不关心。彼时，她就像一个旁观者，蜷在角落，看着人来人往，谈笑风生，却无动于衷。

她甚至已经很久没哭过，都忘了要怎么"哇"的一声哭出来。母亲把离婚视为人生污点，却又迫切地想让自己——她人生的另一个污点结婚。

尤欢几乎是立刻被这个幽默、帅气的男人吸引了。他笑起来，像黎明时分掠过杉松树的阳光，令人无法抗拒。"那你要把手机每晚放在枕头下吗？"她仰着头问。

"嗯。"他对着她眨了眨眼，"不然怎么做合格的皮条客呢？"

尤欢还记得，当她仰望马德时，他的脸几乎没有什么能挑剔

第一幕．婚姻．

的地方。他的气质很硬朗,但是有一双多情的、潮湿的眼睛。从眉弓下面能见到一股隐隐的"坏",但是这股有点坏的感觉从他的脸上散发出来,却变成一股自由的诗意。

当他看过来时,尤欢甚至不自觉地挺直腰板,撩拨头发。她觉得自己的荷尔蒙正散发着强烈的气味。彼时,她的双手紧紧握着,似乎被什么东西紧紧缠绕,一点都挣脱不开。事实上,她也没有任何挣脱的意思。

只那一眼,她就认定对面的这个男人对自己有意思。她甚至想,她愿意抛下一切,跟他走。

尤欢第一次遇到这样的男人,带给她跟以往完全不同的体验——有趣。对,有趣。任何事从他嘴里打转再出来就有了趣味性。

她不禁笑了起来。不知是对这行有了好奇,还是对人有了好奇。或者两者兼而有之。她说:"听说风险很大。"

马德点点头,又摇摇头。他突然神秘地发出邀请,"你要和我一起吗?"

尤欢猛地瞪大了眼,眼中有困惑。这让马德想起公司奖励优秀员工去的丛林里,那只迷路又被打伤倒在地上的小鹿的眼神。他继续蛊惑道:"和我一起去冒险吧?"

彼时彼刻,马德的表情是那么真挚,真挚到让她相信,他能带自己逃离。哪怕只是从一个水洼,到另一个水洼去,也能让她享受被提起的短暂轻盈。

于是,她粲然一笑,笃定地说。"好。"

然后,她见证了一场终老。

高档写字楼的20层。50平方米的会议室。只有她和他。

在按下碎纸机的按钮那一刻，伴随尖锐的轰鸣声，白色的纸屑纷纷扬扬。从落地窗看过来，就像一场永远不会停下来的大雪。

时间似乎凝固了，只剩这漫天雪花。尤欢忍不住张大了嘴，眼睛里亮晶晶的。马德侧头看着她，觉得报告书被判为不合格也不是那么难以接受了——它毕竟找到了自己的使命。

他牵起尤欢的手，看她露出困惑的表情，微微一笑，便带着她朝前走。走过冬季，走过人生的孤独，走过年少到暮年。一直走到时光的尽头。

"哈哈，你成了个老爷爷。"穿过纸屑，两人瞬间白了头。尤欢指着马德，不知为何满心雀跃，好像无数彩色的蝴蝶在胸腔里扇动翅膀。

"老奶奶，你好！"马德不甘示弱地反击。他指了指落地窗里两人的剪影，突然说，"我们算不算白头到老了？"

尤欢愣了一下。然后，她朝对面笑得很好看的男人吹了一口气，瞬间白色纸屑飞舞，好像一场盛大的婚礼。"可是，我们只是陌生人。"

这次轮到马德愣了愣。接着，他轻轻抓起尤欢耳侧的一缕头发，认真地同自己的头发打了一个结。因为头发太短，他不得不使劲儿歪着头，整个人呈现出一副认真又滑稽的模样。"我宣布，我们是结发夫妻了。"他大声说，"我们会在一起一生一世。"

然后，故事开始了……

想到这儿，尤欢还是忍不住笑起来。不管后来发生了什么，当初的自己真的以为得到了救赎。

第一幕 . 婚姻 .

过往就像那纸屑一样，从眼前滑过，欢乐的、悲伤的、感动的……随风散落，从此了无痕迹。

"不过，如果有人说要跟着你一生一世，别怕。说不定她都活不过30岁。"她自言自语，声调淡淡的。身后的大卫和庆庆根本来不及插话。

"人们都说，我是因为爱着马德，才放弃自己的才华安居于室。其实我只是爱上了那天的雪花、灯光和落地窗。像极了8岁那年的烟花。"

那时，他会说好听的情话，会展露好看的笑容。

那时，她还不知道，大多"变化"都是悄无声息发生的。像眼泪落入大雨中，雪花融化在阳光下，又像灰尘纷纷扬扬落下。

"你们有没有贴过壁纸？"尤欢对着橱窗问道，但并不期待得到答复。尽管她耗尽了全力，还是没能逃离这条挂满过往的街道。刺眼的阳光像大雨一样从空中洒落，又细又密，下起来却几乎没有声音，似乎永远都不会停止。跟那年的纸质雪花一样。

尤欢一边大口大口喘气，一边对着橱窗里三人的身影说：

"日复一日，你觉得一切如常。从最初的喜爱，到后来的习惯，它渐渐成了墙壁的一部分。它融入了你的生活——它就该在那儿。偶尔抬头，你看着对面那破旧墙壁，如此想。你甚至感觉不到它的存在。

"直到某一天，你在墙角发现一片片的粉屑。你抬头，看到墙纸翘起，上面还有一个个小小的凸起。你试着用手抚平它，它却掉得更快。纷纷扬扬，就像你最初对它的喜欢。它就像一场盛大的见证。早在任何人察觉之前，它就在日复一日的氩气下，变得潮湿、破败了。

"一切都无可挽回。你甚至开始憎恨它。直到把它像丢垃圾一样丢掉，换上新的壁纸。"

庆庆忍不住反驳。"那就不要再做壁纸了啊。"

她不理解，比起解脱，为什么人们更喜欢作茧自缚。就像此刻内心犹如困兽的尤欢，一面怀恋熟悉的事物，一面却渴望异域和陌生的冲动，她夹在中间受其折磨。苦闷曾是人性的证明。当然自从抑郁症被发明之后，人们连苦闷的权利也没有了。

她再次认真地劝道："你需要摆脱这一切。离异，或者丧偶，都好过你现在所处的局面。你需要一个新的开始，从困局里凿开一条出路。甚至，你可以找一个真正能让你依靠的人，而不是像现在这般被消耗、被剥削。日子还那么长，不妨换一种活法。"

都说旁观者清，当局者也未必不知。只是哪怕知道现在的处境对己不利，身处其中，就像被蜘蛛网粘住的昆虫，除了被吃掉或者靠外力逃生，自己根本无力抽身。这不是个人意志的问题，而是人性客观存在的局限。

想到这儿，尤欢忍不住发出一声苦笑，带着淡淡的苦涩，"那又怎么样。哪怕是一块上等的丝绸，扔到天井里，几年之后，也会变成干涩的、捻指即消的灰尘。"

"那……"

尤欢不等庆庆说完，又重新让自己高兴起来。"那就去做撕壁纸的那个人吧！宁愿做撕毁一切的人，也不要做那块等着被抛弃的壁纸。"

第一幕．婚姻．

她想，人们总要学着爱自己，甚至胜过爱其他的一切，胜过爱这尘世各种烦琐的规则和观念的桎梏。

"趁他酒醉或者熟睡，查手机和随身物品吧，这时候就别顾忌其他的了。千万不要打草惊蛇。不过你天性冷静，肯定没问题。"庆庆的话又浮现在她的脑海里。尤欢一直想不通为什么大家都说她太冷，冷又引得众人沉浮。

她使劲甩了甩头，似乎要把什么要不得的念头一起甩走。这个城市是为男人流转的目光设计的，但他们的双眼得看向前方才能生存。

路边有一群十几岁的男孩站在附近，尤欢警惕地看着他们。你知道那种人，吵闹且无礼的都市少年，穿得像街头暴徒，帽子扣在脑后，衬衫敞开，裤子松松垮垮。尤欢一动不动，等着看他们拐进哪个小道，才快速走过。对面有几只麻雀在吃地上遗留的残渣。尽管残渣已经凝结，麻雀进食却很优雅。

"如果你觉得离婚之后比离婚这件事本身更可怕，那就继续装傻下去。这样做的后遗症是，对方可不会按你的时间表行事，比如他今晚就突然摊牌。"这是乔安说的。

不知道，马德会什么时候摊牌呢？这段婚姻就像一个经久失修的老手机，不知道哪天就黑屏、报废，再也无法发送和接收信号了。

12
戒心

最近，马德总觉得有一双眼睛时刻地盯着自己——淡褐色，波澜不惊，神经质的冷色调。

有人在暗处监视着自己的一举一动，让他心神不宁。明明自己什么都没做，却好像被人打上了"坏人"的标签。

说实话，这种感觉相当不好。

他的毛呢大衣的口袋有被人翻过的痕迹；

他的电脑突然亮起荧绿色的光；

他的手机有明显被动过的样子；

……

就这么疑神疑鬼地硬撑了半个月，马德终于按捺不住内心的惶恐和激愤。会这么做，又能这么做的，只有一个人。

"你干了什么？"马德怒气冲冲地跑到尤欢的工作桌前，将衣服拍到她的面前。

"我什么也没干啊。"尤欢的手下有一瞬间的停顿，但很快便被冷静取代。她抬了抬眼，把衣服拨到一边，继续盯着手里的书，"我熨了衣服。"

看着她波澜不惊的模样，看着她假装不懂七情六欲的模样，马德真想狠狠地扯下她的面具。可是，这个女人，连朋友的去世，也无法触动她。她没有任何感情。伤心，愤怒，什么都没有……她没有任何感情。

"你？"马德不死心地盯着她，想从她的脸上看到一点波澜，惊慌、心虚、急切，什么都可以。什么都可能。

然而，那张美如蛇蝎的脸庞上，什么都没有。

什么都没有。

"嗯？"尤欢困惑地歪了歪头，不解其意，眼里依然平静如深井。就好像，好像，她是一个不知人间疾苦的瞎子。

尤喜说尤欢是，就算爸妈死了，也会无动于衷地把尸体藏起来的丧尸。她说得没错。

可是，对着这么一个冷硬心肠的人，他做再多，问再多，又有什么用呢？她依然会我行我素，依然会坚持自己的所作所为。甚至，她连假装都懒得假装。

在她的眼中，你看不到一点自己的分量，看不到任何东西的分量。

马德突然泄了气。他闭了闭眼睛，用手指按着眼皮，想把那不断重现的景象挤掉——他忍不住想拉开嗓门，大声呼喊，口出秽言，或者用脑袋撞墙，把桌子踢翻，把墨水瓶向玻璃窗扔过去。总而言之，不论什么大吵大闹或者能够使她感到疼痛的事情，只要能够把她脸上的表情砸开一条裂痕，哪怕是有一刻惊慌，他都想做。

在他的记忆里，似乎从来没有什么能够让这个冷静自持的女人失控。他已经想不起来，是从一开始就是这样，还是结婚后，抑或是跨入30岁门槛之后？

"你的记忆是个怪兽，它有自己的意愿，你以为你拥有记忆，其实是它控制你。"不知哪本书这样说过。

他觉得两个人的距离以可见的速度疏远，她却似乎从不在意。

他突然觉得丧气。

就这样，两个人都沉默下来，一股无名的虚空一点点地充斥了整个房间。

秋日的阳光透过窗户打进来，在桌上投下一小片阴影。尤欢依然怔怔地盯着马德，看着他脸上细细的绒毛，染上一层金光。有灰尘纷纷扬扬地落下来。

"真不公平。"马德突然说。

"咦？"尤欢愣了愣。

"网上到处都是明星八卦的消息，而我们身边人的境遇却无人关心。"马德解释道。

"是啊。真不公平。"尤欢附和道。不过她内心想的是，这个世界本来就是如此——不名一文的人，连她的痛苦都不值一提。而有的人一掉眼泪，这个世界就都跟着哭了。

"我回屋了。"时间漫长得好像度过了一生。他终于妥协一般地走掉。

他的声音很低，尤欢几乎没有听清。她看着马德往卧室走，直到拐入门里消失不见，这才收回了视线。

"我们终究不是一路人。"走着走着，他突然对明晚的约会期待了起来。

没错，约会。

跟尤喜的约会。一场他未曾预料的约会。

令他期待万分的私会。

尤喜就像生长在暗夜里的花，不在乎天长地久，不在乎明天过去，靠汲取别人的欲望和黑夜里的狂欢而生。

或者说，每个人内心深处都有一只伴生兽，虎视眈眈，暗中蛰伏，时不时眼中精光乍现，蓄势待发。自从那晚的角色扮演，马德就有预感事情脱轨了。并且，任何人都对此无能为力。只能按照剧本上演。将对错是非交给后来的观众审判。

小妹，小妹，小妹。

我从前风闻有你，现在亲眼看见你。

最初的幻想，通过那次的水乳交融，变得实体化了。马德

第一幕. 婚姻.

想，有生之年，狭路相逢。她是我生命之光，我欲念之火，是我喘息的空间，是濒死前的最后一口气。

她无处不在。马德睡觉时的梦中，洗漱时的镜像中，上班路上一闪而过的背影，开会时玻璃中的倒影，以及面对电脑屏幕时破镜而出的撩拨。那么多风景和美人，都不及她的那次低头浅笑。

她是凝结在马德心头的露珠，最怕暴露在阳光下。他不动声色地向尤欢打听她的境况，了解她的成长，暗暗地搜集她的信息，偷偷摸摸地背地联系，为她买心仪的礼物寄存在他的秘密基地。

通过发掘她的一点一滴，他把她嵌入了自己的生活之中。

此刻，他正坐在酒吧的一个角落，不起眼却能随时看到门口的动静，等着掌握了自己整个心神的人的到来。

13
约会

鲁卡酒吧是一个清酒吧，并不喧闹。

三三两两的人聚在一处，只看到嘴唇开开合合却听不到声音。人们仿佛在说某种特殊的暗号，舒缓的蓝调浅吟低唱，给酒吧里的人撑起了一方透明、沉静的保护罩。

"姐夫，我明天去风城办点私事，要不要见一面？"哪怕过了一晚，想起在聊天框里看到这条信息时，马德的心依然怦怦作响，震得他有些发昏。他下意识按了按胸口，让自己不要太过失态。那时，还未待马德回复，对方就像怕自己不答应又或者为了掩饰什么，赶紧解释道，"你上次提到查尔斯医药公司是你的客户，我想跟你咨询一些事。"

"哦！她想的跟我想的一样吗？"马德不知怎的，就是确信这是她的一个拙劣的借口，就是为了见自己一面。就像一个要糖的小孩，偏要说是为了收集糖纸。

"她为什么要见我？她也是想见我的！"这个想法令他头晕目眩。

"好啊！明晚7点鲁卡酒吧，怎么样？"顿了顿，他又加了一句，"你知道在哪儿吧？"

"我知道。明晚7点见。"

自始至终，他们都默契地没有提及尤欢。或许她默认他会带上他名正言顺的妻子——她的姐姐，或许是她有别的想法秘而不宣。但是，马德打一开始就决定不告诉尤欢这件事，就算被问起，他也像过往无数次一样，早就想好了搪塞的理由。

此刻，马德焦急又兴奋地等待着，仿佛能听到体内雀跃的噼里啪啦的响声。

"叮叮。"门口的铃铛随着来客开门的动作响起，酒吧里没有人分神注意，马德却在第一时间抬起头。果然，那个令他魂牵梦萦的女人出现了。

她今晚穿了一款旗袍——他的确记得今年生日时尤欢送给小妹一件旗袍，还有一件一模一样的在尤欢那里——冷蓝色，膝盖以上沿着大腿线条开了叉。再往上是盈盈一握的腰，以及玲珑有致的胸。她的妆容跟那天不同，褪去红唇和卷发，反而仿了姐姐平日的妆容——清冷、淡雅，似一树梨花悦己悦人，却又因自身的气质平添一分禁欲的性感。

她轻轻转身关上了门，马德看着她妖娆的曲线，以及露出脖

第一幕.婚姻.

子处一截凝脂般的肌肤,忍不住一声叹息。

她的一举一动似乎都被放了慢动作,把他打在原地,永世不得超生。她挥着天使的翅膀,熄灭他内心的躁动,化为一朵朵腾空而起的礼花。

她似乎在找什么人,眼睛在酒吧里扫视了一圈,又因没有看到人有微微的失望,看得马德恨不得上前抚平她的皱眉。

找人?马德这才意识到,她要找的人是自己。这个发现让他无比雀跃。他忙抬起手挥了挥。果然,她回挥了一下,便迈着轻快的步子朝他走来。

她跟尤欢是不同的。

这种不同,不仅是婚姻状态的不同、年龄的不同,更多的是一种气质。虽然两人静止的时候有七分像,但当尤喜动起来时,不同于尤欢的呆板,空气都似乎因她沸腾了——那是荷尔蒙的气味。

"姐夫。"她叫了一声,顺势坐在了对面,"姐姐没来吗?我特意穿了她送我的衣服呢。"

"哦,她今天要赶一个案子。"这倒是实话,"我便没有跟她说。反正,你随时可以到家里玩。"

说着,他便示意服务员叫东西,"一杯加冰的威士忌。你呢?"

"跟他一样。"尤喜并没有接过菜单,而是直接推了过去。她停顿了一下,才略有不好意思地说道,"这样也好。爸爸不知道我回来了,我告诉他我跟朋友去夏威夷度假。"说到最后,她的声音明显低了,似乎为说谎和偷跑而感到羞耻。

马德倒觉得大可不必。他巴不得她来呢。他发现自己对小妹的声音、表情格外敏感,这是从不曾有过的。他一直以为自己是内心冷漠的人，哪怕最初面对尤欢也始终把持着目的的底线——虽然大家都说自己是个温柔的绅士。

一切都是因为眼前的这个人。他觉得她什么都好。她的样子，她的声音，她的谎话。

"好，那我们就不说。"他安抚道。

未婚女人啊，就连虚荣、贪吃和撒娇都是美好的、甜腻腻的。摇曳生姿。人间福祉。女人一旦结了婚，就不可逆地散发出一股油腻味儿，有种嗑瓜子、斜眼珠子的腐烂气息。身体和心灵，都义无反顾地往泥地里滑去。

两人的交谈很快热络起来。他发现自己一直以来的观点是错的。以前，他总觉得衣服决定一个人的气质。比如总是穿旗袍的尤欢，中规中矩，毫无生趣。连带着他对旗袍这种传说中"能勾勒出女人最美线条"的物事也充满不喜。

现在，他明白了，衣服只是人的陪衬。同样是着旗袍，旗袍却丝毫没有遮盖小妹的灵动、活泼，反而因为冷热对比变得更加蛊惑人心。

他突然发现了它的美。

"你真好看。"他怔怔地说。

尤喜轻笑一声，不以为意，"那就好好看着我，人不会一辈子都好看的。"

马德这才知道，小妹这次回来是想找一份工作，之后在国内定居。只是爸爸、妈妈，包括姐姐都不太同意。

"姐夫，你不会也不欢迎我吧？"又是那种猫一样的眼神，委屈，又傲娇，还带着一丝威胁。

"怎么会！姐夫高兴还来不及呢。"马德赶紧说。

立刻，她的脸就从秋风落叶变得春暖花开了。"我就知道姐夫才是对我最好的人！你要帮我保守秘密呃。"说着她伸出手。

看马德不明所以的样子，尤喜索性闪身到他身边坐下。她略带蛮横地抓起他的手，打了一个钩钩。"这下你可不能反悔了。"

"顽皮。"马德强做镇定地说。

在她坐下时，那种扑面而来的气息几乎立刻让他有一种高潮的快感。在她的肌肤碰到自己时，他更是兴奋得想要尖叫：她在暗示什么？她想得到什么？

这世上，再也没有比这具新鲜、温热的肉体更美好的事物了。

"姐夫是做资金买卖？"她拨弄着酒杯，看似无意地问道。

"没错。不过人们一般叫它套利。"马德配合地回道。

"你呢？你怎么叫？"她眉眼上挑，眼波流转。

"我叫它谋生。"他忍不住拨弄开她额前的碎发。

"那……"

"嘿！马德，尤欢，你们今晚一起过来了？"一道略感熟悉的声音响起，打断了两人的谈话。这令马德颇为不满，却又因意犹未尽将刚刚那种欲仙欲死的缥缈感放大了数倍，以至于经久不衰，盈满他的胸膛，除非遇到更极致的体验，才可能被取代。

"是啊，今晚正好都有空。"还未等他回答，小妹居然抢先答道，显然是承认自己"尤欢"的身份。

"迈克，你好。"马德招呼道，顺便默认了尤喜的回答，或者身份。"她一定是不想留下在国内出现的痕迹，才这么做的。

这跟她的初衷不符。"他默默找着借口，不肯承认，这样的确会方便行事得多。

"你今晚……"被称作迈克的男人，说话带着明显的外国口音。他的身材高大挺拔，看起来是一个值得信赖的朋友。更妙的是，覆满皮肤的淡淡毛色令他平添无辜。他眨了眨眼，显然是有什么不可说、心知肚明的事。

"今晚不去了。"马德咳嗽了一声，回道。

似乎早就猜到答案，男人并未失望，又闲聊了两句便离开了。

"今晚？"等人一走，尤喜率先发问。

"明天带你去。"马德耐心地安抚道，"给你个惊喜。"此刻，他们就像一对真正的夫妻——亲密，心意相通。

他被这种身份蛊惑了，或者当真了。他特别自然地将手绕在了尤喜的背后，他微微地靠过来，附在小妹的右耳边，用刻意压低的性感声线——他从来都清楚自己身上最迷人的是什么，比如他的温柔、他的声线——撩拨着。

小妹抬头看了他一眼，微微一笑，完全没有抗拒。

马德却觉得那笑似乎包含了一些他看不懂的含义，只是那时的他根本无心也无力探究。

14
破碎

"我跟你说，你老公绝对有情况。"

"这是不可原谅的原则性错误。"

"你得做点什么，表明立场啊……"

第一幕 . 婚姻 .

"你要不行，让红莲替你。"

……

马德的敏锐直觉一直延续到回家。刚刚来到门口，就听到屋内一个小女孩的声音。

屋内。

尤欢刚刚把一个案子交上去，庆庆就来了。这次不光跟着大卫，还有红莲——一个一头红发、性感妖娆的女人。没有人知道她的真实姓名。江湖传言，红莲私奔过很多次，也尝试过很多方式摆脱自己的原生身份，大多都以失败告终。

她在很短的时间内去过很多地方，见到过很多人，演绎过很多故事，却依然无法从现实中走出去。

她喜欢观察每一个人的表情，据她说因为怕自己忘记，然后变得一无所有；她还说永远拥有的唯一方法，就是和它们一起死去，却又因为怕疼迟迟没有行动。

"尤欢，我替你好好教训教训他。"大家恨铁不成钢地劝着尤欢，红莲不知从哪儿摸出一个针管，针头泛着冷冷寒光，"只用一点，保证让他干什么他就干什么。男人就是一条狗。"

尤欢丝毫没有受到影响。面前的屏幕正放映着动物世界，她却连眼神都懒得给一个，专心地涂着自己的画。"不用。一切都会过去。"

一切都会过去。一切都会过去。苦涩会过去，美好也会。

虽然事情第一次发生时，的确在她的内心引起不小的震动。但是，人是健忘的动物。很快就会有更新、更稀奇的事情发生，占据他们的注意力。哪怕是当事人，也会很快被日复一日的琐碎淹没。挣扎求生尚且吃力，那些过往，好的坏的，痛苦的高兴的，以为刻骨的铭心的，终究在日后的平静无波里，一点点沉淀，直到落在海底，不见天日。偶尔午夜梦回，却已恍如隔世。

哪怕人类遗忘的速度不同，只要活得足够久，总是能够忘了的。

她对此深有体会，也有信心。

"过去？一切都会过去，但是会变得不同。"庆庆愤愤不平地吼道。她算是明白了，这女人不吃点苦头，不被那个臭男人伤到极致，是不会醒悟的。我们走，不要理她了。"

尤欢这才抬起头，看着三人一拖一地朝自己的房间走去，看来是又要翻窗了。只有大卫半途转了一下头，碰到他略带关心的眼光，尤欢无奈又酸涩地笑了笑。

人一旦开始一场恋情，就好像踏上了恐怖游轮。你不停地犯错误，而且循环犯同样的错误。于是，角落里积累起越来越多的尸体，直到量变引发质变。

现在，还不到时候。

她在等一个时机。但她不知道该如何跟庆庆解释。

当然，所有这些，马德并不知晓。即使他已经察觉到陌生的动静，也只当是自己的幻听。

此刻，他正忙着打理自己的心情。

如果可以，他并不想回到这个家。它就像一个冷藏室，专门用来存储尸体。进入的人会自动制冷，只余一具干瘪的躯体进入。哪怕是明天的约会也不能对抗这种强大的掠夺感。

"我回来了。"他径直走过尤欢，想上楼睡一觉。醒着，比睡着难熬。"刚刚有人说话？"走到一半，他突然鬼使神差地来了一句。

第一幕 . 婚姻 .

"没有。"她抬起头,专注地看着他,就像回答一个陌生人,"电视里的。"

"真令人扫兴。"马德想。他耸耸肩继续往前走。人与人之间隔着一条误解的鸿沟,从此再无相互理解的可能。所有人,关心的都只是他自己。

事实上很多时候不是这样的。你认真听,别人也认真讲,只是大家谈论的内容似乎不在一个维度,得到的也只能是一句沉闷单调的回应。

"你的皮带呢?"尤欢的动作突然顿住,然后,她装作随意地问道,就像问"你今天去哪儿了"一样。

"皮带?"他被迫停下脚步,低头看了看,果然不见了。"忘在办公室了。"马德面上一派淡定地给出答案。

撒谎最糟糕的部分是,你爱的人真的相信了你的谎言。但它最好的部分是,你会对撒谎习以为常,并且越来越纯熟。最初的那点愧疚,会被时间和你的欲望消解。

不过,他的心里却不可抑制地泛起带着杏仁味儿的波澜。"没了?怎么没了?"他使劲儿搜刮今晚的记忆,却怎么也想不起来,"可是,真的,它会到哪儿去呢?"

还好,尤欢并不是真的关心一条皮带。她问过之后,马德便顺利地上了楼。

他把自己整个人摔进床里。接着,泄愤一般狠狠地砸了几下床,又不敢大声尖叫——虽然他很想,但他还不想引来不必要的麻烦和人。

光鲜的外表下,是一个早已腐烂的内里。没有人知道,有一个强迫症和性冷淡的妻子是怎样的体验。

他有点想不起来，两个人最后一次好好说话是什么时候了。

15
往昔

马德费劲儿地搜刮过往贫乏的回忆，想不起来从什么时候起，两人之间的对话就跟彼此的感情一般，渐行渐远了。

相处越久，两人之间的差异也越发显著地裸露出来——这种差异不仅是观念和生活方式的差异，更是彼此对期待和要求跟实际得到的差异。这差异如此之大，以致每一次融合的尝试都以失败和破裂告终。

至于上一次好好说话是什么时候，哦，好像是某次公司旅行，员工可以带家属。那可以称得上是一次愉快的旅行，除了那晚的小插曲。

彼时，尤欢趴在床上，正翻看白天拍的照片。她看了许久，突然来了一句："原来如此。"

马德下意识地问道："什么？"

"人人都爱马德里。人人都爱马德哩。"尤欢认真地说，就像在念口号。

"马德里的确是个好地方。"这里的人和球场一样激动人心。

"不。人人都爱马德。"尤欢停顿了下，才接着说，"哩！"

"我？"马德用手指着自己，一脸不可置信，还有一点受宠若惊。他似乎没想到，自己在对面女人的心里还有如此高的评价。

第一幕 . 婚姻 .

她点了点头，从床上坐了起来。"你们两个，"尤欢指着其中一张照片中马德的右边——一个陌生女人，很年轻，也很艳丽，淡淡地说道。她语调平缓，听不出悲喜，"你们处在热恋中。我每天看过那么多照片都是关于人们相爱的，我知道那看起来是什么样子。"

"这就是一张普通的社交照片。"马德感到莫名其妙。

"社交照片可不会泄露身体交融后的牵连。"尤欢肯定地说。何况男人出轨的次数多了，一点蛛丝马迹都会成为铁证。

马德对女人的咄咄逼人有点厌烦。"你不要无理取闹。"他早就放弃哄她，或者跟她讲道理了——毕竟女人本来就是不讲道理的生物。

加上酒醉让他的大脑有些不受控制，此刻他只想静静，而不是应付一个女人的无理取闹。尤其，这个女人，还是尤欢。

"像你那样吗？编造谎言，制造欲望？是虚情假意，还是道貌岸然？我不想拆穿你，但你我心知肚明。这个世界对什么都毫不关心。"尤欢讽刺道。

之后，发生了什么，他一点记忆也没有了。只是那天之后，两人的气氛就一点点变了，变得相敬如宾。

他的感情炙热汹涌，尤欢则清冷绵长。火遇到水，只剩下废墟，随风扩散，连点余温都没有。

他们就像被谁设计了一般，深陷泥沼，除了看着自己和对方一点点下沉，根本无能为力，唯有至死方休。

他们一直想做正确的事，却总是做出糟糕的决定。

他们努力忠于彼此，却身不由己背道而驰。

整件事就像一场阴谋，在不知道的情况下，被人感染了病毒，却又不知道它到过哪儿。当意识到问题时，已然无法抽身，损害已经造成。到头来，不知是爱情冲昏了头，还是有人布下了陷阱。

但是，他们不得不找到办法，获得和解，或者彻底放弃。挣扎不是答案，找到被什么绊住了脚才是根本。

马德突然想起，他的母亲曾经反复叮咛："不要辜负任何一个人。女孩长那么大，交付给你，你要好好地对待她。"

可是，人们的命运，在从未遇见某个人时就已经注定了。注定遇见，相爱，反目，彼此陌路。

直到事情发生，才发现，那些年，他们疯狂追求却求而不得的生活，居然在某一天想要放弃。

16
行差

第二天，马德早早离家，按照约定准备带尤喜去"那个地方"。

说实话，他以前从未想过带熟悉的异性来这儿——就连尤欢也不知道，不过，尤喜是个例外。

"你跟姐姐关系真好。"尤喜蹦蹦跳跳地走在前面，还闲不下来地踢开路中央的小石子。她说，"要是有一个姐夫这样的人追求我，我一定答应。"

"婚姻啊，真不是好东西。"马德嘴唇勾起一抹挑衅的笑，并没有正面回答。承认或者否认，都不合时宜。他蓦然想起尤欢曾经配图的一段话。

"所谓婚姻，是人们一场饮鸩止渴的狂欢。前人从不说其中

第一幕.婚姻.

的丑陋、罪恶和哭泣，后人也无从知晓，深处其中时变成宣扬的卫道士。每一个受害者也是一个刽子手。"

所以呀，有些舞步跳一次就够了，那是召唤恶魔的节奏。

当然，此刻，他什么都不说，什么都不能说。

尤喜表情变了变，居然一下子就明白其中深意，知道这是不再期待婚姻的意思。但她很快恢复一派纯真的模样。

"我不懂。"她摇了摇头，固执地强调着，"要是有一个姐夫这样的人追求我，我一定答应。"

"那我追求你啊。"马德半开玩笑、半试探地说道。

"好啊！"她笑着去挽他的手，末了恶作剧般地吼了一句，"老公！我们要去哪里啊？"

"去一个好玩的地方。"马德神秘地笑了笑。很快，两人就到了目的地。

这是一家高端会所，一楼是赌场，二楼据马德介绍是酒吧和娱乐城，三楼则是住的地方。

刚刚踏入大厅，身穿统一制服的东南亚年轻男子会为你拉开带有金色边框的大门，附赠一枚极富魅力的笑容。内场舞台的中央，一位异国美女被跳着性感热舞的女孩们簇拥着歌唱，清丽冷冽的嗓音穿透每一个看客的耳膜。头顶上几欲淹没整个天花板的水晶吊灯，靠着自己的光影为被笼罩其中的人营造了一个过于明亮的梦，让人无法拒绝，也不想拒绝。随着厚重繁丽的地毯深入内侧，入目的便是众人沉溺博彩时陶醉的样子。

这里永远是一副热闹而繁华的景象，不知世间烦忧，却上演着千姿百态。就像威尼斯人的天空永不褪色，永利的喷泉永不停歇，普京的歌舞永不落幕。这里的人流不知去向，一拨接着一拨，时空仿佛没有了尽头，而暗夜永不降临。

一切仿若入梦，却又清晰地让人想要逃离。

看不出来一向体面的男人，也有如此人性化的一面。

四周的桌前都是热热闹闹一副兴旺的模样，不远处是老虎机发出的应景乐章，引得无数客人兴致高昂，就像欲望的导火线。

桌前，一张张亢奋的脸，或年轻或苍老，或好奇或沉着，只是他们大多有一种莫名的笃定或者说迷信。有人身边摆着一个蟾蜍，有人嘴里念念叨叨，有人不停摩挲手腕上价值不菲的手链……而所有人的眼睛都只盯着一个方向：荷官的手，手里的牌。

"您好，庄还是闲？"赌桌前，百家乐桌前的荷官习惯性地把头发盘起来，在脑后绾成一个圆润的髻，配上茶色的唇彩，一副稳重又可靠的样子……

…………

"姐夫，没想到你这么会玩。"尤喜挑了挑眉，故意说道，"姐姐肯定不知道你是这样的人。"

"怎么？不喜欢？"马德并没有放在心上，反而宠溺地揉了揉尤喜的头发，权当接受夸奖。大家都是同类，只用一眼，就能清楚地分辨出彼此。

"当然喜欢。"尤喜放肆地大声笑起来——在这里，尽兴最重要。不是吗？

两人没有在一楼过多停留。

马德带着尤喜直奔二楼，在一个角落落座。这里已经坐着一个人，是上次在格鲁酒吧见过的金发男人。看来，两人早就有约。

第一幕. 婚姻.

"惊恐症好些没？"马德抽出一根烟，又把烟盒往尤喜那儿推了推，看她摆手，才自己点燃。烟在口腔里转了几圈，再颇为享受地吐出，马德一点没有避讳地问道。

"老样子。"自己的隐私被放到台面上，迈克也没有不满。他摆了摆手，给对面的一对儿叫了酒，"不光是工作的事儿。人们这么冷漠、自私。整个世界都在张牙舞爪。我看见那些触角正伸向我，渗入我的体内。"

"你呀！出来玩就别想太多。"马德摆了摆手，烟圈一点点在眼前消失。

此刻，灯光氤氲。伴随着或舒缓或热烈的音乐，空气中充斥着香水味和酒精的味道。昏黄的灯光下，饮食男女摇摆，亲吻，一饮而尽。

尤喜看着看着，也似乎受到感染，起身进了鱼池。年轻的姑娘们，不足50公斤，线条依然如流水一般，饱满紧绷，全身上下无一处赘肉，呈现出令人着迷的曲线。她们招摇而又内敛，能让你在不自觉间便陷入一场狂欢的幻觉。

迈克对着鱼池吹了个口哨，摆摆手。"好了，不说我了，倒是你，"不知想到了什么，他扑哧笑了出来，"要不是亲眼所见，我完全无法把尤欢跟这地方联系到一块儿。"

马德神神道道地说："只要一点点调教，就能拥有一个完全不同的女人。要不，我帮你把你家那位也调教调教？"

"你个渣！"迈克忍不住踢了对面的男人一脚。

"陪我新欢去啰！"马德驾轻就熟地避开踢过来的脚，扭身融入波光粼粼又靡靡的鱼池中，很快找到已经跟这里融为一体的尤喜。

尤喜闭着眼，顺势趴到马德的耳边说话，也不知听到两个中年男人的对话没有。她喷出的气息撩过他的心里，令他熏熏欲醉，蠢蠢欲动。

他听见她说："闭上眼，天就黑了。你知道吗？我一直怕黑，怕鬼。可是，如果那个鬼魂是你，我一点都不怕，反而心生欢喜，永远期盼。"

"我也是。"顿了顿，马德忍不住说，"一定是我们前世作孽太多，上帝才会让我这一生历尽赎罪和磨炼的煎熬。"

"或许是为了让我们来世尽享荣华呢？"

到了一定阶段，皮相不重要，狩猎者看中的是肉体的鲜嫩可口和想象力。

跟有趣的人在一起，是一件非常轻松的事情。她会不断地突破你对她的期待，不断给你惊喜。比如尤喜。

跳舞、情话，这本是一件没有多少乐趣的事，但因怀里这人，马德却乐此不疲。很多事的意义，无关乎这件事本身，而是关乎和你一起做的人。身边的人不同，心境自然也不同。

17
就错

深夜。三楼房间。

马德看着侧躺在床上的女人，见她风情万种，心头一片火热。

"你不知道，看到你信息的那一刻，我有多么开心！我简直是世间的宠儿。"马德忍不住告白道。

"我不发信息给你，不代表你不能打给我。"尤喜把马德的头

第一幕 . 婚姻 .

钩下来，亲了一口，还带着脆响，"对了，你那位朋友不会起疑吧？"

"放心吧，我跟他说过，你——尤欢——我的妻子要寻找设计灵感，所以跟我一起玩玩。"他索性也侧躺下来，回吻了一下，"况且，有些事大家心知肚明。"

屋外是涌动的欲望的暗潮，透过门缝，一点点渗入。

"我放首歌吧。"说这话的尤喜其实并不在意床上男人的回答，她自顾自地选了一张碟片放进播放机里。

"你居然喜欢轻音乐？"马德意外地说。

"你很惊讶？"尤喜挑了挑眉。似乎，人们对自己有很多误解啊——魔鬼和天使，放纵和克制，本就是一体两面而已。

"你刚刚跟你姐姐的样子真像。"马德摇了摇头，若有所感地说。

"说好不提的。"尤喜娇嗔地说道，好像是他犯了规，惩罚性地吻了上去。

"我想为她去死，我是这样的爱她，我不知道没有她，现在的我会在何处。我希望我可以吻遍她的所有不幸，使它们消失，停止，永远不会出现在她身上。我想让她永远快乐。我爱这个女孩。我爱她。"

马德一边被动承受尤喜的亲密，一边这样想着。

她才是他内心一直渴望拥有的人。以前家乡那些粗鄙的女人不是，艳遇而来的随便女人不是，家里那个冰块一般刻板又美丽的女人不是。他想要的，是这个全然享受欲望的女人。

很快，马德反客为主，模模糊糊中，他想到：从来他都在性爱中处于被控制的地位，原来，主导是这样的。而男人生来就应该主导。

手下是年轻酮体的滑腻肌肤，马德突然产生一个疯狂的想法："收拾行李，去巴黎吧。"

尤喜不以为意地弹了弹指尖的烟灰，把这当作一个玩笑。"现在？"

没想到马德居然真的掏出支票。"当然。"

尤喜不禁愣了愣——她没想到他是认真的，随即也认真地拒绝道："抱歉，我已经有计划了。"

马德装作不以为意地说："我以为你从不做计划。"尤喜的回答让他有一刻恐慌——我还没有牢牢抓住这个女人的心。但她终将是我的，他从中发掘了一种捕猎的快感。

"要知道，我还需要找到一个体面的工作和伴侣。"她说。

马德想说："我就是啊。"但是，他却好像被什么堵住了喉咙，开不了口。不知道是不确认自己到底是不是体面的伴侣，还是因自己无法成为她的伴侣而难堪。

尤喜似乎并没有期待对方的回答。"你喜欢吗？"她指了指音响。

马德顺着她的手看过去。"喜欢。"他把视线重新放回尤喜身上，"只要是你，都喜欢。"

两人就像势均力敌的战友，相互捧场。

突然，一阵尖锐的鸣笛声打破了这一室温存——有警车来了。

看到尤喜一脸不明所以又紧张的样子，马德一下子心软了。他安抚地搂了搂她。"可能是有客人太过火了。"他用手比画了下，"有些人的手段……"

这样的场所，一向奉行"客户就是上帝"。然而，有些人的手段，即使底线低如马德，在初次听说时，也觉得太过火——对于

第一幕．婚姻．

那些人来说，对面的人不是人，只是玩物，自然可以无所顾忌地对待。

"你爱她吗？"既然知道了缘由，尤喜对于那些细节也就毫无兴趣了。她打断马德的话，终于问出一直以来想问的问题。

马德愣了一下，才反应过来，"她"应该指的是她的姐姐——尤欢。"可能吧。尤欢太寡淡，认为理解彼此的一切，才是真爱；如果不能，就是辜负。但是，人是生来孤独的存在。"他认真地比较了一下，"我喜欢你。"

尤喜挑了挑眉，也不知是否满意这个回答。她身体微微前倾，把烟雾往对面喷去，马德被呛得咳嗽起来，依然没有发火。

尤喜得逞般地大笑起来，然后很快被马德抓过来，惩罚般地狠狠亲吻，直到喘不过气来，才被放开。"知道我的厉害了吧？"马德得意地说。

"知道知道。"尤喜又笑了一会儿才停下来，"我一直是那个不被爱的人。"她一下子变得缥缈沉静下来，低声说道。

马德有些困惑。从尤欢的谈话中，是完全不同的故事——尤欢才是家庭的受害者，一直是尤喜抢夺了属于她的爱。

"不信吧？"她吐出一个烟圈，看它归于无，自嘲地说道，"我也不信。你知道吗？8岁时，姐姐生过一次病，爸妈跟她一起消失了。再回来时，还有一只白色的小猫，那是他们送给姐姐的礼物。我想要猫很久了，但是爸爸妈妈一直不同意，这次却这么轻易地给了姐姐。"她向虚空抓了一把，也不知抓住了什么。

"我记得很清楚，那天是春分，阳光温暖，姐姐和白猫——哦，她叫它有鱼，一起在香樟树下玩耍。我很羡慕，请求她让我抱抱。她不肯，我也急了，便拼命去把它抢了过来。虽然头发散了、手有抓痕，"马德下意识抓起她的手，看到她安抚地笑了笑，继续说道，"虽然头发散了、手有抓痕，但我很高兴。它的毛真软，跟我想象中的一模一样。"她停下了，似乎在回味那软软的触感，又似在酝酿着什么。

"但是，我空隙时抬起头，才发现姐姐满身抓痕，满眼怨恨地看着我。我很害怕，也很愧疚，我没有想过伤害她。但是，她居然也没有向父母告状。那时候，我很高兴我有一个姐姐。"她的眼神悠远，似乎穿过记忆的迷宫回到过去。

人们总是羡慕更小时的自己，却在那时拼了命地想逃离。等到想回头时，才会惊觉一切为时已晚——这世上从来没有回头路，就算有，也已经是完全不同的路。就像生活无法假设，更无法预知。

尤喜勉强按捺住体内翻腾的复杂情绪，接着往下说。"有一天，有鱼突然不见了，姐姐找到有鱼时，它浑身是血。她们说是我干的，我也记不清了。"她的语速明显快起来，似乎在躲避什么，"后来，父母离婚，我想跟妈妈，或者跟姐姐一起，可是她们说不行，怕我会伤害姐姐。"

"发生在你身上的事情一般人都很难理解。"马德不知该作何评价，只能如此安慰。

"她们总是更爱姐姐。"她最后总结道。

那时，尤欢是她喜欢的少数人之一，她尊重的更少数人之一，她唯一嫉妒的人。后来看到她站在门前，声嘶力竭却叫不回爸爸时，尤喜的心里快意又难过。因为伤疤不在自己身上，其实别人早已好了,她却延长了那疼痛而内疚。

"可是我爱你。"马德温柔地说。

所谓生命中的灵魂伴侣,极可能只是那个求而不得,在一个个夜晚被命运打包丢掉,等着你去捡起的小女孩。

可是,这爱有多少是真的?又能持续多久呢?

18
骗子

第二天,马德带着尤喜来到郊外一处老旧的仓库——他的秘密基地。

"这是我从小长大的地方。"他介绍道。

此刻,他还不知道这一举动意味着什么——毕竟,这里他从未带其他人来过,就连尤欢也不知道。他只是随心而为——他想让尤喜参与自己的一切,于是他就这么做了。

"什么?"尤喜惊讶极了。马德的成长环境跟自己想的完全不一样。恍惚间,她突然参透了马德跟她们——她和姐姐似乎并不是一路人,只是此刻的心情让她来不及深究这一发现到底意味着什么。

"你真是一个出乎意料的男人。"尤喜好奇地走来走去,有一种探险的异样快感。

"惊喜吧?"马德一边带路,一边低声碎碎念着——他的声音很轻,以至于注意力都被周边环境吸引了的尤喜,根本没有听进去多少。他说,"我已经说过,我很早就意识到存在着不同的观察方式,因为我是从很偏僻的地方来到大都市的。严格来说,可能还有另一个原因,那就是我找不到一个过去,一个我可以进入和考虑的过去,这种缺失让我感到痛心。"

"我知道自己父母的情况,但是再往前就不清楚了。我家祖上的事含混模糊,仿佛是被遗忘在火车站寄存处的物品。父亲还是个婴儿时,我爷爷就去世了。传给我的家史仅此而已。"

从离开这里的那一刻,马德就下定决心,一定要找一个跟粗鲁、野蛮又绊于家务的母亲不同的妻子,她要得体、优雅又富于教养。他要摆脱贫穷、生活的困苦带来的痕迹,进入上流社会,做一个能够随心所欲的人。

他会忘记有一个深夜划过草丛的流星,忘记汗水和少年的山丘,忘记某个曾经让目光和流浪汉驻留的木屋,忘记那个高高的山冈上吹起漫天的蒲公英,忘记走过就会粘上灰尘的寂寞道路,或者无数个静谧的黑,甚至忘记自己。

那时,他还不知道,凡事皆有代价,还以为自己能够得到一切。他以为只要足够聪明,就能游刃有余。真相是,没有对方的心,他将失去而非得到一切。

他牵着尤喜走近这座穿越风霜挺立了几十年的仓库。只轻轻一推,伴随"吱扭"一声,门便开了。

里面因为太久无人光顾,堆起肉眼可见的灰尘,似乎轻轻呼一口气,就会大块大块地掉落。头顶的横梁上挂着几个破碎的蜘蛛网,没有生物活动的迹象。最里边放着一些枯草,立起的木头看起来还很牢固。马德似乎还能听到,一阵深深的、兴奋的喘息,从木屋的后门传来,而在遥远的上空,一枚炸弹正朝着这座小城飞来。

第一幕 . 婚姻 .

"喏，就是这里。"他指着一段木桩，抚掉上面厚厚的尘埃，露出上面一个环形的标志，不知当初是什么刻上去的，依然醒目。

"这是什么？"她也顺着去摸了摸，好奇地问道。

"你知道的，我，一家三口，一直住在这里。被繁华城市遗忘的偏僻郊区的一处独立乡间小屋。那是一个贫穷的年代，几乎人人吃不饱。像我长得这么健壮，真是一个意外。"他往自己的身上看了看，接着说道，"直到18岁，我才离开这里，父母早已去世。至于这个标志，则是一个流浪诗人留下的。"他扯过来一些草垛，又细心地将外套铺上去，才拉着尤喜一起坐下，轻轻地诉说着，面前是那个格外炎热的下午——

"咚咚咚。"

母亲打开门，面前是一个陌生男人。他穿着破烂，满身尘土，只有一双眼睛闪闪发光。

"女士，下午好。真不好意思开口，现在人人都过着艰苦的日子，但不知您可否给顿饭吃。我可以干活补偿。"男人率先开口道。他的嗓音像他的人一样充满风霜，散发着一股别样的成熟又沧桑的魅力。

父亲显然不欢迎不速之客。他站在母亲身边，手持一把斑驳的铲子，枯瘦精明的脸上是明显的嫌弃。"你可以自己看看，我们什么都没有。何况我们不信佛，也不是基督徒，你也不是我们的兄弟。"

母亲轻轻反驳："不是这样的。"

父亲并没有理会母亲——这个家里，女人没有发言权。无论什么时候，人都是吃不饱的。

流浪汉并没有像想象般局促，反而不卑不亢地问："我能明天再来吗？"

沉默。

尴尬的沉默。

母亲终于受不了地说道："你留下来和我们一起吃饭，明天再给我们干活。但如果你要坐在我家吃饭，我得把你的衣服拿去洗了。"

流浪汉微微一笑。"非常感谢，这对我也是解脱。"

然后，母亲朝旁边喊了一句："马德，别玩蚂蚁了。去锅炉那边生火。"

流浪汉朝一旁抬起头的少年笑道，像一位真正的绅士。"你好，孩子。"

"那是我跟他的第一次正式会面，但我并没有回应他。"马德总结了一句，不知是遗憾还是庆幸。

流浪汉并没有在意小孩的怠慢。他说："他让我想起了自己。"

"我一点也不觉得奇怪。"母亲顿了顿，问道，"你怎么会这些礼仪？"

"我从东路来，靠近上海的地方。"

"哦，上海。难怪你当流浪汉也当得这么心安理得。"母亲接着问道，"你是共产党吗？"

"不。不过他们穿得也不好。"男人尽责地回复道。

"他们有灵魂，但是无法被救赎。"这里并不常见陌生人，

第一幕. 婚姻.

母亲似乎找到了倾诉的入口,"就像老话说的,生活就像马蹄铁,中间还宽裕,两头都是敞开的,一路走来都不容易。"

母亲拿了一枚硬币给男人。

流浪汉并没有推辞。"明天,等我做完工作后,就还给你。"

"说实话,除了这个男人,我已经想不起在这里的生活了——就好像是别人讲给我的一个故事而已。"马德感叹道。

过去已远,早就面目全非。就算勉强回忆一二,马德自己也不确定,这其中有多少是事实,又有多少是自己的想象掺杂其中。

再次回到这里,哪怕他已经尽力还原当时的情景,马德的心境却已跟当时不同。"每天都是新的人。我们做过的决定,做出的事,说出的话,所经历的过去,体验的感受,过了一段时间,甚至只是一天,就变得模糊陌生了。我们只对此时此刻负责,过去,或未来的我,其实是一个完全不同的自己。"

尤喜点点头,接口道:"这从医学上说倒也说得通。人体的细胞会新陈代谢,每三个月会替换一次,随着旧细胞的死去,新细胞华丽诞生。由于不同细胞代谢的时间和间隔的不同,将一身细胞全部换掉,需要7年。也就是说,在生理上,我们每七年就是另外一个人。你就是你,但你也不是你了。"

马德点了点头,表示认同。"那个晚上,是我跟他的第一次交谈。我拿了毯子给他。就在这里。"他用手比画了一下流浪汉躺的地方,他就睡在木桩旁边的杂草堆上。

彼时,流浪汉依然维持着自己良好的教养,跟他胡子拉碴、不修边幅的样子格格不入。他闲适地躺着,就像躺在一张豪华大床上般的惬意。

"谢谢。抽烟吗？"流浪汉递过去不知从哪里摸出来的半截香烟，诱惑道。

然而，马德根本不为所动，甚至带着隐隐的敌意。"不。"

男人也不介意，自顾自地点燃。他带着胜利者的笑意说："你说话了。"

小孩防备地说："我是来告诉你，别忘了感恩。"

男人吐出一个烟圈，说："在这个地方感恩是没有任何帮助的，孩子。你最好关心关心你的母亲，她肯定会好好照顾你。"

小孩似乎被戳中了痛处。他尖锐地说："她不是我的妈妈。"

男人耸了耸肩。"我们都希望我们来自别的地方，相信我。"

小孩吐了一口唾沫，愤愤地说："你没听到吗？我是个野种。"

男人依然不在意，宽容地说："不，我什么都没听到。"

小孩感到一阵泄气。他干脆换了个话题："你说起话来不像是乞丐。"

男人好脾气地解释："我不是。我是沿着铁轨前进的绅士。对我来说，每一天都是崭新的。每天都来到不同的地方，遇见不同的人，尝试很多新鲜事物，我很满意。"

小孩又问："那你没有家吗？真悲哀。"

男人哈哈笑了两声。"家里有什么？我曾经也有一个家。有妻子，有工作，可是这些事困扰了我，使我在每个夜晚都无法入睡，然后死神来找过我。"

小孩好奇地看向他。"你看见他的样子了吗？"

男人说："每晚都见到。所以某一天早晨，我把衣服甩在身后，离家出走，自我解放。现在我睡得像石头一样死。有时在晴朗的星空下，有时在湿润的春雨里，或者在凉爽的畜棚下，但我睡得特别香。"

小孩忍不住问道："那么你要去哪儿？"

男人抬起头，难得认真地说："下一个铁轨停留的地方。明天我会离开这个地方，那是肯定的。如果死神会来，那他就会来这里。孩子，在每个角落里寻找。"

不过，不论哪儿都不会是他的归宿。一切都转瞬即逝，无法永恒。

马德点了点头，像大人一样说："你一定有很多故事。"

男人说："我的确有过很多女人。"

"你能告诉我怎样让一个女人爱上我吗？从来没有人教过我这些事。"小孩稚嫩的心灵突然产生一股莫名的兴奋。仅仅只是谈论起这些事。

男人是这样说的："你要是想撩一个人，要喜欢她，但不要爱上她。所有的技巧，只在心如止水而非牵肠挂肚时才能发挥最好，最后修得万花丛中过、片叶不沾身，你就不缺女人了。"

"这样会幸福吗？"那时的小马德问。

"幸福是什么？我只知道快乐。" 男人说。

"哪怕这快乐转瞬即逝？"小孩怀疑地问。

"是的。"男人肯定地说。

然后，他居然从口袋里摸出一支粉笔。他一边比画，一边说："以后我们就这样交流。在每座房子的前门上都会有个记号，这是个暗号。就像你在收音机里听到的一样。看，这是 π，代表这里的食物不错；这个圆圈，代表要小心这家的恶狗；这个代表这里住着一个骗子；这个代表伤心的故事。"

最后，他把还有半截小孩手指长的粉笔抛给小孩。"别着急，孩子。你还没有长大成人。所有我遇见的，你也会遇见。"

第二天，工作做完以后，男人就走了。他并没有还给母亲那枚硬币。他走的时候没有人知道，就跟他凭空出现时一样。要不是小孩看到他留下的标志，都要以为他是自己梦中的人物。

那个标志的意思是：这里住着一个骗子。

说到这儿，马德突然停了。他转而问了一个不相干的问题。"问我一些问题吧，任何问题。"

尤喜眨了眨眼，从善如流地问："萤火虫为什么会发光？"

马德转过身，专注地看向她。"我不知道。但我永远不会对你撒谎。我指着这个标志发誓。"

然后，他又接着说："我之前犯了一个错误，为了摆脱这里，这种粗鄙、难堪的过去，我拼了命地向上走。在我第一次遇见你的姐姐时，在我还没来得及确认是否爱上她时，我就知道，她能带给我想要的一切。"他顿了顿，似乎下了好大的决心，"现在我可以肯定，我不爱她。我依然是那个粗鄙的乡下小子，希望有一个美好、热情的爱人，而不是跟妈妈般冷漠或者父亲般疏离的人。"

"我爱的是你。"他最后说。

话到这里，一直很安静的尤喜突然哭了起来。不同于尤欢哭时眼泪滑过，却无声无息；她连哭都格外放肆、任性，巴不得昭告天下。

第一幕 . 婚姻 .

"你什么都好，除了一点。"她哭着喊道。哭声中的悲哀刺痛了马德。

"什么？"马德突然一阵心慌。

"已婚。因为已婚，再怎么心动，我都会想：算了，当亲人就很好了，真的很好了。"

这一刻，某个坚硬的东西突兀地沉入马德的身体里，那些撕裂的痛让他彻底怔住。他的脑海和心脏里面，都像是有人在狠狠地打鼓，那些轰隆隆的声音生生不息地涌上来，最后全部在他的心里面汇聚成"完了，我彻底完了"。

当马德把28岁的尤喜压在地上时，他回想起了1973年的那个夏日，每辆汽车的广播，每个村口的喇叭，都在鸣响着，找寻着，破坏着。一阵温热的夏雨袭来，如同汗珠从下乡青年跳动的膀子上被甩下一样。

人到中年，似乎只剩失去。过往的激情、拼劲儿，都随着时间的沙漏，以越来越快的速度从手中流逝。

除非，有个人，不停提醒你，那些不是失去，只是蛰伏。它们只是藏起来了。等着一个人重新点燃。

母亲总是说，结婚啊，得找个热闹的女人。其实，我们总是娶了一个不爱的人，所以才能爱一个人到永远。

那之后，马德一直想着，我是好同事，好女婿，好丈夫。我是一个好人。就像自己的名字一样，成为一个有品德的人。只不过，这远比成为一个幸福的人难得多。何况，好人也会有一些染了黑色的念头。

他隐隐知道，母亲睡过很多男人，那些借宿的、路过的、流浪的男人，那些男人走时，会留下一些钱币，或者一些外面才有的新奇的玩意儿，或者还留下一颗种子。不过除了他，没有其他种子结果落地。

小时候，他一直不明白，为什么那个他叫"爸爸"的男人，总是打骂他，母亲从来不敢上前阻拦，只会等男人离开后，抱着他哭。

现在他懂了，一个人很痛苦，只能通过让别人更痛苦，才能稍有缓解。

他控制不了。一切都不怪他。

他控制不了自己。

19
尘埃

再次回到这座老房子，马德突然产生了一股巨大的空虚。

"我只是这里的客人。"马德第一次清晰地认识到这一点。至于当年初次登门时的紧张和欢欣，早就随着时间的研磨消失殆尽。

照他和尤欢的经济实力，早就可以换一座更大、更新、更便捷的新房，只是尤欢一直对这里有股执念。于是，换房计划就一而再、再而三地被搁置了。

"或许，是人不对。"马德回到家，也懒得打招呼。他百无聊赖躺在沙发上，争取多享受一会儿没有尤欢的时间。他心中暗想，"这次真的到了购置新房的时候了……"

他还没来得及细想，一阵熟悉的清冷声音突然响起。"这周末去游艇上吧，好久没去了。"

第一幕 . 婚姻 .

是尤欢。过了这么久，她终于从书房出来——未经她允许其他人不得擅入的私人领地。她特别强调了一下："那天是我们的7周年结婚纪念日。"

马德有些意外。尤欢一向对任何节日都不关心。他记得很清楚。几年前，尤欢生日，马德花心思准备了惊喜party。本来以为她会很开心，她却在散场之后，走到正在收拾残局的马德面前，郑重地宣布："我不喜欢惊喜，也不喜欢节日。请不要再这样做了。"

他知道她是认真的。就像她对待任何其他事一样，比如做饭和做爱。

从那以后，每一天都是同一天。没有节日，没有纪念日，也不需要浪漫、惊喜和意外。日子，只是一个阅后即焚的数字而已。

说到底，当初再热的心也禁不起日复一日地消磨吧。人心，一般不会死在大事上，而是那些一次又一次的小失望，成了致命伤。

此刻，主动提到结婚纪念日的尤欢，让马德感到不对劲。他下意识想反驳，但是一方面心虚作祟，一方面另有所图，最终，他还是点了头。"好。"

得到想要的答复后，尤欢再次一头扎进自己的书房。

"这就是我的婚姻啊。话不投机半句多。什么都是多余。"看着尤欢的背影消失，马德自嘲地勾起嘴角，笑了。一直以来，他都有这种感觉——

他对她，自己的妻子的了解，还不如对一个陌生人来得多。他知道办公楼楼下卖煎饼果子的中年人什么时候出摊，什么时候收工，知道他有一个女儿，知道他妻子的样子，知道他高兴时眼睛会笑得眯起来，看过他收到假钱时绝望又无力的样子，还知道遇到城管时他会直接拉着车子开跑，留下凳子杂物……

他从未留意过他，可是他却了解他的那么多细节。然而，他对自己的妻子，却知之甚少。这其中蕴藏着某种奇异的错位感，令马德厌倦。

之后，他偷偷跟尤喜语音。"这周日不能陪你了，要和她去游艇。结婚纪念日。"

这个"她"是谁，两人心知肚明。

很快，对面的人就回复了。"她给我留言了，让我那天也去。"

"让你去干吗？"马德的心立刻"怦怦"地跳起来，一连串的问题随即脱口而出，"为什么会叫你？她知道你在国内？"他有点疑惑，又捉摸不透，尤欢这是要干什么。

"她邀请我回国。她说要给你一个惊喜。"说着说着，尤喜的声音低了下来。不知是对自己不满，还是对自己的姐姐，"我俩互换身份，让你来猜。"

"什么？"这个女人有什么目的？马德不抱希望地确定，"你答应了？"

"答应了。我要到周日才能露面。这几天就不跟你联系了，省得惹出麻烦。"尤喜嘱咐道。

马德下意识地想反驳，她从来不是麻烦。但是他突然想到，如果真是这样，岂不是天赐良机吗？

"也好。我们很快就能在一起了。"马德并未再多作解释，他再次提醒道，"记得提前把东西寄给我。"

语音结束，他照旧把所有记录删除。

第一幕 . 婚姻 .

他又一次想起，认识尤欢的那天，是在一个高端酒会上。他看到她的第一眼，就发现她符合自己关于理想妻子的所有设想——知礼、安静，是跟母亲完全不一样的人。那时，他还未看清人的复杂性。

起初，他并没有注意到她，但那是因为她一直背着身。直到她转过来，灯光从头顶倾泻而下，洒在她的身上，仿佛天使坠落人间，他的视线立刻就被吸引。她的脸很美，很冷，那一刻，他决定娶她为妻。

每当她那么看着他，尽力靠近他，都会让他有种深陷蛛网，而且网在一点点收紧的感觉。他不得不奋力抵抗。一开始情况可不是这样的，她曾经那么美丽，让他误以为她会和别的女人不一样。

那时可真是天真啊。马德自嘲地想。

你知道婚姻最可怕的地方是什么吗？就是婚前所有的温柔小心和彬彬有礼都会消失，你可能会摊上冷心、冷情的木头人或者整日酗酒的伪君子。当然，这种事概率很低，但遇上与身、心、灵匹配的伴侣概率也不高。

等到他觉悟时，却发现自己早就变成了一只昆虫——被蜘蛛网上的饵诱惑，再也逃脱不开。

无论是社会地位、房子还是工作升职，都是他无法舍弃的东西。关键是得到了也不会振奋，不过是不得不追求实则并不憧憬的东西罢了。与此同时，时光的逝去，朋友的远走，却都在真实无情地发生着。此身被束缚掣肘不能动弹，环绕的信息多半都是鸡肋。人生真是惨淡啊，而且是每况愈下。

少年时候心思活络，各有所好，每个人都有想要的远大前程。直到后来人们都变得一样，在酒色财气里打转，不得解脱。

有时，他也会疑惑，曾经对生活喷薄的激情、小女孩的矫情、赤子的真性情、少年般昂扬的热情，到底洒向何处了呢？——他感到自己的生命正一点一点被阉割——阉割他的，是琐碎的生活、庸常的无聊、日渐增长的年龄，是雾霾、地铁里拥挤的人群、永远诱人的奢侈品、摆弄手机时的孤独，还有跟曾经的爱人四目相对的无言。

既无青春颜色，又无温柔小心。情，消于无所图。

他们也不是没有努力过。只是抗争过了，不还是得无奈地接受吗？这个世界，不是说想做个好人就可以做的啊。

不过，现在不同了。

现在，现在，一切都有希望了。

就像一片死寂的废墟，突然被点燃一星火苗，一切都变得热烈起来。

20
插曲

"很多时候，你早起的状态，几乎决定了一天的运气。"马德觉得说出这句话的人一定是个智者。

这个周日的早晨，马德感受到前所未有的活力。他想自己今天的运气一定很好。

右边的床早已凉了，看来尤欢已经起来很久了。

他披上睡衣，慢腾腾地往楼下走，在拐角处看到尤欢正在专心地准备早餐。一切的一切，都跟工人上班打卡一样，日复一

第一幕．婚姻．

日，年复一年，刻板、固执，一成不变。

其实，她不失为一个好妻子。马德心里想着。但是，她不快活，我也不快活。那还有什么维持的必要？

说实话，他怕她。

她经常无意识地看着他，好像他做了什么见不得人的坏事。每当这时，他就觉得自己像一只误入房间的小动物，里面堆满了捕鼠器。他被看得心虚，明明自己什么都没做。跟她相处时，他很难真正放松。他一直没有意识到这一点，但他会下意识地回避她的对望，也就错过了其中蕴含的深情和期待。

他总是顾左右而言他，他的视线始终落在别的地方，他的姿态让尤欢很难不联系到鄙夷和轻视，这非常伤人。

每当他转向别处，尤欢的心都会剧烈地跳动几下，然后蔓延出密密麻麻的疼痛。她很想问问他，为什么不能正眼看看自己，是什么横在两人之间。然而每次开口之前，疼痛都吸干她好不容易积攒起的力气。

她感到屈辱。她讨厌软弱的自己。她憎恨一切会让她变成幼时小女孩的人和声音。

于是，漠然和距离就像有毒的气体，一点一点充盈整个空间。他们只能看着一切以不可逆转的姿态破败下去——感情，交流，甚至健康，却无能为力。

就像现在，他在楼上，她在楼下。他立着，她在做饭。明明两个人什么都没有做——争吵没有，分歧没有，暴力没有，偏偏他们都心知肚明，他们之间的隔阂又一次随着时间的流逝而加深了。

周围安静极了，房子成了一片无声的汪洋，一股又一股的触动如流水般，从马德全身的每一处毛孔，鼻孔，眼睛和嘴巴溢出，与其他泉眼连成一片，汇聚成更大的海域。每个人都是一个泉眼，温柔的海水淹没了它们，远处有阳光打下来，世界一下子变得模糊起来。

突然有人用手堵住了泉眼，马德呼吸一个停滞，接着才再次顺畅起来，他这才意识到，时候到了，自己必须继续走下去。

一瞬间，就像谁按下了按钮，水下的气泡一个接着一个破裂，发出啪啪啪的清脆响声，底下的人这才急慌慌地从海底游回海面，又过了两秒，才抬脚走上陆地。

还没等他走到身边，尤欢突然若有所感地转过头来。接着她俏皮地眨了眨眼，用口型示意"姐夫"，却用尤欢一贯冷淡的声音开口。"饭马上就好。"他立刻会意了：这是尤喜！

巨大的欣喜潮水一般淹没了他，马德居然产生一股羞涩：真正的夫妻啊！他和尤喜……

他突然意识到，自己厌烦的不是尤欢的态度，不是尤欢的着装，也不是她的一举一动，他厌烦的是她这个人！像他这种感情经历复杂的男人，心底藏着一片满目疮痍的战场，你没法在上面培育出玫瑰，只能靠狂风征服。

尤喜，无疑就是这股摧枯拉朽的狂风！

很快，两人就在不知不觉中建立起一种默契：像寻常夫妻一般相处。不热络，不谈论，不拥抱和亲吻。

"东西准备好了吗？"收拾完毕后，马德问道。他觉得今天真是刺激极了。他们就像两只拥有共同秘密，却偏偏在人前装作隔离的小兽，死死地守着自己的小确幸。

这跟明明同床异梦,却假装亲密是两种完全迥异的感受。一种是天堂,后者是炼狱。

那里的黑暗无边无际,死寂如终。不是被征服,就是毁灭重生。

前者,才是他以为自己奔波半生后真正想要的归宿。

"好了,走吧。"尤喜挽起马德,自信地说,而且有光在她的眼中跳动。

21
落定

马德和假扮尤欢的尤喜很快来到了游艇上。

或许是因为离开了那个充斥着尤欢生活痕迹的空间,两个人心上被绑的枷锁瞬间被打开,他们忍不住热烈地拥吻起来。

过了大概十分钟,两人才气喘吁吁地停下。他们一边整理衣服,一边彼此安慰。"她快来了。"

似乎从第二次见面起,两人就默契地再也不提尤欢的名字,而是用"她"代替。就好像"她"只是一个没有身份、无关紧要的任何人一样。

"今天之后,我们就能永远在一起了。"马德再次说道。对于即将发生的一切,他既忐忑又带有不可抑制的兴奋和期待。

"嘿,尤欢你来了?我刚刚看到马德和⋯⋯"码头上,一位熟识的工人有点困惑——马德和尤欢不是来过了吗?

"哦,我是他们的妹妹,尤喜。我跟姐姐比较像。"真正的尤欢顶着尤喜的身份招呼道。

"哦。哦。"对方带着还未下去的疑惑,点了点头,"他们来了好一会儿了。顺着数过去第二条游艇上。"

"好的。谢谢。"尤欢得体地道谢。

转过身，她拢了拢头发，又整理下衣服，换上一副生动带笑的表情，这才抬脚迈入游艇内。

"姐姐，姐夫，我来了！"她高兴地呼叫。

当尤欢进来时，先到的两人已经恢复了正常的冷漠又强装恩爱的样子。

"尤欢？那你是？"马德指着尤喜问道。看着又走进来一个尤欢，他的脸上适时地浮现出困惑的表情。

"我是小妹啊，尤喜！"来人丝毫不受影响，依然欢快地说，同时递过去一瓶上好的香槟，"祝姐姐、姐夫7周年结婚纪念日快乐，白头到老！"

尤喜的脸色变了变，总觉得这话中有话，但她很快想起自己的"身份"。

"对对，是我邀请小妹来的。小妹，快进来。"尤喜一边说着，一边亲亲热热地拉着自己名义上的小妹进来。

"不对！你才是尤欢！"马德指着后者坚持道，顺便挪到了她的身旁。

"你确定？"尤欢并没有被揭穿的窘迫，反而盯着他的眼睛问道。

"当然。"他胸有成竹地说。尤欢才没那么聒噪——热情，他一边心里吐槽，一边将人卡进怀里，"无论如何我都不会把你弄错。"做戏当然做全套，他想。毕竟夫妻7年，事到临头，让她高兴一回也无妨。

但他还是趁尤欢不注意的时候，向已经自觉挪到对面的小妹

第一幕．婚姻．

打哑语。"我爱的是你啊。"

"姐姐，姐夫可真爱你，居然没有骗到他！"尤喜挑了挑眉，决定配合对方的演出。她立刻换上一副夸张的表情，兴奋地叫到。

"好了，算你过关。"尤欢看了看两人说，"难得咱们单独聚聚，一个都不许提前走。"

很快，三人落座，兴致颇高地对饮起来。

多年以后，尤欢回忆往事，还是能一下子想起这个秋季的上午。

那年她32岁。她清楚地记得在那漫天华彩的日光下，在那光滑巨大的水面上，在那甜腻腻的香味里，在那清风暖饭的陪伴下，尤喜言笑晏晏，马德英俊潇洒，他们就这样在她的记忆里，她就这样注视着他们的喜怒哀乐。那时的他们无所畏惧，好像再没有什么能难倒他们，没有什么能阻挡他们，更无法改变他们。她甚至想起更小一些时候，爸爸妈妈和自己一起站在花园里，在药香的包围下，在阳光的凛然中，度过一个又一个秋日。人们总说陈年旧事可以被埋葬，人们总说在时间的压迫下没有什么会永垂不朽，然而许多年过去了，尤欢终于明白这是错的。因为往事自会爬上来，因为总有一点东西固守着原来的姿态成为永恒。

当然，当时的三人谁都没有预料到以后的分道扬镳。无论此时，他们自以为多么周详的计划，依然没有逃过命运偶尔的随意拨弄。

后来的漫长时日证明，未来从来不会按计划进行。到头来，三人皆输。

就像此刻，尤欢突然觉得有些上头——

"呼，头好晕……我需要躺一下。"尤欢觉得哪里不对劲儿，却无法追究。她整个人似醒非醒，犹如灌铅。眼前的人影叠叠重重，分辨不清。她连说话都有些不连贯了，"阿喜，扶我一下。"

在眼皮彻底闭上之前，她居然看到马德拿着一个针管模样的注射器向她慢慢靠近。她蓦然升起一股不祥的预感。

她想要挣脱，却全身无力；她想要求救，却发不出声。她甚至看到马德和尤喜在对笑，看到尤喜挥手之后就走了……最终尤欢身体一软，陷入一片彻底的黑暗之中……

第二幕．姐妹．

序

当你在一场没有硝烟的战争里获胜之后，接下来你会做什么？对于尤喜来说，下一步就是占地为王，从而在这里占据一席之地，宣示自己的主权。

至于前人的痕迹，如无必要，最好跟过去一样烟消云散。

"啧啧，果然都是旗袍啊。"

马德和尤欢的卧室里，尤喜的手划过衣柜里一排排窈窕的裙装，就像划过一条条不再新鲜、散发腥味儿的海藻。她嫌弃地撇撇嘴，顺便给它们判了刑。"都丢了吧，太丑！"

"别……"马德用手虚挡了一下。

"姐夫舍不得？"尤喜挑着眼看了看马德，直到他悻悻地放下手，接着故意挖苦道，"是舍不得衣服，还是人？"

"你呀，简直酸得可以拧出水了……"马德无奈地笑笑，顺势将人揽进怀里。他安抚道，"这些衣服可都价值不菲。而且，妈妈会来。"

"哼，好吧。反正照片也都留下来了……"尤喜翻了翻白眼，抱怨道，"我这个替身可真不划算……真麻烦……"

"知道委屈你了。我已经在看新房了，顶多两年，我们就不住在这儿了。"马德保证道。

"我相信你。"尤喜勉为其难地接受了。看着姐姐的这些旧物，她突然有点难过，又有点忐忑，"姐夫，姐姐还会回来吗？"

这个问题难到马德了——他当然知道尤欢不会回来了，毕竟针管里可是无药可救的烈性药。只是当初的情况太过混乱，他又提前把尤喜打发出去，所以，她对发生的一切也只是一知半解。

"我这是为了保护她。"马德这样想着，再次给出同样的说辞，"失足掉海可不是闹着玩的。我会继续暗中找人搜人，不过并不乐观。"

他抱着她，安抚道："就是委屈你了。假扮尤欢，暂时不能以真面目示人。"

"就当是一场冒险了。"尤喜笑了笑，"再说，我这也是争取时间的权宜之计。我懂。"

马德怜惜地亲了亲她的额头。"一切都会好起来的。"

接着，他像想起来什么似的，惩罚性地拍了拍她的屁股。马德严肃地提醒道："还有，不许再叫姐夫。要叫老公。"

在马德的设想里，他会彻底赢得尤喜的心，他们终将成为真正的夫妻。等到一切尘埃落定，尤欢的下落早就不重要了，自然而然也就无人追究。

即使有人追问，他也早就想好了开脱的理由——不管是失足落水，还是突然失踪，抑或是离婚分居不知去向，没有人能发现真相。

至于那一天游艇里到底发生了什么，除了自己和沉入海底的尤欢，没有第三个人知道。

当务之急，他要彻底搞定尤喜，从而换取她的全方位配合。只要尤喜落入自己的爱情网罗，不管是不在场证明、财产和新生活，都将水到渠成。

只要坚持一两年，等到他把所有的事全部打理妥当，就没有后顾之忧了。那时，尤喜也将以尤喜的身份成为自己真正的妻子。

此时的马德，确信自己什么都打算好了。唯独没有算到，人心难测。这人心不仅他有，人人都有。

回到卧室。

尤喜斜瞥了他一眼，眼波流转，却没有正面答应马德的话，而是在对方的脸上亲了一口。

然后，她顺势从马德的怀里挣脱开来，开始再次巡视自己的领地。

突然，桌上的一个泥偶引起了尤喜的注意。这个泥偶灰扑扑的，就跟水泥捏成的半成品一样，尤喜一下子沉了心。

她不屑地想：大设计师的品位也不过如此嘛。还是说，所谓大家，都喜欢故弄玄虚，用自己的名字给平凡之物镀金，好像自己真的多么重要似的。

随手把泥偶丢回桌上，尤喜的注意力很快又被一个紧闭的抽屉吸引。她使劲儿拽了拽，抽屉纹丝不动。"咦？这个抽屉怎么打不开？"

"不知道。没见她打开过。"马德纵容地看着她的一举一动，觉得尤喜可爱极了。

听到马德这么说，尤喜也兴致缺缺，便把注意力放在其他东西上面。梳妆台上摆放着各式各样的假发,井然有序,就跟尤欢这个人一样无趣。她略带讽刺地低喃道:"假发,求偶。"

"什么?"马德下意识地问道。

"我说,老公……"后边的话语消失在两人的唇齿纠缠之中。尤喜就像海藻一样缠在马德的身上。

看着失控的男人,此刻的她蓦然升腾起一股不可战胜的优越感——她知道如何满足男人,也知道如何让男人臣服。尤欢做不到的,她做到了——从她第一次看到戴着假发的尤欢,她就知道,她的机会永远存在——女人的假发就像孔雀张起的羽毛,这是一种求欢的姿态。而只有无法得到满足的人,才会如此招摇过市……

与此同时,在某个海岛的沙滩边,一条红色的旗袍正随着海浪起起伏伏,远远望去就像一尾搁浅的人鱼。

第二幕 . 姐妹 .

1
死里

不知过了多久，尤欢从昏睡中醒来，发现自己正置身于一片汪洋之中。偶尔有几条锈色的海藻飘过，远远看过去就跟一条条营养不良的章鱼似的。

她有一刻的茫然。周围太安静了，甚至能听到血液流动的声音，她试着尖叫，却发不出声音，只是吐出几个泡泡。远处有阳光打下来，让她有点眩晕。

她使劲儿挥舞四肢，想朝那个圆形的光柱游去，却发现自己一直在原地打转——海下的生活让她的思考变慢了。远远地，有人形物体飘来。人头象身还挂着一副听诊器的尤母，少了下半身还很年轻的尤父，身上伸出很多触角的马德不知正在嘲笑谁，手上还有一支针管，尤喜大口地喝着酒全身冒着泡泡，抱着缺头娃娃的庆庆，还有很多她叫不上名字来的奇怪植物和人……

尤欢看着他们向自己飘来，停在半米远处。那里好像有一个无形的屏障，将他们弹开一次又一次。很快，他们开始原路折回，任尤欢在屏障这边歇斯底里，也没有一点用处。

直到此刻，尤欢才真的急了。

她胡乱扑腾着，带着显而易见的不安。过了好长一段时间，这具沉重的身体终于往上升了一点点。只是她还没来得及高兴，脚下突然一个踩空，在她意识到自己不能在水下自如呼吸之前，就开始大口大口地呛水。

"我要死了吗？还是我已经死了？"尤欢的思绪再次开始涣

散，突如其来的委屈和不甘让她哭起来。然而，深处海域，她再怎么哭泣，也看不到眼泪。这种徒劳的感觉令她绝望。

就在尤欢力气耗尽，准备放弃时，突然，一个大大的气泡裹住了她。它就像母亲的子宫，温暖、安全，带着她慢慢地浮出水面。随着"啪"的一声，新鲜的空气疯狂地灌进来，让她找回了一点自己的意识。

"这是哪儿？"耳边是一波一波海浪的拍打声，眼睛被晒得干涩难耐，尤欢试了好几下，终于勉强睁开一条缝。同一时间，酸痛感几乎立刻席卷全身，她觉得自己就像刚被满负荷的大卡车碾过一样。

她试着睁开眼睛，头顶是一片广袤的碧蓝天空。云朵在其上仰泳，倏然而过，好像走过了一个又一个一辈子。天空很低，似乎伸手就能扯下来。她试着抓了一把，当然什么都没有，思绪倒是一点点回笼。

她想起大卫说的，当你觉得生活没了奔头，或者对自己产生怀疑，就出去走走。很多时候，人们不得不忍受生活的乏善可陈，但不代表这一切都没有意义。比起失败，脱轨的人生才更为可怕。

只是当时困于婚姻的自己，对一切都不感兴趣。等到被抛出围城，才发现世界不是那两百平方米而已。

可惜，人不能逆转年月，也不能逆转人心。

在这光影交错的尽头，却是红彤彤一片，隔着老远都能感受到扑面而来的热浪。

尤欢突然就想这样一直躺下去，躺到天荒地老，躺到一切恢复到起点。那时，还没有尤喜时，父母还彼此相爱时，他们会带着自己去湖边、海边、山上，看繁星齐坠，太阳挂升。从那以后，她再也没有看过那么美的风景。

她勉强转动了几下眼珠，面前是辽阔无边的大海。海浪翻涌，偶尔几个螃蟹从眼前爬过，很快被浪卷走。她觉得海离自己很近，也明白不过是躺着的原因。身在局中，最容易错把假意当真心，疏离当亲密。

她就这么百无聊赖地躺着，胡思乱想着。

突然，脖子传来一阵酥痒，她费力地摸了一把——抓到一把细细白白的沙。它们格外绵软，就跟记忆里有鱼的毛一样，让人想永远躺下去。

"嗨。"就在尤欢在这一方天地任思绪胡乱飘荡时，一个小正太的大头突然出现在面前。

只是当他笑起来，或者说话的时候五官就错位了。他的嘴巴咧向一侧，眼睛格外大，占据了整张脸的二分之一。

尤欢惊了一下，便又晕过去了。

2
逃生

不知过了多久，尤欢再次转醒。

她觉得力气回来了一些。等到她想起来看一看周围的环境，才发现自己身处的地点又变了。

这是一间简陋的小木屋，30平方米的样子，倒是看起来物件齐全。一个炉子上，热水壶正冒着热气，发出咕噜咕噜的鼾声。

尤欢有一瞬间的恍惚：每次睡着都在穿越？或者是自己的梦还未醒？

是梦就好了。她心里想着，又不肯自欺欺人，便掐了自己一把。"哎哟，好疼！"

看来是真的。自己的确半死不活地躺在一个陌生的小木屋里。尤欢有一瞬的怅然——那么，一切都结束了。

尤欢呆呆地望着窗子。屋外一轮沉甸甸的金色圆盘正一点点沉入海里，最后一点光线放肆地闯入房间，在中间的桌子上打下一片阴影。房间似乎融入这场下沉中，一片死寂。

此刻，她的大脑一片空白。

"你醒了！"突然，一阵雀跃的声音响起，打破了满室的沉寂。尤欢一时还有些呆呆的，木然地看着来人把一个白色的瓷碗伸到她的面前，催促道："喏，药。要趁热喝。"

立刻，一股霸道的药苦味扑面而来。尤欢忍不住打了个激灵，总算清醒了。这时，她才真正看清来人的模样。

跟那天在海滩上遇到的是同一个人。她一边确认，一边心里暗想——那这就是自己的恩人了吧，同时她还在心里偷偷地评价——又是那个面孔。不说话时精致合理多了。再次见到，还好没有第一次那么大的冲击力。

不过，这世界最不可靠的，除了男人的嘴，不就是外貌了吗？

当初，要不是她被马德那一身好皮囊所蛊惑，也不至于让自己退无可退，差点连命都赔上了。

"这是哪里？"一开口，尤欢才发现自己的声音格外暗哑，

第二幕 . 姐妹 .

像钝了很久的刀片划过潮湿的木头,并不悦耳,"你又是谁?"

"这里是西奈山。我叫安达。"对方把药又往前伸了伸,就不肯再说一句话,摆明了不喝就没得聊。

尤欢本来就没打算喝下这杀伤力太大的药,但是这毕竟是别人的地盘,她根本没有任性的资本——其实,自己从来没有任性的资本,不是吗?当然,自己也从来不是好人。

掩去眼底的苦涩和悲凉,压下心中翻腾的情绪,尤欢用力眨了眨眼,最终还是顺从地接过药碗,就要一饮而尽。

许是感受到尤欢的不安,对方挡了一下,一边用手指了指桌子:"我准备了蜜饯。"

尤欢点了点头,屏住气,一口气干掉。

一碗药入喉,苦涩的感觉顺着食道蔓延,却在流动的过程中,变成火辣辣的炙热,几乎要灼伤自己,逼得尤欢呛出泪来——从小,她就不喜欢中药味儿。

偏偏,事不从人愿。她从小就跟各种药打交道。可以说,8岁以后的童年,在她的记忆里,一直都是苦涩而痛苦的。

"喏,快吃一个。"尤欢知道对方一直盯着自己,看她快喝完了,便把蜜饯放在她的嘴边,"不要哭啊,真有那么苦吗?"

"哭了?"尤欢下意识摸了一把脸,手心一片冰凉,"居然哭了。"确认了这个事实,尤欢也感到十分惊奇。她可是很少哭的,即使面对马德出轨,被人陷害,甚至事业失意,身患疾病,她也从来没有哭过。

毕竟,世间不如意之事那么多,哪里个个都够格让自己为之一哭呢?

可是，怎么现在就哭了呢？

有那么苦吗？特别苦。就像黄连经过七七四十九天的熬制终成药丸。但是同样的苦，她也不是没经历过。甚至那时更苦。

她只是想哭。

一开始，尤欢还只是沉默地滴泪，随后变成抽搐地大哭，最终号啕出声，她整个人都扑倒在对方的身上。天地间似乎只剩她一个人，和脸下的荒凉，以及满心的荒凉和孤独。

是啊。苦吗？被至亲背叛，被枕边人杀害，她已经感受不到苦了，连疼都变得无足轻重了。

唯一有的，是恨。

"你需要喝一周的药。"安达一边轻轻拍抚着尤欢的后背，一边等她平静。看她止了眼泪，不好意思地缩回被子里，便开口嘱咐道。

接着他指了指门口，示意是那个一头红发的女人开的药。

是庆庆、大卫和红莲。有时，尤欢真的怀疑，他们是不是在自己身上安了追踪器，哪里都能找到自己。

"你是不是蠢！"庆庆一看她转过身来，就忍不住骂道。

这小孩一点都不可爱。尤欢默默腹诽。

"活该。"红莲冷酷地吐出两个字，觉得自己开的药应该更苦点，好让这人长点记性。

"好了，别说了。"大卫心疼地看着她。几日不见，床上的人就把自己搞得如此狼狈。脸色苍白得好像刚从面粉里滚过一样，不见一丝血色。

"哼……"庆庆还是觉得生气。对她的鲁莽，和对自己的轻慢。"这下你总该死心了吧……"

"这次栽跟头了吧？跟你说先下手为强。"红莲还在幸灾乐祸地刺激她，一点不顾念她此刻是躺在床上的病人。

……

自始至终，尤欢都是一副任君批评的好脾气的模样。看着她满眼委屈，面色苍白跟涂了一层白釉一样，最后，还是三人先败下阵来。

"好好，不说了。我刚检查了下，你被下药了，然后被抛尸了。"红莲没好气地解释道，"忘了说，药量是致命的，不过是你命大，体内有抗体。"

尤欢一边听这几个人吵吵闹闹，一边大概厘清发生了什么。跟自己想的一样——和自己相伴7年的马德，想让自己消失。原因嘛，大概不是为财，就是为情。或者，二者兼而有之。

就像庆庆说的，这次，她是真的死心了。在他举起针管的那一刻，他和她就再也不可能走在一起了。

至于以后，她也不知道。

告发他吗？她没有证据。何况马德早有预谋，想必也不会留下把柄。放过他吗？她不甘心。自己一身伤痕，不是"放下"二字就能一笔勾销的。

报复他吗？以其人之道还治其人之身？她没有把握，也没有机会。就像红莲说的，是自己失了先机。借刀杀人吗？向尤喜和父母求助吗？她没有信心，也没有动力。对于她来说，他们更像被血缘勉强捆绑在一起的陌生人。她的自尊不允许她向他们低头——他们放弃过她，疏离着她，掠夺过她。

甚至，她还没有想好，还要不要回去，要不要出现在众人面前。

尤欢反复问自己，到底什么才是自己的救赎。有人说，复仇肯定不是。复仇就像给自己设置了一个陷阱，虽然你干掉了不喜欢的人，但你自己也会掉入黑暗的无底洞。救赎，更像是达成和解。

在长时间的独自痛苦并无计可施中，尤欢突然灵光一现："如果'我'消失了呢？痛苦还存在吗？"

或许，让人们以为"尤欢已经死了"更好？身后狼藉他们自行处理，她只要在别处过一个崭新的自己？

一个"没有尤欢的世界"，突然充满了吸引力。

毕竟，生命就是一场虚无。爱情不能让它更重，信仰不能让它更好，在仅有一次的生命中，身处其中的人该如何抉择？是媚俗，还是拒绝？是清醒，还是假寐？就像书中说的，"生命中有太多事，看似轻如鸿毛，却让人难以承受"。

尤欢试着回望过去，却发现它没有给自己留下丝毫愉快的记忆。

不管未来将面临多么荒凉的景色，恐怕再也不会害怕那儿的遭遇比这里更令人难受了。

毕竟，家，本该是最安全的地方。却抵不过人心易变。

3
安达

在之后的日子里，尤欢大概了解了自己的处境。

这里是西奈山，传说中神与人的立约之地。这里的人们以打鱼为生。只是到了现在，只剩下一个真正的信徒。就是救了自己的那个人。

第二幕．姐妹．

他叫安达。孤儿，独居，轻微口吃。

因为那张一说话就狰狞的脸，人们有意无意地远离他。但是各家有个事情，又特别喜欢叫他帮忙，比如修个房子，修个马桶。

虽然人们各怀心思，安达自己倒做得颇为开心。

此时，看到安达哼着小曲，迈着轻快的步子，在自己的身边坐下，尤欢忍不住开口问道："你会游泳吗？"

面前是辽阔的大海，空气很潮湿，带着咸味的海风，刮得人心醉。尤欢的声音也被吹成一条长长的直线，断断续续，又绵延不绝，将整个海岸线画入其中。天朗气清，那嫣红的霞光把波巅浪尖染成红宝石色。

"在这里长大的人，包括刚出生的婴儿，就没有不会游泳的。"安达自豪地说。

"我就不行。我甚至在地面上都活不好。"尤欢叹了一口气，转头看向安达，"你知道吗？最近，我总是梦见小时候。那时，我经常会被一群小孩子围堵，我大声说不，用最快的速度逃跑，却始终挣脱不开他们围成的那个圆圈。我甚至觉得，我有可能被他们玩死。我用尽一生，却始终逃不出那个命运的圈圈。这是一件令人恐惧的事儿，好比魔鬼降临，却无处可逃。真的，任何坏事都可能发生。喝酒呛死，游泳淹死，在陌生的聚会上被强奸，意外目睹一场谋杀……从此，你的人生都被改变了。"

"都过去了……"安达想说点什么安慰对方，却又找不到合适的言辞。

"是吗？我有预感，事情才刚刚开始。"蓝汪汪的大海蔓延到天际，夕阳下，镀着一层金光随风荡漾。尤欢觉得自己变轻了，一点一点地飘浮起来，只差纵身一跃，就能永远解脱。

或许，只有死亡才能带来平和。

"你，你千万不要想不开啊。"安达的心头没来由地一阵不安，他再次笨拙地安慰道。

"你以为我会自杀吗？"看着对方明显这样认为的神情，尤欢认真地强调道，"我不会。"

该死的并不是自己。无论如何，尤欢都决定好好活着。活着，才有选择权，才能见证别人的大结局。

"生活还是要往前看。对你们那里——"尤欢知道他指的是躁动不安的城市——"的年轻人来说，没有什么是一成不变的。"

"放心，我会活着的。好好活着。"尤欢从未像此刻这么笃定。

活着，就有好事发生。或者说，活着本身就是一件好事。

因为，活着，就可以做很多事。

"那就好。"安达心想，他只怕尤欢冲动之下，拿自己当筹码换取平衡。

"你还爱着那个人吗？"安达突然问道。

"我也不知道爱多一点还是恨多一点。但是，我不懂他。这么多年，不懂他。"尤欢觉得自己也看不清了。看不清他的心，也看不清自己的心了。

安达对此感到困惑。"不是说只要两个人走入彼此的内心，就会相互深爱吗？我读到过，透过皮肤，沿着经络行走，缠绕上心脏，就可以理解对方。"

尤欢自嘲地笑了笑，声音悠远又恍惚。"或许，我们从未走入彼此的心吧。"

"现在开始也不晚啊……"

"可是，我不想走入他的心了。我只想扒其皮敲其骨，让他永远记得我。"尤欢一脸平静地说出决绝的话。"爱上他，那只是一个错误的决策。千万个错误决策中的一个。"她带着不甘地接着往下说，"人们说审判是上帝和法庭的事。他们知道的尽是无用的知识。他们说这是家里事。他们什么都不做。只有我。我的答案装在口袋里，或者拿在手里。只有我，是审判的执行人。只有我知道，不被邪恶所扰的唯一办法，就是干掉邪恶！"

"伤人的人固然可恶，但终会得到属于他的审判。受伤的人在自我治愈时，要小心自己的狂热陷入盲目的偏见。"安达不赞同道。没有人有权利审判另一个人。这不是人类的事。

"或许吧。"尤欢并没有固执己见。事实上，她也不清楚自己到底想怎么做，不清楚自己到底是怎么想的，到底想要这一切如何收场。

她自嘲地笑了笑，丧气地说："反正现在我什么也做不了。什么也不想做。"

"你不要哭。"安达突然说。不知为何，他觉得身边的人很孤独，也很悲伤，让人忍不住想要停下来陪着她。

"你骗人。"这次尤欢可不上当。不知为何，她突然高兴起来。她指着自己弯成月牙的眼睛，大声说，"我的眼睛明明在庆祝。"

远处，大海卷起一个个浪花，万千生灵在其中起起伏伏，被带往前途未卜的未来。当一个人悲伤得难以自持的时候，也许，她不需要太多的劝解和安慰、训诫和指明。她需要的，只是能有一个人在她身边蹲下来,陪她做一个安静的雕像。

尤欢没有继续刚才的话题,她转过身,定定地看着旁边的安达,试图从他的脸上看出一丝动摇。

"我居然找不到这世上有什么是永恒的。所以,没有人会永远爱着另一个人。抛弃别人和被人抛弃,都是寻常。"这是她在这错位的人间生活32年后,用血泪教训换来的心得体会。

"不。在上帝那里,你永远不会被抛弃。"安达不赞同地说。

"你不知道那些人——你所谓的乡里乡亲都是利用你吗?"涉及自己认为正确的观点,尤欢像以前一样,立刻变得尖锐起来,"神既然在,为何我们还要遭如此苦?"

尤欢的语气如此咄咄逼人,安达忍不住向后仰了仰。然而,他坚持道:"神从未说免除所有的苦。只承诺,无论世间有多少苦,都会与信众同在……"

"可是,我想要的不是上帝的爱。"尤欢不屑地反驳道。

"那你想要什么?还有什么爱,比得上上帝的爱呢?"安达完全想不出来。

他想,大概像尤欢一样的人们的痛苦正在于此——强求不存在的东西,奢望不属于这世间的东西。不能长久的东西,注定失去,必将带来注定的痛苦。

"爱情。"尤欢盯着安达回答道。她补充道,"但是,爱情太伤人。"

"所以啊,上帝的爱会带我们脱离痛苦。"此刻的安达,就像一位真正的哲人。而且他居然一点也不结巴,"短暂的情爱却制造痛苦。"

第二幕 . 姐妹 .

"那又如何？我只是人。被自己困住的人。我无法控制自己的手脚行动。所谓的自由，只是一句永远不可能实现的空话。"尤欢毫不退让，即使她并不知道自己的话还有何意义。毕竟，她用自己的前半生证明了自己的失败。

"你不祷告吧？"安达肯定地说。

"我不信上帝。"此刻，尤欢挨着安达坐着，面前是包容又残酷的大海，既能给人欢欣，又使人葬命。就跟人心一样。

安达还是穿着他的大裆短裤。尤欢不知从哪儿找来一顶黑色的宽檐帽子，随意地戴在头上，掩去了她的表情。

说这些话的尤欢，特别悲伤。每一句，都比海沙更重，比海水更咸。"父母离婚时我祷告，并没有用。我的婚姻分崩离析时我祷告，并没有用。在疯人院随便逛一下你就能了解，信仰什么也证明不了。"

海水轻抚脚踝，尤欢觉得自己也快乐了一些。她问了一句："你信地狱吗？"

安达沉默了一会儿，努力地进行表达。"相信天堂的人，很难不接受地狱的存在。"他的声音被风刮得悠远悠长，似乎与这个世界融为一体，"我爱上帝，不是因为他是谁，而是他让我成为谁。我常想起小时候的单纯无二。所以，面对现实的残酷，在有意识之后，我就选择分裂为善良的人格以对。不是有句话说，世界给我以痛，我以笑吻之。对于我——一个信徒来说，人与上帝的关系才是最完美的关系。"

他说："无论你相信什么，有所信仰，总能让你的生活好过得多。"

说这话的安达，因为虔诚而变得圣洁起来。那层丑陋的皮囊，也似乎被造物主软化了，他的全身充满了神性。同样的话，他或许说过很多次了，正如他有过那么多次礼拜和默祷，他吃过那么多苦，依然还能流泪，还能安慰别人，这其中包含着某种显而易见却不被人发觉的启示。

尤欢不禁感到震惊：为什么许多人苦苦追求，神却不赐福？回答是，你妄求，神必然不应。

可是，她偏偏想妄求一次。

4
传教

这次海边谈话并没有让尤欢得到想要的答案。她反而从中又看到某种更为突出的讽刺。

"书里说，吃了分别善恶树上的果子以后，亚当和夏娃二人的眼睛就明亮了，才知道自己是赤身露体，便拿无花果树的叶子，为自己编作裙子。从此以后，人人都为自己编作裙子，去掩饰丑陋。那么，"她故意把声音延长了一下，好增加其中的分量，"谎言，是人类文明主旨的开端？"

"不不，是羞耻……"安达急切地想解释，然而尤欢并不打算给他反驳的机会。

"女人是男人的肋骨，却不是他的最爱。你看，他认为生殖器比肋骨重要多了。"她并没有给安达开口的机会，"缘分多害人，欲望多害己。心底，我们都很市井。"

"你可以把自己交给上帝。"安达只能再次强调，"起码会摆脱男女欲望的钳制。"

"呵呵",尤欢轻笑一声,嘲讽满满,"你知道吗?每次以别人的身份跟我自己的合法丈夫做爱后,我都睡不着觉。哦,这就是我的余生。我想。它终于来到了我的面前,伪装、抛弃、令人避之不及。"

"一个人太过透彻,就会陷入悲观,尤其对爱情和婚姻,它具有毁灭一个人的威力。以前的我太天真。后来我才懂得,当一个人的心不在你身上了,你做得再多,也只是对方避之不及的大麻烦,甚至欲除之而后快。更糟糕的是,对方的心连他自己都控制不了。伤害确是确确实实的。"

"我也曾试图摆脱男女欲望,却每每以失败告终。生而为人,这是与生俱来且不可剥离的一部分。"风吹起尤欢的头发,浪花轻抚脚踝,她动了动脚趾,舒服地叹息了一声。

"爱情发生,就像这浪花,无害、缱绻,生生不息。相爱的人,错以为这浪花将延续到天边,永远,永远地持续下去。却忘了,什么都是有期限的。时间一到,再绚烂无畏的浪花都会开始退潮了。"

沉默的方式有很多种。有时,安静,更需要用喧嚣保护。

"可是,大海生生不息,奔流不止。不要把心挂在转瞬即逝的俗物上,感情、工作……都是困扰的来源。如果你能专注在跟更高存在的关系上,你将永远不会失望。"安达对这世界有着不同的体验,也就对万物联系有不同的理解。

"爱,"然而,尤欢并不接招,"你恋爱过吗?你被人爱过,爱过人吗?"她的潜台词是,像你这样的人知道爱是什么吗?

话一出口，尤欢就有些后悔。她也不知道自己是怎么了。自从来到岛上，自从侥幸死里逃生，她就已经不是她了。

这不是她。

她不知道为什么要用最恶毒的语言，对待最善良的人。拥有那样一颗温和善良的赤子之心，尤欢一直都视安达为"天使"。

"我知道。'天父爱我，我爱天父。'"一向略有口吃，说话含糊的安达，一字一顿，如弹簧一般吐出这八个字。字字拖尾，不疾不徐，显得笃定而真诚。

但就是这份笃定和真诚，令尤欢更加烦闷。她甚至有些嫉妒。

有什么在她的内心深处涌动。她不知道那是什么，只是她确定，一旦决堤，她将万劫不复。这令她害怕。

人一害怕，就会变成另一个人。求救，或者自保。

尤欢继续咄咄逼人道："你能爱多久呢？一秒，一年，一辈子？可惜了，一辈子太远。你知道我是谁吗？我自己都不知道。有一天你会发现，这个人我不认识了，你该怎么办？我不相信一个人能始终如一，就如不相信小孩的纯洁，和老人的睿智一样。"

她的语速越来越快，似乎说得越快，那蓦然而来的羞耻感就会离自己越远。"你知道吗？你不知道吧，最难的不是分手，也不是爱情消逝，而是我还爱着你，在你不爱我了时。背叛会让人变得残忍，甚至孤注一掷，这无异于一场泡在盐水里的酷刑。

"我以前也以为爱是永恒的。可是爱可以永恒，而爱情，太过单薄。我用了7年的时间才懂得，没有任何爱情和婚姻是没有夹杂着不堪的。这样的爱情，怎么可能像人们歌颂的那般伟大？我以为我会是例外，到头来才发现，自己的婚姻和父母的婚姻，和这世上任何一对夫妻或者曾经的夫妻的婚姻没有什么两样。这是一场集体的合谋，一场集体缄默后的骗局。

"多数人都在爱情中死过，因为只有不抱期待的躯体才可以冷静地榨取婚姻的余欢。

"而现在，终于轮到我了。

"我的焦虑像一群滚动的石头，所到之处寸草不生。

"梦中惊醒。时空错乱。我就像一具腐而不朽的僵尸，灵魂出窍，直挺挺地活着。"

把这些话说完，似乎耗尽了尤欢所有的余力。她大口大口地喘着气，浑身湿透，像刚从海里捞上来一样。

她以为自己早就死心了。只是谈起这些她一直故意避而不见的真相时，为什么还会心疼？

"只有我们自己能够最深地理解自己生活中的苦和荒诞。我们必须摆脱自我，才能遇见未来。"安达好似没有感受到尤欢的激动和愤怒般，依然用着沙哑的声音，不紧不慢地说着，"我知道这里的人背地里议论我当面嘲笑我，我知道他们利用我却从不感谢我，我知道他们离不开我却又想我不存在就好了，我知道在合适的时机他们会干掉我。我怎么会不知道爱和背叛的力量，怎么会没见过人性的复杂和残酷。"这是安达第一次讲述自己的处境。他语调平静，仿佛在说一件再寻常不过的小事。

听到这里，尤欢完全从刚刚的悲愤中回过神来。

"可是，这不是我希望记住的世界的模样。我们都是旅居之人，这个看得见的世界，只是生命的一个驿站。如此，何必执着？放下，也是放过。

"我们的归宿不在这里。我们的归宿在更高的存在那里。最终的审判也在它那里。"

"哪怕被全世界抛弃，你永远不会被上帝放弃。"他对她微微一笑，尤欢的心一下子温柔起来。

我们永远不知道自己的只言片语，对别人意味着什么。它可能是孤独世界里发出的一声共鸣，悲伤情绪里的一场礼花，平淡余生里的一次惊雷，抑或人生里的一场绵延的慰藉。

至少那一瞬，尤欢觉得自己离救赎很近。

可是，她有点害怕，害怕那可能的光明。

5
群欢

很久之后，尤欢回忆起那天的谈话，内心还是一阵悸动。

如果可以，她希望安达永远守在自己身边。虽然他说自己的归宿不在这里，但她就是自私地想留下他。毕竟，她只是一个凡人。

如果再来一次，她一定一定会做出不同的选择。

"你看，"彼时，安达指着远方说，那里有绵延的海域，一直延伸至天际烟湿飘浮的云彩之处，"那里是我们的灵魂升上天堂时的必经之地。等我生命终结之时，我也会去那里。"

"我可以吗？"尤欢歪歪头问。

"当然。"安达毫不迟疑地回道。

"可是，我是一个不适合快乐的人。"尤欢想，它就是我的过敏原。甜蜜的棉花糖，美味的海鲜，营养又经过细心烹饪的食物，以及偶得之充饥的牛奶，所有这些带给人愉悦的东西，一旦跟我牵扯上关系，就是灾难。红色痘痘一排接一排揭竿而起，密密麻麻的，从我体内生长而出，甚至有些骇人。一粒一粒地冒出，连着一抽一抽地瘙痒，我不得不将全部注意力放在自己的手上，阻止它蠢蠢欲动地挠上一把，可是不挠，那种难耐就像万千只蚂蚁在我的胸口放生，简直生不如死。"

她指了指不知何时出现在旁边的庆庆几个人："我遇见的人都不快乐。包括神父。"

"真的？"安达困惑地眨了眨眼。他看向最小的庆庆，眼里泛起层层涟漪，"快乐，不应该是一件困难的事啊。"

庆庆耸了耸肩。"我当然有过快活的时候，只是这快活就如同清晨的露珠，总是无法持久。"

"你还是个孩子啊！"安达感到不可置信。

"小孩子的不快活，才总不被当作一回事儿。人们认为小孩子更开心，就跟小孩认为大人更睿智。美就跟善良一样，是一种错觉，都是为了麻痹自己的谎言。"庆庆毫不掩饰地揭穿人们费尽心力维持的假象。

她一本正经地说道："你看，小孩子的笑容，就跟哲学一样难解。况且，孩子总会长大。"

经历过苦难的大卫，肯定懂得让自己快乐的秘诀吧？安达想着，便看向大卫。

"我也不快乐。也许爱情让我笑过，友情让我感动过，亲人让我温暖过，可是，他们都无法让我真正快乐起来。春天绿莹莹的草甸，夏日天空的火烧云，美味的白葡萄酒，和香甜的黑森林面包，所有这些，都让我在短暂的愉悦之后，陷入更大的空虚和失落。"大卫说道。成年人的快乐并没有比小孩子更多。它总是短暂又易逝。

"我以为，你的经历会让你懂得如何快乐。"安达略带失落地说。

"经历是沉重的负担，就像驴脖子上牵着的车辕，车辕后面堆着的巨石，经过漫长的时间，风化，碎裂，只是让一切更加艰难。亲爱的，如果有人告诉苦难让他更坚强，他一定没有告诉你伤口上结的痂，和没有灵魂的身体。"大卫宽容地说。

"那到底什么才能让你们快乐呢？是臃肿的理性，还是尖锐的直觉？是说一不二的科技，还是幽深蜿蜒的心理迷宫？你们拥有比我复杂、精细得多的大脑和心灵，为什么却无法触摸我拥有的快乐？"安达觉得，此刻，不是自己在说话，而是更高的存在在控制。

"安达，"乔安摇了摇头，"学问并不能让人快乐。它就像冬日早晨结的霜，经年不化，一层层累积，直到再也刮不下来。人们以为自己什么都懂，其实不过是给自己戴上了一个厚厚的镜片。而人们眼中的世界，从来无法让人快乐。"

"可是……"安达觉得是她们想得太复杂了。

"人很聪明，却又不够聪明。因此多贪，多嗔，多虚妄，也就无法获得纯粹的快乐。"红莲插嘴道。红莲，她亲眼看过一家三口前一秒还幸福地笑着，下一秒就成了僵硬的躯壳。这也是为什么她后来决定当一个拍片的，这样幸福的人就能永远幸福了。

她继续冷静地说着残忍的话。"一个人获得降生的权利，是

第二幕. 姐妹.

以快乐为代价的。我可以假装快乐，甚至自我催眠，但从内心深处，我们都知道，自己是一个肮脏，无能，与世界无益，只能制造垃圾、罪恶和废品的生物，令人厌恶的生物。"

"不，不，我也是人，我觉得快乐。"安达反驳道。

"你的快乐，是因为你不懂权衡比较，你的心不在这世界。我们不同，我们制造痛苦，同时承担痛苦。"尤欢笑着说道，好像在安抚一个发脾气的小孩。

"那你们也可以成为我啊！"

尤欢摇摇头，向他揭示了一个显而易见的事实。"你是被选中的人，我们不是。每个人的宿命，是上帝的工作。"尤欢不在乎地说，"让我们这群人讨论快乐，就跟让书里的人讨论自由一样。life fucks, we fuck！"

"不，不，每件事的发生都有原因。只是我们不知道而已。"安达急切地解释道。

尤欢没有回答，她只是笑了笑。这笑里的含义，安达一时没有理解。

所以，他不知道，那一刻，是尤欢离他最近的时刻。她想、"每一个人其实也都是随随便便地活一活吧，很久没见到这么和生活较劲儿的人了。"

那一刻，尤欢真的觉得自己可以放下，从此安居在这个小岛。

那一刻，尤欢是真的相信，一个人可以带着过去的创伤继续生活，只要他把悲伤放在心里的一个圈圈里，不要让苦痛浸染了他的整个生命，他就可以像正常人一样快乐地生活。

只是，世事难料，命运的轮盘一旦下注，就再也停不下来。

6
落幕

不要忘记,不要记得。但我们一定不能变得像《圣经》里罗得的妻子那样,被过去禁锢——因为回头变成了盐柱。

在西奈山的日子,过得格外慢。尤欢几乎忘了前尘往事。

同样的大海,同样的夕阳,让人产生日子将永远这样过下去的错觉。似乎没有什么能打破这种永恒。这种永恒和重复,令人安心。

没事的时候,哦,她一直都没事,尤欢会拿着安达给她寻来的画板和笔,在海边坐上一个下午,不停地画着。

这种太平的感觉是千百万人所梦寐以求的财富,是他们共同的生活理想。这里的时空仿佛没有了尽头,而暗夜永不降临。

这时,尤欢会逐渐让自己安静、安静,然后感受世界无限地扩大,然后可以很自由地飞腾,看到自己越来越渺小,听到声音越来越遥远。但她随时还可以抓回来,她能感觉到身体随着自己的想法在很多地方驰骋,甚至她可以看到、闻到未来的某一个情景在那儿,很真实地闻到。

还有一些时候,尤欢会一个人开着一辆老旧的老爷车,绕着海岛转上一圈又一圈。她会开到某个不认识的地方,那里也没有手机,大可以按照自己的心意,从哪个出口出去,哪个出口回来,再往哪边拐,见一个人,再开到另外一个地方。

她喜欢那种感觉——不知道会发生什么情况,就好像有无数个的可能在前面等待。而且她开的是破旧的二手车,里面盛满了故事,感觉很好。

与此同时,她和安达之间似乎形成了一种默契。除了那一次,两人再也没有谈论过过去和岛外的生活。她甚至没有问一问,自己要如何出岛,或者这里离城市有多远。

可惜,过去总有办法重新找上你。

当消失许久的三人行再次出现在面前时,尤欢就有了不好的预感:好日子到此为止了。

果然,这三人带来了那两个人的消息。随着他们的描述,那被她有意忘记的现实,再次血淋淋地被摆在了她的面前,逼着她做出选择:是了断,还是自欺欺人?——

在"处理"了尤欢之后,尤喜便假扮成尤欢的样子,以女主人的身份搬进了她的家里,跟马德以夫妻的身份生活。简单地说,她被自己的妹妹取代了,而尤欢自己却成了不存在的人。

这段时间,尤喜很少出门,倒是跟尤欢以前的习惯相同。马德辞职买了一个酒吧,据说经营得不错。

"Shit!"一向温文尔雅的尤欢终于忍不住骂了一句脏话。那双清亮的可以映出倒影的眼睛,此刻狠毒而凄凉,对这世界充满了防备。

日光之下并无新事。

那一刻,记忆如翻腾的海浪涌上心头——游艇上,拿着针管面目狰狞的马德一点点向她靠近;那之前,他背着自己跟尤喜的暗通款曲;更早之前,他一次次的背叛和对自己的淡漠……那些伤害,就这么赤裸裸地一次性地暴露在眼前,容不得她继续逃避。

她多想永远没有醒过来,跟那些过往一起埋入深海。

"既然问题永远不会停止，我可以置之不理吗？"她抬起头，一对湿润的眼睛好似走失的小鹿，熟悉她的人都知道，她动摇了。在岛上的日子让她的心变软了。她分明只想躲在自己的壳里，让一切暂停。

"不。问题不会手下留情。你退让，它就猖狂。"红莲没有给大卫说话的机会，抢先残忍地回道。

"我很累。"她盖住脸，双手微微颤抖。

"我们可以匿名报案，就说尤欢失踪了。"大卫终究不忍心把她逼得太紧。

"不。"她断然地拒绝道。

"为什么？你还对马德抱有幻想吗？"庆庆不甘心地挑衅道，"对一个想置你于死地的人？"

"我只是不想把阿喜卷入其中。"尤欢无力地说。

"你……"事已至此，尤欢居然还犹豫不决。伶牙俐齿如庆庆也已经不知该说什么了。

"而且，我必须知道哪里出了错。"她必须要一个答案，才能彻底死心。

"有什么意义嘛！"庆庆恼怒道。

"没有意义。但很重要。我不明白，他为什么想让我死。"尤欢说。说到底，她还是不甘心，所以才对一个答案执着。哪怕有些事，大家都心知肚明。

"你觉得呢？"尤欢看向一直没说话的乔安。

"大概为了再见尤喜一面。"乔安不忍心地说。

"不。"尤欢笑着摇了摇头，"为了让我给尤喜让位。"

第二幕 . 姐妹 .

"那你还说自己不明白？"庆庆忍不住跳脚，"这人真是太不争气！"

"执念也罢，不甘心也好。有些话不是那个人说的，我怎么也死心不了。"尤欢苦笑一下。

"你思虑太多，以致疲倦。你只要按照计划行事，事情就简单了。life is cruel, for everyone。"乔安提醒道。

乔安的话让尤欢的心起了一圈又一圈的涟漪。然后，她想起安达，内心的彷徨瞬间被抚平。

到了该下定决心的时候了，尤欢想。

与其祈祷丛林里没有猛兽，不如给自己找把猎枪，先下手为强，再不济也能落得个两败俱伤，同归于尽。

她早就被告诫过，不是吗？每个人都要有一个笃定的内核，这样在这个变幻莫测的宇宙间才不易被风吹散。

其实，世界这么多凶狠，他人心里那么多地狱，如果内心没有一点浑蛋，为人不保有一点野兽般的凶残，如何走得下去？

或许，那时的我们还太年轻，无法真正去理解，做正确的事同做简单的事是不一样的。

生活对于大部分人来说，扪心自问，是不能用懂或不懂来说的，大多时候是不懂的。

它本没有起承转合，其中感受皆是连续，然而发生的故事却是跳跃的，因为生活太漫长，故事太短暂。一旦融入更大的生活里，一切都顺理成章了，也就索然无味了。

生活不会结束，也就意味着，酸甜苦辣永远没有句号。大结局之后，观众散场，故事里的人物将依然继续过向下的生活。

或者说，人们落入起死回生的轮回，被裹挟着前行。称之命运也罢，人生也罢，自己能控制或把握的却少之又少。

太阳将照常升起。只是阳光之下，阴影长存。

7
惊醒

庆庆几人带回的消息，如同一道惊雷打醒了她。尤欢知道，无论自己最终决定怎么做，这件事都必须有一个了断。

逃避不是办法，她必须亲自看看目前的情况。

"我决定回去看看。"尤欢下了决心。

"可是……"安达不理解尤欢这么做的意义。近来尤欢平静而又规律的岛上生活，让安达误以为她已经放下了。如此看来，只是他的一厢情愿。

"我必须这么做。"尤欢拦住了安达想说的话，"糟糕的生活就像雾霾。我们厌恶却无法停止呼吸。"

"你可以走出雾霾啊。"安达急切地说，"既然你已经走出来了……"

"我不想看到别人幸福。凭什么只有我一个人过得不好？他们真的可以在我失踪的情况下完全无动于衷吗？关于这些，我很好奇。"尤欢说。

好奇心是一样很危险的东西。它可能带领人们走向毁灭的深渊。所以，在迈出脚步之前，先问一问自己："我真的能够承受真相，以及随之而来的后果吗？"

对此，尤欢的答案是，哪怕万劫不复，她也义无反顾。

第二幕 . 姐妹 .

"就算知道了又有什么区别？别人的生活跟你又有什么关系？还是说，你还爱着他？根本放不下？"安达不死心地劝说她，"你说你不想要现在的日子，可是事情往往不是你一个人说了算。"

"我当然知道。我的理智告诉我应该接受差异，可是我的情感却在叫嚣着反叛。人类的大脑如此精密，就像雪白的墙纸，在潮湿的空气中，冒出一个又一个突兀的疙瘩。你要明白，要不要爱是一种选择，爱不爱却是一种近乎本能的直觉。"

尤欢自己也无法阻止接下来将会发生的事，就像她无法阻止夕阳落下、冬季的到来一样。就算自己对事情毫无把握，她也必须先搞清楚自己面临的真正处境。

尤欢平静地说："你知道吗？我曾自杀未遂，别人觉得这是一件大事，有人不理解，有人感同身受，只有当事人明白，自杀跟继续活着都是再寻常不过的一个选择，它只是一件小事。没有想象中的踌躇，犹豫，思前想后，一切都是自发的，命运被一只看不见的手驱动。"

"所以，我必须回去一趟。就跟那次一样，这是我的选择。"她强调道，"缺席的审判，永远是不公平的。"

贴近自然的生活，几乎让尤欢忘了自己的愤懑。可是，舒适是有期限的，时间一到，就必须重新投身到现实的烹饪中。

她必须先回到命运的现场，才能决定如何继续走下去。如果一直不上路，又谈何新生活？

"你不能不爱他吗？"安达抬起头，他的眼中盛满了悲伤和某种缱绻的留恋，只是尤欢正因为一种莫名而生的内疚低着头，并没有看见。

她低声说道:"我也不想爱他啊!可是,爱情就跟打喷嚏一样,我哪里控制得了。哪怕一段关系已经死去,我们真的能够完全放弃它的残骸吗?答案是'不'。"

"值得吗?"安达追问道。

"什么叫值得?不是他爱不爱我,是我爱不爱他。"尤欢有些悲愤。

"你这样只会让自己痛苦。"或者说,她这样只会让自己的痛苦永无出头之日。

尤欢苦笑了一下。她何尝不知道,只是人心并不受控。"这是我的执念。就像盛放在黑夜里的鸢尾花,我必须在天亮前截取。"

"你知道吗?"尤欢内心一阵悲凉,自嘲地笑了笑,"马德经常晚上不回家,出差、加班、应酬、吵架……于是,晚上睡觉时,我都会把他的衣服放在他的位置上,假装他还在我的身边。"

我只是有点想念他。

想念那个会让我开心地笑出声的人。

想念那个费尽心思跟我一起走到白头的人。

尤欢觉得最近几年,她一直在追逐一个鬼魅。她试图抓住它,但它会像只小鸟一样展开翅膀,翩然飞到远远的她够不着的什么地方,停在某个荒凉的树桩上。它看着她看不到的风景,见到她见不到的人,说着她听不到的话,甚至,他们头顶的天空都不再一样了。尤欢凝视着一望无际的大海,思绪起起伏伏。

每个人都有过类似的经历,气温、香味、音符、痛觉都能勾

第二幕.姐妹.

起我们曾经的失意回忆。我连我自己都厌恶,因为有他的气味,跟她同样的基因。

"你悲伤的声音太大,盖过了我说爱你。"安达不愿她落入内心的网罗,"许多人因为复仇的缘故,坠落在不需要的竞争中。这正像执着于采蜂蜜一般不值得——你或许能把蜜蜂驱散,但你定会被它刺伤,甚至死于非命。"

尤欢猛然抬头,有一刻的心惊。

"投身,才能接近;抽离,才能清醒。投身和抽离都不困难,真正智慧的是,知晓何时投身,何时抽离。"安达说。

"现在一切已经来不及了,我已经无法抽身。"那一刻,很多思绪涌上尤欢的心头,她甚至分不清哪些是她真实的想法,哪些是她以为自己应该有的思绪。她只能凭本能驱动。

人们真的认识自己吗?人们真的认识身边的人吗?人们知道自己怎么变成现在的样子,又将变成什么样子吗?答案是,不。所以,才要自我警惕。

理智,感情,都可以杀人。一旦超过心灵的堤坝,就是全面崩溃。

"你不能忘了他吗?"安达再次不死心地问。

"你能忘记那让你疼痛的伤口吗?它永远无法愈合,只会不停扩大,直到像苔藓一样覆满全身。"尤欢无奈地说。

"你可以把注意力放在其他的人和事身上。让心中充满阳光,阴影的面积就小了。"安达说。

尤欢叹了口气,如果事情真的这么容易就好了。"对我来说,生命就是一场虚无啊。爱情不能让它更重,信仰不能让它更好。是媚俗，还是拒绝？是清醒，还是假寐？我选择前者。"

"可是，回去又能怎么样呢？你要报仇吗？"安达追问道。

"或许吧。"事实上，尤欢自己也不知道。回去之后的一切，都还是未知数。

"The winter is coming."庆庆在旁边拍着手，大叫着。

"可是，报仇只能让你们的关系更紧密，于你自己无益啊。放过自己的前提，是放过那个人。"安达依然努力尝试，企图让尤欢放弃回去纠缠的想法。

"再通透、明白的人，也会痛苦。因为情感似泥潭，深陷难洒脱，洒脱难洁身而出。人性使然，悟到却不一定能做到。"一个固执的心，就跟最坚固的高墙一般，是无法撼动的。

"何况，我只是看看，未必会做什么。"尤欢说出自己的心里话。

"尤欢，我不在乎马德，我只在乎你啊。"安达终于忍不住说了出来。

"我会没事的。我保证。"说这话的尤欢明显底气不足。她的眼神躲了躲，带着一些愧疚。因为已经知道了结局，所以不知道如何面对他。

"不。"安达摇了摇头，"你不懂。麻烦的事发生，都是有征兆的。先是来到这个岛上，然后是生病，现在你听到了你不该听到的事。这就是麻烦。尤欢，在灾难之前，上帝会给人们启示。我知道我拦不住你，可是，你回去尚且如此困难，这就是启示——你不该回去。不寻常的事，总是糟糕的。我也不知道我在说些什么，我……"

第二幕 . 姐妹 .

尤欢按住了安达因为激动而显得慌乱的手。"我明白。我明白。嘘,嘘……你知道人的理智有多么脆弱,哪怕直觉叮叮作响,冲动还是会让人走上那条唯一的路。大概,我并没有自以为的那么理性吧。"

"不知道为什么,你是唯一一个,让我变得话痨的人。"尤欢突然很想笑,然后她就笑了。她很开心,自己居然还记得怎么笑。

在尤欢的安抚下,安达渐渐平静下来。海浪声就在耳边,让人湿润,思绪万千伴随体内万物生长,一点点缠绕而上,覆满全身。

安达深呼吸了几下,还是无法就这样妥协。"在法院的审判席上,你大概会这样说,我只是想我的亲人了。我的丈夫和小妹。我只是跟他们共进晚餐。法官说,哦,我理解你的心情。等你进了监狱,你会有无数个日夜回味那顿晚餐的……"

"不会的。我只是去看看。我答应你,我什么都不会做。"尤欢再次强调。

安达不信。尤欢是一个极端的人,喜欢你拼了命对你好,不喜欢你就能啃下你的一块肉。那摆在屋内一侧的画板上,花团锦簇不知在什么时候变成了一团墨黑,充斥着令人心惊的欲望。

说这些话的尤欢,没有想到这样一个显而易见却难以领悟的真相:每个人都有阴暗面,它就像待在笼子里的精灵,或者飞出来或者永远困在里面。不要心存侥幸,轻易地打开笼子让它放风,因为我们根本没有再次将它关起来的能力。

"我只想为你做些事,这样就足够了。至少可以让我怀抱回忆。"安达第一次如此清晰地感受到自己的无能为力。

"你可以跟我一起回去看看啊。"尤欢故意兴致勃勃地说道,"我请你吃大餐。"

那时,尤欢还不知道,人与人的命运是如何交织在一起的。在这个世界上,我们并非独自生活,而是对彼此都负有责任。

很快,能教给她这些的,就只有眼泪、鲜血和痛苦。

8
重启

当尤欢再次回到那个居住了30多年的城市时,秋的尾巴已经拖着时间到了中国的南方住下,留下一些碎片在日光照耀着的路上闪闪发亮。头顶的云翳正是她幼年时的云翳,世间因果仿佛都起源于此。

几十年前那个穿着小洋装的纤细娃娃,不知何时、不知为何就迷了路。从那刻起,一切都越走越远,像梦游的孔明灯飘浮在无名而孤寂的大地上,永失来路,永无归宿。偶有停歇,也转瞬即逝。

再次站在这座城市的地面上,再次站在家门口,尤欢居然没有一丝的留恋。唯一的感觉就是:讨厌。

比起害怕,怨恨,漠视,最让人自尊受挫、伤人最深的就是讨厌。

这种讨厌不仅能够摧毁人的信心,人的灵魂,还能摧毁人在这里生存下去的能力。

就如此刻,尤欢讨厌这栋房子,和里面的人。她也被它们讨厌着。而只有她一个人知道这一点。

她能感受到阳光的重量,压榨出行人身体的水分,压榨出门廊

第二幕．姐妹．

地板日久年深的树脂的酸味，甚至像晚冬的雪，压在树身之上。

"这就是你的家？"安达一边问，一边好奇地打量这里的街角和房子。

"是的。"尤欢说，"我们到了！"

"我们到了！"她又重复了一遍，以一种无法形容的忧郁的语调喃喃地说。

随后她轻轻地加上一句："是的，这就是我的家。"

说完，她又陷入了沉思，流露出一种比眼泪更忧伤的苦笑。

下面，请各位读者跟随我穿过这个高知社区里长长的主街，并与我一起走进其中的一所房子。这些房子的外表由于常年日照，变成了美丽的枯黄色，形成了当地建筑的特色。房子里面涂了一层石灰，便是这种白颜色。说起来，尤欢还从未好好看过这个她居住了30多年，始终无法离开的房子。

就是这座房子，有过她最美好的时光，同样有过最不堪的记忆。这不堪远远超过美好，以至于，它更像一座以她的喜怒哀乐为食，终其一生都无法逃脱的牢笼。

这是尤欢第一次，认真打量，不，凝视这个住了32年的社区。人们都说，世界的模样，取决于你凝视它的目光。世纪初、世纪末，鹳鸟的踯躅。天空很干净，浓雾和阴影都无法玷污它。曾经有部队经过这条街，然后给它重新命名。

屋子与屋子之间，是一道道爬满刺的篱笆，矗立在空旷旷的泥地上。高高的树木，掩盖了远方。人，则被缩小为一个个黑色剪影，根本看不清面容。他们曾试着越过那些藩篱，凝视过他们去不了、看不见的地方。部队来临时，所有人都在跳舞歌颂，然后一个一个在旋转与舞蹈中消失，在最是生离死别的悲哀时，人们越是大声歌唱。

尤欢凝视着街道，以及不断移动的阴影，它在地上投射下一个又一个图形，有圆的，有斑驳的，有似马似羊的……尤欢的视线一直穿透地表，看到那些奇怪的图案变成了实体化的生物，好像过去埋在地下的幽灵。它们正在狂欢，大声唱歌，地表的投影只是它们的影子而已。偶尔跟路过行人的影子交缠在一起，又很快分开，又再次重叠，分开……

偶尔，有几个不上班的主妇从街前走过。她们都是一个人。尤欢凝视着她们，发现她们都是同一个面孔。麻木、优渥、享乐主义。猫和丧，把这些人间的观光客紧紧圈在一起。这代表着一种熟悉的联络，这些细微的联系能将人牢牢钉在这里，安稳地生活下去。透过她的皮肤和厚重的化妆品，尤欢看到她的大脑缓慢地活动着，对一切都不感兴趣；透过她昂贵的衣服和身体，尤欢看到她的心脏上笼罩着一层黑雾，那是长久的苦闷和伤心留下的痕迹；透过她没有表情的脸和匆忙的步伐，尤欢听到她内心绝望的呐喊，以及路过时，若有似无投射而来对邻居隐私的好奇。"她一定很难过。""她一定在夜里哭过很多次。""真可怜……"她们窃窃私语。她凝视着她们面向东方走去，她看到晨光映在她们的脸上，她们的渡河之资至今还没有偿还。她看到一双双黑黑的眼睛，透过路旁的一扇扇窗子，含着怜悯的渴望，正在凝视着屋里人若隐若现的背影。

尤欢凝视着大路，看到它在她们面前打开了朱红的请帖："为你们一切都准备就绪。"却被弃之不顾，"我不要别处，我

第二幕 · 姐妹 ·

不要别处。"

"这里真寂寞。"安达突然说。虽然它看起来井然有序，却莫名地呈现一种拒人于千里之外的气质。

听到安达的话，尤欢不禁愣了一下。随后，她不得不承认，安达说得对。

"是啊。寂寞。即使人们共处一室，也还是令人寂寞。"尤欢感叹道。她顿了顿，说道，"我一直都以为我们会一起变老，周日晚上围坐在桌边一起吃晚餐，从此幸福地生活在一起。不，不是那么回事，不再是了……"

家，本该是最安全的地方。可是，在父母接近离婚的前一两年，这个家一夜之间从温柔小心变得张牙舞爪，变成了杀伐掠夺的战场。

每每争吵，尤欢都会带着小妹躲在壁橱里，她会悄悄伏在尤喜的肩头，深吸一口气，就像吸了一口奶香味儿的樟脑丸子，让自己不那么害怕。等着等着两人就睡着了，不知何时被抱回了床上。

"为什么我长大了，能力越来越大，生活却变得更加艰难？"尤欢曾这样问尤金。那时，父亲在年幼的自己的眼里，是无所不知、无所不能的存在。当然，后来的伤痛也是他带来的。

"因为你被寄予了更多的责任。"尤金摸了摸她的头，温柔地说。

"我可以选择不要吗？"尤欢有点苦恼。她不想要以艰难为附加物的责任。

"这是除了出身，唯一一件不可以的事。"尤金想了想，又加了一句,"外面并没有人,只有你自己。我相信你。"

"可是,爸爸,我怕。"年幼的尤欢还不知道如何处理父母间的冲突,这太沉重,面目狰狞的大人那么陌生,又恐怖。甚至,比童话里的巫婆、夜间的小鬼和声声不息的咒语,更加令人胆寒。

"我们应该信任自己。信任自己能够保护好自己,以及自己想要的东西。"那时的爸爸满脸胡楂,似乎受到了什么极大的折磨和酷刑,他还是尽量安慰自己的大女儿。许是想到未来未必常相见,他以大人的姿态对她说,"自我保护的本能,会让人在超出掌控的情况下,生存下来,成为主导者。"

后来,父母的争吵越来越少,但是,父亲在家的时候也越来越少,母亲开始变得沉默寡言,却又如不定时炸弹般歇斯底里。她会突然大叫,流泪,抱着自己说些不着边际的话,挤得自己生疼。

"爸爸,你跟妈妈离婚吧。"那时,尤欢笃定,就算父母离婚,爸爸也会带走更乖的自己。这笃定来得莫名其妙,却比男人的诺言更不可靠。

尤金一直记得说这句话的尤欢,眼中的水波消失了,只剩下干涸后的河床,沧桑、冷寂又斑驳。曾经里面海角的花朵,裸泳的少女,奔走的美乐斯,庭院中的灌木,地上的日影,都在一瞬间枯萎。

他有一刻的心痛。"乖。"

然后他就什么都没说了。

回望过去,尤欢这才发现,原来在那么早之前,他就对自

第二幕．姐妹．

己、对那时的生活失去了耐心。

"我以为早都过去了。没想到，一提起，还是会伤心啊。"尤欢自嘲地笑了笑。

或许是因为，自己曾经以为已经被永远跨过的深渊，其实只是被自己绕过去了而已。

"你知道吗？我养过一只猫。"尤欢看着这栋越来越沉默的老房子，淡淡地讲述着，"那年妹妹还小。她生性活泼，不同于我的病弱和乖巧。她喜欢在花园里冒险，父母便找了一些废弃的钢材，组装成一个小的乐园，盘根错节的管道还在叹出白汽，那些铁块成为亡故巨人尚有余温的尸体，我站在她身后，她带着干净的袖套，爬上爬下却不会受到呵责。她有时会抽着从父亲处偷来的烟，当她回望我，我赶忙喝起违心的倒彩，落荒而逃。"

"后来，我有了一只猫，就是有鱼，"她顿了顿，接着说，"我也不知道如何得到的它。我依然记得那热乎乎的小脑袋在我手掌下的感觉。我感觉到那力量穿过我的全身,那是一种真正了解了一个生命的感觉,我的意思是同时真正感觉到它难以理解的生命和你自己难以理解的生命。不过,我知道尤喜也很喜欢,甚至渴望得到它。这就够了。有鱼,是我拥有过的唯一可以理直气壮对其他人说'不'的东西。它是只属于我的东西。经过一次次拒绝——尤喜并不擅长接受拒绝，看着她的眼睛，我就知道尤喜快忍不下去了。果然，有一次，她又来抢夺，有鱼就这样死掉了，而我满身是伤,据说鲜血淋淋。尤喜说是我自己抓伤自己的，只是没人相信，毕竟任何一个8岁的乖巧小女孩都不会这样做，她自己倒是差不多。后来，她渐渐被贴上任性、坏孩子的标签。"

这也说明，千万不能对一个生命太喜欢。那会让人失控，从而落下把柄。不能让它久久占据着你的心怀不放。这样才能放更多的东西进来，石头，枯枝，荒原，泥沙俱下。

"是真的吗？整件事是你设计的吗？"大卫问。同样的故事他当然不是第一次听到，只是一直对事情的真相好奇。

"这重要吗？事情已经过去了。"尤欢毫不在意地说。

"你真的很擅长。"一向活泼的庆庆此刻也安静下来，轻声地说。

"什么？"尤欢下意识地问道。

"伤害别人。"庆庆说。

尤欢不置可否地耸了耸肩，尤喜可不这么觉得。她说，姐姐总有办法成为最后的胜利者。

这种情况，一直持续到爸爸带着尤喜头也不回地离开，小小的自己藏在母亲的身后，一遍一遍地给自己打气："爸爸只是出个远门，一会儿就来接自己了。"

只是，美好的幻想终将消失。而失望和新的生活，会到来。

从那以后，她的童年就结束了。

她成了一个大人，冷静自持，通透到近乎漠然。这种漠然随着时间的推移，变得越来越明显，占据了她人格中一半的部分。

从那天起，她就知道人类的情感是多么的不可靠，千万别把它们当回事。

人生有很多这样的时刻。你惊心动魄，而世界一无所知。你翻山越岭，而天地则寂静无声。人生说到底，是一场一个人的战争。

没错，对于母亲，她是怨恨的。因为她，她不仅失去了温柔

第二幕. 姐妹.

的母亲，还失去了孺慕的父亲。

尤欢一直对人类的大脑充满好奇。它就像个多余之物，让事情变得复杂。挨打不是挨打，是虐待；高兴不是高兴，是取悦；罚站不是罚站，而是学习。它就像一个多余之物，让事情错位。就像那个人一样。

在感受到痛苦之前，你什么都感觉不到。在痛苦之时，你什么都感觉不到。直到痛苦发生之后，你才像个正常人一样感受到痛苦，以及由此引发的喜怒哀乐。痛苦，是情绪的万物之源。

有时，尤欢会偷偷观察这个女人——自己所谓的母亲，不知为何，她就想起了自己经常做的那个梦——梦里，她站在这头，女人站在那头，中间隔着万丈深渊。女人脸上焦急，似乎在吼着什么。可是风太大，她什么都听不清。

她就那样定定地看着女人。突然，女人的眼睛眨了眨，两边耷拉的睫开始以匪夷所思的速度生长，越过悬崖，越过深渊，一直来到她的面前，像两棵坚硬的藤蔓直指她褐色的眼睛，又插进她的身体。带起的风刮得她浑身酸痛。

然后，两人之间的距离消失了——她甚至能看到自己在女人眼里的身影。那里有她，还有她眼里的她。

在漫长的岁月里，尤欢一直像一个孤儿一样长大。母亲将整个人浸入学术的海洋，她猜想她想溺死自己。

终于，自己也变成了跟母亲一样的人。

9
偷窥

尤欢一直怀疑自己的血液中流动着超标的自虐因子，否则，何以解释，她总是选择以最糟糕的方式惩罚自己。

就像现在，她带着安达几人，已经躲在对面的拐角处很多次了。她看着尤喜挽着马德的手一起出门，又回家，脸上是她从未见过的开心；她看着朋友们上门拜访，称呼尤喜为马太太，宾主尽欢；她看着他们亲吻，拥抱，笑颜如花。

整个世界都在笑，每个人都在笑。除了尤欢。

没有人在乎她的失踪。整个世界都一如往常，这让她觉得自己根本无关紧要。

她听见有什么，随着那些笑声在心中一起苏醒，它的声音缥缈如从地狱传来。"我察觉，我的心里有一团浓烟。我不懂，为什么那些人可以笑得那么开心，他们难道没有难过的时候吗？凭什么，我这么悲伤，而他们却那么高兴？"

"你是在说自己很悲惨吗？"庆庆接话道。

"'悲惨'这个词不太合适，应该说是持续不断的惊恐和深入骨髓的不甘。"尤欢冷静又漠然地说。

"尤喜不会被马德骗了吧。"大卫突然说。

尤欢的眼光闪了闪，到底没有说话。

"你打算怎么做？"庆庆又问，"对质？举报？还是就此打住？"

"我还没有想好。"尤欢自己也有一瞬的迷茫，她轻声喃喃道，"我只是不该死。该死的是他们，该倒霉的也是他们。"

与此同时，尤欢内心积压已久的愤恨，随着她的宣言变得愈加坚定。"我已经经历这么多，该轮到他们了。这是对他们的天赐，他们只能跪着接受。"

突然，一只黄色的蝴蝶悄然落在她的肩膀上，就跟在乔安那里见到的那只一样。尤欢觉得到处都是自己，她下意识地跟着马德和尤喜往前走，她看着他们走进一家酒吧，自己却被拦在了门口。里面传来他们喝着啤酒放声大笑的声音。接着一阵脚步声传来，靠窗的冰箱门打开，灯光照出来，她对他们笑，他们对着她笑，接着，尤喜毫不犹豫地拿起她，吃了她。无论尤欢怎么呼叫，都没有反应。

她猛然惊醒，狠狠摇了摇头。

短短一个多月，世界已经发生了翻天覆地的变化，让人怀疑自己是置身于一场没有痛感的梦中。也因为不会痛，所以永远不会醒来。

据了解，尤欢失踪不久，马德就辞了职，买下了那家念叨许久的酒吧。大卫去看过。跟以前的清酒吧不同，这里提供烈酒、狂欢和美女。

毕竟，没有漂亮女人的行业，注定不会长久。

酒吧招牌也新改成了一家酒吧，借助尤欢和尤家的影响力，不少名流、媒体倒是颇为捧场。尤其是一些传说中的私密服务，更是招来寂寞又欲望旺盛的人物的追捧。

时间在这里加速流转起来。在这儿，石像头上所顶的篮子里，永远盛满水果和鲜花。

于是，尤欢就那样蹲在门旁的路沿上——手头目前没有适合垫屁股的东西，只能这么蹲着了。

她的手里夹着一支烟。没错，她在抽烟，她也会喝酒。只是不常。此刻，她的手正抖个不停，左手紧紧攥着胸前的吊坠，就像攥住救命稻草——这是父亲在最后一个生日时送给她的礼物。

正如多年以后，他对那个8岁的小女孩说："如果你愿意，你可以重新创造这世界。就像这样，手轻轻一挥，雾就会消失。"当雾消失的时候，所有的人都可以找到一棵大树紧紧拥抱。

天气有点冷了，尤欢紧了紧衣服，觉得很好。相较起来，她更喜欢阴冷的冬天。她生活在这里，可是她并不爱它。

她觉得自己正在经历一场无法停止的噩梦。然后，她像以往每次做噩梦一样，想尽力回忆起一些什么。然而，收效甚微。

她确信，今晚的一切都是白天受害者的导火线。然而，她开始怀疑，回来是否值得。

人们总说，凡经历的，必留下痕迹。当然，你并不知道你知道，但你的潜意识知道。就像心理治疗中的画像投射，它被认为隐藏了一个人无意识的冲突或者偏激。

尤欢自许自己的回归也是出于心理治疗的建议，至少一部分出于此——要想看到真相，先要破除防御机制，当然，这些都是她从乔安那儿学来的。

过去几十年，她一直是"别人家的孩子"。人们认为她是无害的，是招人喜欢的。她无法坦然地表露情感。她总是浑身毛茸茸的，像个布娃娃，这让人们理所当然地忽略她的悲伤，以及她可能的威胁。

没有人知道她会抽烟，也会喝酒。

第二幕 . 姐妹 .

就像没人知道她的脑子里时常会浮现不合时宜的种种片段——比如，当汽车穿过高架桥时，她会突然看到桥体分崩离析，横梁咚的一声砸了下来，刺穿车顶上的铁皮，直穿后排人的心脏。又或者，她坐公交时，突然脖子后面感到一阵疼痛，原来是身后的人不知何时掏出一把锋利的尖刀，毫不留情地刺向她的脊椎，疼痛开始像战栗一般蔓延全身。这些都是可能发生的。

然而，她对此发不出任何情绪——既不恐慌，也不后怕。一切就像呼啸而过的汽车带起的风，吹散了她的头发。仅此而已。所有的变化都发生在发生的那一刻。仅仅在那一刻。没有延续，也毫无波澜。

还有，就像没人知道她的破坏力——她的眼睛很温柔，暴力因子却在体内翻腾，几乎耗尽她所有的力气去压制。除此之外，她对周围环境有着超乎寻常的敏锐。

此刻，当空中传来细微的波动，她下意识地出手拦住了对方刚刚伸出的手——

在这样一个美好的日子里，尤欢终于得出了生活本来就是这样的结论——它不会向前发展，也不会重新来过，一切都不会改变。于是，她听天由命了。

她停止了自己的内心独白，并且向自己做出保证："决不活着离开这座城市。当她还有勇气和健康去死的时候，最好现在就结束一切。"

首先，从面对开始。

"你可以帮我一个忙吗？"尤欢突然说。

"当然。"红莲淡定地收手，回道。

10
铃声

等到第7天的时候,尤欢终于决定放弃这种无意义的监视行为。事情不能永远拖下去,所有人都需要一个解脱,尤其是她自己。

"你要干什么?"还没等她跨出这一步,安达就抓住了尤欢,满脸紧张。

"我去打个电话。"尤欢安抚地拍了拍他。

没有无缘无故的恨,只有无缘无故的爱。沉默里的表白。她想,不能因为我什么都不说,就代表你可以用一切来伤害。

此时,尤喜已上床多时。

这个午觉睡得并不安稳。她也莫名其妙,总觉得要有大事发生。

她翻来覆去,好不容易朦胧了一会儿,床头的电话铃突然响了起来。她并没有立刻接起,静静地听着它一声连一声,锲而不舍,在这安静的空间里显得格外尖厉。

尤喜的心跳得扑通扑通,她下意识地握紧了话筒:"喂?我是尤欢。"

电话被接起来了。尤欢却不知道说什么,控诉说"你这个冒牌货!我才是尤欢"?

话筒两边同时安静下来,没有人说话,只剩下塞满空间的可怕沉默,以及沉重的呼吸声。墙上的钟表好像定时炸弹般默默地进行倒计时。

发了一会儿愣,确定对方并不打算回应,尤喜才轻轻地把电话筒放回原处。谁知才搁上去,又是铃声大作。她再度拿起听筒，略带生气地问道："你是谁？"

"请问你找谁？"尤喜的声音再一次响起，尤欢下意识地切断了电话。自始至终，安达都在一旁守着她。

挂断电话，尤欢不禁叹了口气。这样的生活不知还要过多久。最近，她总是有一种不好的预感，就像一根弦被拉到最紧，只要轻轻一拨，就会四分五裂。更糟糕的是，她根本不知道什么时候，会是谁来弹响最后的丧歌。

日常生活热闹了，很难让人放松下来。她必须喘息一下，让力气凝聚一些，才能继续面对人潮、追逐和那个人。

"我要采取行动了。"她说。不知是对安达说，还是对自己说。

屋外刺眼的阳光像大雨一样从空中洒落，即使一动不动，也是一场酷刑。然而，尤欢此刻内心涌动的感情，如岩浆倾泻，淹没了她生理上的不适，比如困倦、烦闷。生活就像脚下踩的地毯被突然抽走，直挺挺落在硌人的现实。"我必须要采取行动了，"她补充道，"否则我会把自己逼疯。被自己的想象逼疯。"

她听过这样一句话，"风往哪个方向吹，草就要往哪个方向倒。年轻的时候，我也曾经以为自己是风。可是最后遍体鳞伤，我才知道我们原来都只是草"。

11
登堂

"您好！我是水电维修工，有人投诉您这边漏水。"这样一个美好如常的早晨，一个维修工静静地出现在马德家的门前。

开门的是尤喜，一身旗袍，修长得体，整个人都散发着青春的活力。她的鼻子很挺，颧骨高高的，侧面的骨架形成一道完美的弧线，充满成熟女人的性感。但当她正对你时，你会注意到，她的下巴较短，上唇成弓形，好像婴儿一般无辜又脆弱。她的眼睛是尤欢见过最迷人的眼睛。因为莫测，所以迷人。很大、很深，有些像古怪的精灵。在人们不注意时，她的眼神中不起一丝波澜，连倒影都没有，占据她目光更多的是怀疑与恐惧。当她一笑时，眼睛弯成月牙，所有的情绪又都不见了。

"这是一个漂亮的女人。"那时红莲就暗暗评价，"女人一漂亮，就能让人原谅她很多事情。"

与此相对的，此时的红莲一身灰色制服，美丽的红发被严严实实地藏在灰色的帽子里，脸上呈现一种被长期的繁重工作和拮据生活欺压后的疲惫和苍老。这是跟平时截然不同的红莲。

她的扮相太成功了，以至于尤喜没有生出丝毫的戒心。

她打开门，说："请进。"

红莲一边点头致谢，一边暗想：真是单纯的女孩啊，就这样让一个陌生人进来了。

把红莲带到厨房之后，尤喜便自顾自地走开了。

红莲这才有空光明正大地观察起这栋房子。屋子很大，里面的家具显然经过精挑细选，一看就价值不菲。在外界的描述里，尤欢自己是著名的设计师，小有身家，加之家世出众，丈夫是投资银行的，到底根基深厚。

不过红莲暗中揣测，马德这次大手笔买下的酒吧，恐怕动用的还是尤欢的那部分财产。她不禁耻笑一声：果然是一个现实的男人。

第二幕 . 姐妹 .

除此之外，屋里放置着很多绿植和鲜花，让人心情很好。还有尤欢跟马德的各种合照，放在来人一眼就能看到的地方。

"的确装的是一对恩爱的夫妻。"得出结论以后，红莲不再耽误，很快把事情搞定——本来就是编造的借口，根本不需要做什么，只用随意转一转，就大功告成了。

"再见。"告别之后，红莲迈着悠闲的步子踱到了街对面。

"怎么样？"刚一上车，安达就急切地开口问道，倒是尤欢一脸淡然。

红莲并没有直接回答，反而挑了挑眉，感叹道："你家可真有钱。"

尤欢瞥了她一眼，似乎对她的抓不住重点很鄙视。红莲摆摆手，赶紧弥补。"好了好了，两人很恩爱，屋里到处都是两人的东西。不过你的照片都还摆在原位。"

尤欢思量了一下，估计怕照片撤了，会引起不必要的怀疑吧。况且，要想入侵一个地方，除了斩草除根，更好的办法就是取而代之，让对手的存在感化为零。

她再次问道："每个房间都放了吗？"

"真没情趣。"红莲暗暗嘀咕了句，还是答道，"都放啦。保证你对房子的掌握比你对自己的双手还要清楚。"

"不会被发现吧？"尤欢还是不放心地确认——这是她的习惯，什么都要掌握在自己的手里。

"安啦，肯定不会被发现。我办事，还从来没有失手过。喏，试试。"说着，红莲就递过来一个圆圆小小的东西，黑色，有接口露出。

是摄像头的窃听端。

"哎，我觉得你老公不离婚，一定是舍不得财产。"红莲边看尤欢摆弄，边随口说道。

尤欢摆弄装置的手顿了下，她没有抬头，也没有回答。但她明白，红莲大概说出了真相。那样一个男人，爱情从来不是最重要的。

"好久没见小丑女了，什么时候给大家表演一个当作庆祝呗。"见无人回应，红莲在百无聊赖中突发奇想。

"小丑女姐姐抑郁症加重了，你又不是不知道。"还没等尤欢回话，一直低着头，趴在身边看尤欢和大卫接信号的庆庆先不干了，不满地控诉道。

闻言，红莲也只能不好意思地摸了摸鼻子，低声嗫语："小小年纪，瞪眼睛的样子真是一点都不可爱。"

"哼！你一定没照过镜子。"庆庆毫不客气地回击道。

"你……这小丫头。"红莲的声音闷闷的，好像是花腔没唱上去，堵在胸口，憋着了。

"别忘了，我可比你大！"庆庆心里自得，面上不显，"就喜欢看你看不惯我又干不掉我的样子。"

"你真无情。"红莲假装心碎地抚着胸口说。

"你真幼稚。"庆庆无语地撇撇嘴，"再说，我可不是来这儿交朋友的……"

耳边是乱哄哄的吵闹声，尤欢有一瞬间的迷茫，自己真的要这么做吗？自己这么做是为了什么？自虐吗？证明自己从未被爱过？亲眼见证他们的分崩离析吗？还是告诉自己自己的选择没有错？

哪怕朝夕相处，我们对对方的了解可能还没有一个陌生人多。是不是很可笑？

"喏，出来了。"大卫突然指着屏幕上显示的画面说。

12
入室

大卫的声音让尤欢从纷乱的思绪中回过神来。

面前的显示屏里，马德出现了。尤欢盯着他移动，直到人消失在平安街57号的一个拐角处，她才回过神来。

尤欢脱力般倒在椅子里，双拳紧握，脸色苍白。

其他几人默契地没有出声，等她慢慢恢复。

"嘿，你去看看。"缓了好一会儿，尤欢推了推身边的大卫。

"什么？"大卫脱口而出，面露困惑。

"你去看看他去哪儿。"尤欢又说了一遍。

"我？"大卫用手反指着自己，难得露出一脸不可置信的表情，"你怎么不叫……"他看了一圈，三个女人其中一个还是未成年，还有一个无法拎到台面的"天使"。

"果然只能我去。"大卫在心底叹了口气，到底还是认命地出去了。

尤欢面前的屏幕上，大卫跟着马德进了酒吧。不知他说了什么，很快被人热情地引导入室，而且还是马德亲自接待。

那一刻尤欢本能地想把屏幕关掉。她的心脏怦怦跳个不停，好像全世界只剩下这一个声音。不过，看到大卫挑了挑眉，尤欢撇了撇嘴还是耐心地看了下去。

脚下铺设着华丽的大红色暗花地毯，踩上去没有任何声音，就像欲望的导火索。头顶上几欲淹没整个天花板的水晶吊灯，靠着自己的光影为被笼罩其中的人营造了一个过于明亮的梦，让人无法拒绝，也不想拒绝。随着螺旋楼梯来到高层，入目的便是众人沉溺欢乐时陶醉的样子。

几面巨大的玻璃投影中，窈窕的女人或全身赤裸，或披着一条旌旗，自得其乐地起舞，像是一尾尾胡乱游泳的金鱼。

尤欢突然觉得一阵无趣，她爱了那么久的男人，其实和这世界上任何一个男人一样肤浅。那些风趣浪漫，也不过是给这层肤浅披上一层皇帝的新衣，并不能让看到的人更好过一些。

"不得不承认，马德对女人很有吸引力。"红莲摸着下巴，一脸春情荡漾地说。

是啊。不然一向清冷的自己，又怎么会中招，连父母都那么容易地接纳了他。

庆庆看了看尤欢的脸色，安抚似的说："这世上，骗子是花样繁多，但我们可不是吃素的。"

"大卫，回来吧，他不值得。"说完，尤欢便把信号切换到尤喜那里。

13
窃听

目前为止，尤欢也弄不清自己对马德抱着怎样的一种情感。

不甘？不舍？痛苦？愤恨？抑或空虚？或者几者皆有。

"尤欢，快看！"就在尤欢不断反省自己的愚蠢和可笑时，庆庆突然推了推她，指着屏幕大声说。

第二幕 . 姐妹 .

显示屏上，是尤欢居住了几十年的老房子。

此刻，马德不知什么时候回来了，正在做饭——尤欢倒是不知道自己的丈夫会做饭。尤喜靠在桌边等着饭菜上桌。

"啪！"突然，一阵开锁的声音响起——原来是芦溪回来了。

尤喜立刻局促地站起来，脸上是显而易见的欢喜，掺杂着不易察觉的不安和尴尬。"妈妈，您回来了。晚饭一起吃。"

"不了。我吃过了。"芦溪回答完之后，便径直上楼。尤喜看着她迅速消失的背影，眼里是清晰可见的失望——尤欢突然有点幸灾乐祸，因为是"尤欢"，尤喜可能再也无法体会芦溪温情的一面了。

另一边，马德听到动静，探出头来。他还没来得及打招呼，芦溪已经消失在拐角处。

他朝尤喜看过去，用眼神示意。"怎么了？"

尤喜耸了耸肩，表示自己也不知道。马德早已习惯岳母大人的淡漠，转身继续投身到自己的美食大业中，也因此错过了尤喜一脸的失落和不甘。

尤欢看得有趣，心里暗暗计较："我可没有那么好当。当你发现你设想中的妈妈跟实际不一样，不知会作何感想。"

屏幕切换到芦溪的房间。

她正在一边换衣服，一边听来电提醒。

"小妹又溜了。她是不是去找你了？给我回电话。"是尤金——不同于他一贯的温文尔雅，他的声音里满是气急败坏。这跟她接触到的样子不一样。在尤欢的记忆中，不管处境多么狼狈，他都是优雅得体的。哪怕面对自己厌恶如蛇蝎的人，他都是举重若轻的。电话里的他，难得地露出急躁又失礼的语气，连称呼都没有。

芦溪似乎也没预料到这通留言。她想了想，三两下把褪到一半的衣服脱掉，也不穿衣服，就把电话回拨了过去。

"我收到你的留言了。"电话接通得很快，芦溪没有丝毫情绪地说，"我没有见过阿喜。"

"我什么都没做。"她强调道。

"你冷静一点。"她说。

"你对阿喜做了什么，你心里明白。她想去哪儿，你没有权利干涉。"芦溪语带不满地说。

"女儿？你尽过父亲的责任吗？"她嘲讽道。语气里是满满的不屑。

"不要提过去！我不想在尤欢面前揭穿你！不是为了你，是为了她。"尤欢有一瞬的迷惑——事情好像跟自己以为的不一样。

"我不是一个好母亲，我承认！你也不配当一个父亲！"她的脸上终于有点不耐烦了。

"我永远不会忘！"她恨恨地说，"不！你不许接触尤欢。"

"我是她的妈妈，我不允许任何人，包括你，破坏她的生活。"

听到这里的尤欢苦笑了一下。生活太脆弱了，哪里需要别人来破坏。它就像一张白纸，一阵风，混着刮起的沙砾，就千疮百孔了。

"别让我再见到你！我恨不得杀了你！"说完，芦溪再不给对面的男人说话的机会，"啪"的一声挂断了电话。

第二幕．姐妹．

尤欢有一刻的心惊。屏幕里，她清楚地看着母亲开始还能心平气和，最后又恢复到小时候大声争吵的模样。尤欢好像又回到8岁时的小女孩，孤立无援，手足无措，整个人都被庞大的恐惧所笼罩。

"尤欢！"庆庆拉了拉她，眼中满是不安。

"我没事儿。"尤欢这才突然惊醒，她安抚地摸了摸庆庆的头。对啊，她已经不是那个毫无招架之力的小女孩了，她已经长大了。长大到可以决定要什么和不要什么。

她重新看向屏幕，正好看到芦溪挂断电话，恶狠狠地将话筒摔了回去。"妈的，阴魂不散的家伙！"

这是第一次，尤欢意识到，父母的关系，原来比自己想象的更复杂。

她认真地回想了一下母亲说过的话，和小妹偶尔透露出的只言片语。过去和她以为的事实似乎有差异。

说起来，芦溪和尤金，两人当初也是恩爱有加，温情如水。

只是，长久的婚姻生活，根本与人追求自由和新鲜的天性违背，二人之间的沟壑也越来越深。

尤其还有一个病弱的女儿横亘在生活里。跟任何一个男人一样，尤金犯了男人都会犯的错——他出轨了。并且，越来越肆无忌惮。

芦溪在这样的状态下，变得越来越神经质。尤欢曾不无恶意地想，她从外面回来，显然精心打扮过，她是去约会了吗？可是，她已经不年轻啦。她的皮肤已经变软起皱，随便舞动几下就会气喘。无论对方是年轻抑或跟她差不多大的年纪，大概，没有哪个男人会看得上风干一般的肉体吧？爸爸就是受不了平淡乏味的生活才离开的吧？

可是，男人不是衰老得更快吗？他的肉体恐怕也早就没有入场的资格了吧？尤欢不禁想到那层层橘皮，一定像放置太久、表面结满皱纹的果子。

很多时候，一个人的美食，却是另一个人的毒药。

我们只看得到我们被告知的部分中我们愿意看到的，这何尝不是另一种偏见。

说到底，也不过是非常肤浅的人。

14
螳螂

日子就在尤欢的迟疑与反复中一天天过去了。

"我到底在干什么？我想干什么？"她心中质疑。

没有什么改变真正发生。她曾视自己为一名荒诞的时空旅者。她已经独自面对黑暗10天。屏幕里一线微弱的红光是这黑暗里唯一的灯塔，安静平和地飘浮在那里。她期待它指引自己穿越黑夜、尘埃、痛苦、不安，然后抵达一个全新的世界，全新的自己。

然而，这种期待注定落空。

除了知道父母的关系比自己以为的更糟糕一些，尤欢并没有得到新的东西。

想害她的是自己的马德，她没有证据证明；出轨的是自己的妹妹，她也没有办法斩断这层关系。

不知为何，她突然对自己很失望。活到现在，全是失败。

第二幕．姐妹．

"嘿，帮我个忙呗？"尤欢轻轻地推了推小女孩，讨好地说。

自从事情发生以来，她能感到自己越来越无所谓了。透着一股天不怕地不怕的决绝。

"做什么？"庆庆一脸警惕地盯着她。

"帮我递个字条，给我的亲——妹——妹。"她特意地加重了亲妹妹三个字。

"你……"安达想去夺，尤欢知道他怕自己做傻事，但她明白自己在做什么。她的手拐了个弯，把东西放到小女孩的手里。

她顺便解释道："放心吧，我有分寸，我只是想确定一件事。"

没错。她不理解，为什么尤喜对这件事毫无反应。就算是马德骗过了尤喜，又通过计策让尤喜心动甚至假装自己，可是自己的姐姐突然莫名地消失，她不可能完全不闻不问吧？

除非，除非……

"小妹妹，你找谁？"门打开，尤喜满脸不解。最近这个社区似乎出现了很多的陌生人。

"你好！这是一个大姐姐让我给你的。"庆庆满脸笑容地把字条放在尤喜摊开的手掌里。

"大姐姐？"尤喜心中一跳。她下意识地抬头四处张望了下，看到街对面一个红色头发的女人，对她挥了挥手，还笑了笑，在尤喜反应过来之前，便匆匆地离开了。

尤喜慌乱地点了下头，把字条紧紧地攥在手心里。她勉强挤出一抹笑容，摸了摸小女孩的头，说了一句"谢谢你啦"，便快速地关上了门。

屋内。

尤喜靠着门平复了半天，心跳才慢下来。想了想，她还是决定展开那个被她攥得皱巴巴的字条，里面是打印出来的一行字：证据在书房的密码盒里，密码是6677。

6677，是他们一家四口出生日期的最后一个数字的组合，她居然没有想到。

"轰"的一下，尤喜忍不住再次攥紧了手中的纸，皱成一团，一时之间，她的内心千万个念头碾过。

"是谁？到底是谁？ta怎么会知道？"

送字条的人到底是谁？她跟尤欢又有什么关系？她又知道多少？

她就知道，她就知道，那个盒子里有东西。

她试了好多次都没有打开，本想着这几天把它砸开，这个字条倒是出现得及时。

"笔记本？录音笔？首饰盒？还是文件？"她一边胡乱猜测着，一边打开了密码盒。"砰"，盒子弹开，尤喜的心也跟着跳了一下。里面静静地躺着一本精装笔记本，黑色封皮，看起来还很新。

尤喜突然就不想看了。她的直觉告诉她，这很危险，这是一个潘多拉之盒，打开，就是负累。可是，她已经没有回头路了，不是吗？

突然，尤喜身后传来"砰"的一声——书架上，一本书掉落在地上，来回转圈，没有一点要停下来的意思。

尤喜忍不住喃喃自语。

这是一个征兆。时间到了。

想不出来，什么都想不出来。

第二幕 . 姐妹 .

没有意义，什么都没有意义。

此刻的尤喜好像被某股莫名力量控制的提线木偶。她慢慢蹲下，扒拉开桌下的抽屉，然后，居然从中抽出一个刮胡刀的刀片，试探着放在手腕处。

屏幕前的尤欢吓了一跳，她整个人弹了起来，心脏跳个不停，手忙脚乱地说："快！快！快阻止她！"

"你别急……"这边大卫正在安抚尤欢，突然，屏幕里一阵铃声大作……

突然响起的铃声阻止了尤喜接下来的动作。她愣了愣，茫然地望了望，过了好一会儿，很久很久，才站起身接电话。

喂，姐夫？此刻的她还有点恍惚。

等到挂断电话，尤喜彻底清醒过来。她的视线重新落在敞开的抽屉里，抽屉里的那本笔记本上。

最终，好奇占了上风。尤喜大大地呼了一口气，把笔记本拿了出来，开始快速地翻阅起来——果然，尤欢什么都知道。

以下，是尤欢笔记本上的摘录——

"今天爸爸和小妹回国，家里有爸爸、妈妈、小妹、马德和我，我很高兴，也很满足。过往种种，轻如柳絮，似乎也不重要了。

"今晚的床上游戏，马德提议我扮演尤喜，看着他眼里跳跃的星光，我居然鬼使神差地答应了。过程很美妙，是从未有过的契合，我猜想，马德是真的很喜欢这个妻妹吧。

"最近，马德不知为何对我特别好。好像过去5年里的隔阂、尴尬都烟消云散了，一切都回到初识时的体贴。可是，为什么，我觉得很不安呢？

"以前，我自以为自己很了解他。但是，5年之后，他居然有那样的一面，'砰'，就像突如其来的泥石流，覆盖了我的全身。"

"马德又出轨了。""出轨"被着重圈出来了，可见笔记本主人当时的心情有多么愤懑，"我没有摊牌，一如既往地假装不知道。我心里想着，这一次会跟上一次、上上一次、上上上一次……一样，无疾而终。只是，我的心中多少有一些不好的预感。"

"又出轨了？"看到这里，尤喜抬了抬头，勉强让自己冷静下来。"不是早就知道他是这样的人？难道还有什么期待吗？"她自嘲地笑了笑，重新把视线放在本子上。

"最近，我们吵架的次数变多了。马德说，他巴不得我去死。那一刻，我相信他是认真的。

"马德最近接了很多电话，每次都要背着我。他似乎在谋划什么大事，这事儿与我有关。

"他要杀我！我偷听了他讲电话！有什么在我的脑子里炸开了，我整个人都软在地上，分不清是痛苦更多一些，还是失望更多一些……"字迹到这里开始变得凌乱，还有一些划掉的痕迹，有些地方因为用力过猛，甚至穿透了纸页，尤欢当时肯定很愤怒。

"我给小妹打了电话，希望她能帮我给马德准备一个惊喜。"

"今天跟马德去游艇……"

尤喜越看越心惊，尤欢是不是一开始就有预感，或者，她早就从蛛丝马迹中窥得了一些真相？笔记本的最后，是鲜红的一行大字："当你拿到这个，说明我已经死了。凶手只可能是马德。"

第二幕．姐妹．

这行字就这样猝不及防地出现在尤喜的眼前，对她嘶吼着：是马德！是马德！整个房间都有力地震动起来，让人眩晕。

尤喜下意识地按了按胸口，这里因为心跳加快而变得有些疼痛——她让人把密码交给自己，是不是把自己看作最后的救命稻草？甚至是唯一可以信赖的人？还是她想让自己做些什么？

尤喜有点怕。

直到她打开最后那封写给自己的信，她确认自己打开了潘多拉魔盒。

这封信就像一道催命符，写着："人生在世也是受苦，我的苦已受尽，便早你一步解脱了。可惜你们还在，我总要尽力保全我的家人。我虽不想你也来承担这人的痛苦，可也不忍剥夺你作为一个人的权利。何况，人世间来一遭，总要受点苦才能甘心离开。只是你现在不仅要自己受苦，还要分担我的苦，算是我的自私了……我最近时不时会想起我们一家四口在一起时的光景，那时我俩因为有鱼吵吵闹闹而争执不休的时间，那日光下月光中扬琴、吹笛、唱歌、起舞的孩童们，那经年不灭的天火和经年不凋的花圃……看来我可以先代替你回去看看了。等到你来了，我们可以一起去看……"

尤喜不禁苦笑了下，可是，可是……自己也是害了她的一分子啊。

这边尤欢看着她抬头，凝视着屏幕，仿佛那镜头突然之间因为什么可怕的事情向她发难，而她还在思考如何回答，并且用凶残的目光挡住问题的锋芒。这样一副表情当然只能用负罪之感解释。

尤喜把笔记本放回原处，瞟了一眼旁边的录音笔，下意识地抗拒听里面的东西。

不过,事到如今,逃避也没有用。已经看了这么多,多一个录音笔也不嫌多。

最终,尤喜还是忍不住打开录音笔,只是这里面的东西更让她心惊。

"我巴不得她去死……

"你帮我准备一瓶药剂,要致命的……

"我们很快就能在一起了。我保证……

"我已经想到办法了。明天见……"

录音笔里是尤欢偷听到的马德意图杀害她的电话录音。尤喜差点把笔扔出去——真相显而易见——尤欢大概率已经死了。凶手是马德——尤欢的丈夫,自己的姐夫以及现在为之心动的男人。

虽然没有直接的证据,但是这些至少可以证明马德的杀人动机。加以警察的调查,定罪几乎毫无疑问。

至于你问我,尤喜为什么对尤欢留下的这些东西毫不怀疑,第一时间接纳并认定了马德如尤欢所说就是凶手,其中心理大概只有尤喜自己清楚了——是出于对尤欢的姐妹亲情,出于对马德本质的认识,还是出于马德向自己要过药剂的事实,抑或她也早在跟马德的交往中有所察觉,外人目前还不得而知。

不过,幸好,没有游艇上所发生的一切的证据;幸好,没有第三个人知道药剂是自己提供的;幸好,自己还没有被牵扯进去。

然而,尤喜并不确定这份运气能维持多久;也不确定,万一东窗事发,马德会不会把自己拉下水。

一想到这些,尤喜也不知是该庆幸,还是该慌乱了。

"对不起，我什么都做不了。"她一边在心里道歉，一边把密码盒重新落锁。

只凭她提供药剂这一点，她就没办法铤而走险揭发马德。她不想把自己的后半生一起搭进去，哪怕只是万分之一的概率。

何况，她目前很享受马德家女主人的身份，根本狠不下心来跟他同归于尽。

"姐姐，你安息吧。我会连同你那一份一起好好活下去的。"尤喜心里默念。

另一边，其他人看着尤喜的一举一动，一时间都陷入了沉默。

"嘿，你猜你妹妹会怎么做？"过了一会儿，红莲用肩膀推了推尤欢，颇为欠扁地问道。

"不知道。"不过，她总不会真的帮自己，大概会当作什么都没有发生吧。想到这儿，尤欢不禁冷笑了一声。

15
抛弃

最近半个月，尤喜就好像面对一个看不见摸不着的鬼魅，它总是给人制造麻烦。

她当然知道是自己的想象作祟，却无法控制自己的恐惧和心虚。

"咔嗒……"

这天，她本一个人在这房子里转悠，突然响起的开锁声却好像一道催命符，吓了她一跳。尤喜近来本就苍白的脸更是不见血色。

"怎么办？我们该怎么办？"尤喜在偌大的屋里不停地走来走去，整个人都快疯了。本以为雁过无痕，实际上，笔记本对自己的影响远远超过自己的想象。

她越想越不对劲儿，突然就想到另外一种可能——万一，万一事情已经暴露了呢？既然那个女人能替尤欢保管那么重要的密码，谁知道她知道多少？会不会告发他们？

一见到马德，尤喜更是委屈不已，眼泪忍不住扑簌簌地滚落，把马德心疼得不行，扶着她到卧室说话。

"放心，她已经死了。"马德按着尤喜的肩膀，让她冷静下来，"你冷静点。"

"你怎么证明她死了？万一她还活着呢？"尤喜整个人就像一只充了气的气球，随时可能原地爆炸，"我们谁都没有看到尸体，不是吗？"

"她不可能还活着。"马德斩钉截铁地说。而且，不知是为了说服谁，马德加重了语气强调，"我亲手测过，她没有气了。而且海水那么冷，活不了的。"

"何况，不是你说的那药万无一失？"他把尤喜拉在怀里，细细安抚。眼里却倏地划过一丝不耐烦。

"你说过不提的……"尤喜下意识地捂住马德的嘴，又反应过来这里现在是自己的家了，才悻悻放下，"我知道，我只是有点慌了。"

"放心吧。没事儿的。"马德再次将尤喜温柔地拢进怀里，眼里明明暗暗。"我会把这些东西处置掉。就当什么都没有发生。如果，如果……"他想了想，发现自己也不知道尤喜嘴里那个奇怪的女孩和女人是谁。"那个人再来的话，就告诉她什么事儿都没有，让她不用担心。"

第二幕 . 姐妹 .

"我总觉得那个女人有点眼熟。就好像，好像……"各种想法在尤喜的脑子里跑马了一圈，她不确定地说，"就好像换了脸的姐姐。"

"乖。不要自己吓自己。"

马德没有告诉小妹的是，他多少察觉到尤欢的怀疑，这也是他选择先下手为强的原因之一。聪明人从来不会把主动权交给别人。

"你是不是有事瞒着我？"尤喜突然警惕地问。

"你想多了。"马德怀抱娇躯，一下一下地轻抚着。

"或许吧。"尤喜轻声地说。

落地窗外，金色的银杏叶纷纷扬扬地落下，给地面铺上一层厚厚的地毯，就像一场盛大的婚礼，又像一份精心准备的聘礼。看得再仔细一些，这金色居然一点一点地飘浮起来，带着她的视线滑出去很远，比一生还远，陌生的个体，跟衰老一样可怕。她想。

她的视线掠过卧室的大门，那里正对着的墙壁上挂着一幅巨幅油画，上面是一个卧躺的裸体女人——她的眼角微微挑起，黑色的头发盖满了全身。她看起来就像一个活在过去的人。人与人的不理解，对于她，几乎是无法跨越的鸿沟。

"我们从哪里来，我们会到哪里去。我们在做什么。"望着画上的女人，会让人产生一种自己也只是画中人的错觉。

尤喜一下子恍惚了。一切都出错了，此刻她只想抽身而逃，大哭一场。

马德见尤喜泪沾粉颊，如雨打梨花，居然没有多少怜惜，反而觉得这样的尤喜，便是哭，都是一等一的魅惑。很快，一股欲望从体内升腾而起。

他本是贪欢乐色之人，见她如此可怜可爱，心里早就按捺不住。于是，身子一压，很快一室温香。

16
轮回

这段日子，尤喜更少出门了。她只是尽力地维持生活表面的平和。

然而，那张字条引起的连锁反应还远远没有结束。事态的发展，甚至超过了尤欢的预计。怀疑滋生，那个家到底没有逃脱争执的宿命。

毕竟，人生经不起追问，不是吗？

"你最近到底怎么了？变得这么神经质？"马德不耐烦地挥开尤喜的手。他觉得自己从疑神疑鬼的尤喜身上，再次看到了尤欢的影子——这令他心生烦躁。

"我就是觉得你离我那么的近，却又是那么的远，连我肆意的小脾气都容不下了。"尤喜委屈地撒娇道。她心里也很急，偏偏越来越失控，"你不是最爱我撒娇取闹吗？"

"好了好了，是我不对。"马德无奈地软下姿态，只是语气里透着疲惫。尤喜没有听出来。

不过，熟悉马德的尤欢知道，他的忍耐快到极限了。

尤欢仿佛看到7年婚姻，在那个房间里再一次上演。从情深意切到同床异梦，最后恨不得除之而后快，不过转瞬之间。

就像乔安说的，"如果你想要驯服一个人，你就得冒着掉眼泪甚至丧命的危险"。

第二幕．姐妹．

"我们会不会太无法无天了？"尤喜不安地问道。她还是无法放下心来，想从男人那里得到一些慰藉。

"无法无天？不。我自己就是法和天。"马德吻了吻她的额头，安抚道，"不用怕。"

"可是，就算逃过了法律的制裁，难道不会良心不安吗？"尤喜试探地问道。这个男人看来比自己原本以为的更心狠。

"怎么说呢？道德和良心这玩意儿，不过是人类加诸自身的枷锁。"他继续温柔地劝道，想快点结束这无聊的话题，"你看，我们不仅没有获得惩罚，还过得更好了。"

"你夜里不会失眠吗？"她又问。

马德将人推开，点燃一根香烟。指尖是明明灭灭的光，撩起一片烟雾，让两人的面容都模糊起来。

"失眠？我再心安不过了。她说过，'我希望我死在你前头。所以，你一定要活得比我久'。现在，她得偿所愿。"马德冷酷地说道。

事实上，事发之后，他睡得从未有过的安稳。好像一层迷雾从周身消散，他突然发现了这个世界值得留恋的部分——一个没有尤欢的世界对于马德来说，尤欢就是那个紧箍，时刻提醒着他的过去、不堪和无力。然而现在，他充满了力量。

尤喜看着马德，就像看一个陌生人，又像看一种奇珍异兽，抑或一幕黑色喜剧。看着看着，她迷迷糊糊中就睡着了。

等到再次醒来，她正躺在沙发上，面前是电视机，屏幕上一片白茫茫的雪花，还伴着刺刺刺的声音。

尤喜揉了揉眼睛，有点茫然。她迷迷糊糊地起身，想去把电视关了,突然屏幕上的雪花融化了——然后,它们变成一摊红色的血液,从屏幕上流出来。那血好像流不完似的,很快汇成一条小溪,淹没了她的脚踝。

尤喜害怕极了,不禁大声尖叫。莫名地,她笃定这就是尤欢的血液——她来报仇了。然而,更加奇怪的事情发生了——她居然发不出声音——嘴巴再怎么张大,喉咙再怎么用力,都没有一点声音。她试着用手去摸自己的脖子,才发现,自己居然是透明的,只有一个轮廓依稀可辨。

她看了看自己的手,又看了看脚下的血河,立刻手足无措起来。"跑!对,快跑!"

然而,就在尤喜想转身跑开之时,一条章鱼从她的背后缠了上来,禁锢住她的四肢和头颈。她的身体也因为用力,从透明变得一点点实体化。

尤喜闭上眼,感到一阵绝望——或许,尤欢当时也是这种感觉?她使劲儿想挣脱,反而被越缠越紧。她就像待宰的羔羊,呼吸越来越困难,连害怕都顾不上。

等到她再次勉强睁开眼,章鱼已经变成了马德——他的双手正放在自己的脖子上,用力地掐着。他的脸离自己很近,尤喜能看到他的眼睛——那双黑色的瞳孔张得很大,眼珠是褐色的,充斥着嗜血和报复的快意。

"他疯了!"这是尤喜第一个念头,"他要杀死我!"

想到这儿,尤喜又立刻挣扎起来:

"不,不,不要!"

"呼呼呼……"

第二幕 . 姐妹 .

尤喜猛地坐起来，好像刚经过一场恶战。大颗大颗的汗珠顺着她的脸颊、脖子流下来。这时，她才发现自己还躺在卧室的床上，不知什么时候睡着了，做了噩梦。

旁边的洗澡间传出哗啦啦的水声——马德不知什么时候去洗澡了。

"怎么了？"马德出来时，就看到尤喜一副见了鬼的表情，便随口问道。

尤喜摇了摇头。她觉得自己的牙齿在打战，一句话也说不出来。

"早点睡吧……"说着，马德抱了抱尤喜，以示安慰——只要她乖乖听话，不说一些莫名其妙的鬼话，他并不吝惜自己的温柔。

然而，手底下的身体一片潮湿，自己的手刚碰上去，它居然抖了抖。马德分开两人，不可置信地问："你在怕我？"

尤喜摇了摇头。"我很好。"她虚弱地笑了笑，"我只是累了。"

"哦。"马德对对方的不配合有点气恼。听她这么说，索性扯开被子，准备睡觉。

"我可没工夫陪你瞎闹。"马德如是想。

看到马德如此敷衍的态度，尤喜反而委屈更甚。

她主动开口道："我最近老是做噩梦。"尤喜的声音带着微微的颤抖。"我从小就讨厌姐姐，我想让她消失，但我真的不是有意让她死的。"

似乎是为了寻求一丝温暖，她又往马德——自己唯一可以依靠的男人的怀里挤了挤。"事情就这样发生了。我只是顺意而为。"

"嗯，乖，没事。"马德敷衍地拍了拍她的背。"我明白。

况且，你什么都没做。"顿了顿，他安慰道，"至于尤欢误食药剂，又失足跌落大海，那只是一个意外。尤欢的死，只是一个意外。"

最近，尤喜再也不复以往的洒脱可爱。她就像一个中年女人般，所有的谈话都离不开那天的事情。

马德开始觉得厌倦。于他而言，和尤喜不在一起的日子不值得过，在一起的日子不好过。爱情总是在懵懂中出生，在现实中死亡。世间之事，大多半点不由人。他只知道，事情要由自己主导。

"我们真的不能报警吗？"尤喜还是不死心地问道。

"不可以！"马德猛地坐起来，斩钉截铁地拒绝道，"我劝你打消这个念头！"

尤喜忍不住又瑟缩了一下。

看到尤喜被吓到的样子，马德又一次软下语气，劝慰道："不管怎么说，我们要先把尸体找到。不然，我们怎么解释，为什么不在事发时就报警？警察不会信我们的。何况，还有你提供的药剂……"

该死的！尤喜就知道，这是自己摆脱不了的把柄。而马德恰恰知道如何准确地捏住别人的弱点，达到自己的目的。

在这种情况下，隐瞒到底似乎是唯一的选择了。

"我知道。"尤喜闷闷地说。她突然想起另外一件事，试探地问道，"你觉不觉得有人在监视我们？"

"没有啊。"话虽这么说，但马德的心一下子提了起来，"尤喜是不是发现了什么？她这又是什么意思？"

他努力让自己冷静下来，脑子里却一阵阵轰鸣，让他有点儿晕。马德勉强扯起嘴角，笑了笑。看到尤喜不说话，马德又问："为什么？"

"我，"尤喜仔细地斟酌了一下，才开口，"我最近总觉得有人在盯着我们，浑身不自在。就是那个成语'如芒在背'。"

"可能最近发生太多事了。"马德劝解道。

"可能吧。"对于马德的自负，尤喜也知多说无益。她索性背过身子，关灯睡觉。

看到尤喜不再纠结在这个话题上，马德暗暗松了口气。

黑暗中，他从背后抱住尤喜，恢复一贯的温柔体贴。"放心吧。我会永远爱你。"

另一边，监视器前的人看得一头雾水。

"尤喜怎么了？"大卫不确定地说，"她知道了？"

"大概，姐妹情深抵不过爱情吧。"看着阿喜滑过眼角的泪，尤欢突然觉得充满讽刺。

她对着屏幕喃喃道："你看，现在哭的是你，我早就好了。我曾经爱过一个人。后来，我决定不再爱了。"

17
黄雀

尤喜最近处在一种混乱的生活状态里。

随着对事件的深入，以及相处时间的增长，尤喜对马德的真实面目愈加了解，对于自己的失望也与日俱增。

生活在争吵中反复不休，而她还没有下定离开的决心。尤喜有种掉下悬崖后抓住了一条细细的绳索的感觉。她的兜里对他的爱有多重，她抓住绳索的手就有多痛。

"抱歉我刚说你是一个彻头彻尾的渣。我不是……"

"马德？马德？喂？Hello？Bozhu？"

尤喜把手机拿到眼前看了看，屏幕显示已挂断。

她不甘心地把耳机重新放回耳边，里面只剩一阵"嘟嘟嘟"的忙音，提醒着此刻的自己有多么卑微。

尤喜忍不住丧气地喃喃道："我不是这个意思。我只是想跟你好好谈一谈。"

于是，她闷闷地走进另一间房间。这间房子没有窗，只有一扇漆过的暗红色木门——看起来就像是个从地板到房顶都是书的黑暗的大洞穴。

房间里很黑，帘子拉了下来，外面的阳光不管多么卖力，都无法射向躲起来的人。只有被随意丢在一旁的手机屏幕，偶尔随着消息的嘀嘀声，不时发出一点亮光，氤氲、迷茫，好像泛着湿气。当手机黑下去时，整个房间就成了一片漆黑的恐怖水域，她想划船到达想象中的国度，那里有她，有尤欢，有父母，有无忧的人们。

至于马德，从头到尾，其实都可有可无。

"他还有用。"尤喜如此安慰自己。她焦躁地抓了抓头，一股失望夹杂着焦虑淹没了她。

此刻，屋子里一片漆黑，直到第一簇亮光跳起，才让这黑色不那么沉重。

尤喜拧开台灯，让自己整个人都陷入阴影之中。

马德最近似乎很忙，整天早出晚归，尤喜不知道他为什么一点儿都不怕。

虽然，现在的日子称得上如愿以偿。只是，在某些时刻，恐惧依然会突如其来掠夺她的心神。如烈火烹油，刀锋行走。那一段时间里的每分每秒都令人提心吊胆。

她不断地安慰自己：这是你想要的，不是吗？那么，一切都是值得的。

她没有告诉马德，自己每次出门都要用很大的力气才能压下体内翻涌的抗拒和不安，她强迫自己不陷入深度睡眠，怕什么东西找上门来。她什么都不怕，却有点怕自己。

一根、两根……七根。一共七根蜡烛亮起，围成一个标准的圆。

"七"是她的幸运数字，这是她的仪式。

烛光下，尤喜回到桌前，直愣愣地坐着。然而，她内心的煎熬和恐惧并没有减轻。她知道，自己已经在崩溃的边缘了……

一向灵验的仪式失效了。

尤喜看着自己抖个不停的手，狠狠地灌了几口酒。咕咚咕咚，就像一只饥饿的饕餮。很快，她整个人都眩晕起来。随意拿过一张尤欢的照片——照片里的尤欢依然清风明月般清贵，着一身修长旗袍，发髻高高绾起，回眸一望，颠倒众生。这样的女人，美得乏味。

在尤喜眼里，她就像鬼魅穿越时空，一直坐在房间里幽怨地看着自己。看着看着，仿佛在苦水里泡了太久，尤喜终于受不住般"哇"的一声哭了出来。

"我也不想的，谁让你什么都拿最好的。"相识二十几载，压抑良久，在这密闭而安全的小小空间里，尤喜终于忍不住将两人恩怨一吐为快。

"你想不到吧？其实我才是主导者。"她又闷了一口酒，哈哈大笑起来。"你大概以为是马德杀的你，却不知道凡事没有推波助澜，总是心有余而力不足。"

"你没想到吧？我回国之后，就私下里勾搭马德——我自己的姐夫了。说起来，你选老公的眼光真不怎样，一看就花心又贪财。"她胡乱地说着，没有了平日里的精明妖娆，"不过这样的人才容易上钩不是吗？"

她坐在那里，故意敞开衣襟，仿佛并不怕冷。她喜欢喝酒，父亲、母亲也喜欢喝酒，他们三人都喜欢喝酒，甚至可以说嗜酒如命。除了尤欢。他们在一起时，三人喝酒，尤欢一人喝饮料。一家子喝得并不快，但却可以不停地喝上几个小时。这世上值得急匆匆地做的事情毕竟不多，所以他们也只是慢慢地喝着。

"爸妈不是一直说你聪明吗？其实，我才是最聪明的那个。"她打了个嗝，不小心把自己呛到，也只是随意地挥了挥手，"我从一开始的计划，就是把你干掉，然后取而代之。但是那个懦夫一直下不了决心，谁知天助我也，你居然打电话让我陪你演一场戏。所以我想，不如假戏真做，各归各位。"

听到这里，尤欢只觉得背上冒出一团团凉气，好似被看不到的冰块冻僵了一般，遍体生寒。直到一双火烫的手缓缓从后扶住了她，温热的温度透过衣料传来，这才让她好受了一些，除了眼底泛着的冷气。

她继续听下去。

另一边，尤喜还在不依不饶地控诉着。

第二幕 . 姐妹 .

"你知道我有多惨吗?爸爸有暴力倾向,喝醉酒或者工作不顺心就拿我出气。来来去去多少女人,表面和气,背地里却对我嗤之以鼻。凭什么好处都被你占了?凭什么大家都喜欢你?"哈哈,尤喜突然笑起来,"我就是要做你,占你的马德,你的父母,你的一切。"

"你什么都不知道,不知道!我现在也到了每天需要自我暗示的地步,你很清醒,你不会被发现,你是尤欢,你还有未知,有值得向往之处的未来的当口,你值得被爱。"尤喜边哭边笑,一点都不酷,完全成了她平素最看不惯的模样。

"啊?"听着听着,就连尤欢也不免吃惊,"原来尤喜过得并不好。或许,比跟着母亲的自己,过得更不好?"

她不禁张大了嘴,喉咙里发出一阵咕噜声,却一句话也说不出来。

她也不知道哪里出了错——阴错阳差,两个人都跟着不想跟的人,过着自以为比对方痛苦得多的生活。到头来,或许还是一种幸运?

尤欢突然觉得,这一切都很可笑。

"想不到啊!"红莲替她感叹道,"你嫉妒妹妹的诞生分去了父母的爱,对父母百般讨好;你体弱父母爱护却克制,偏偏阿喜渴望你的关注也百般讨好;你的父母又对妹妹百般娇纵。求不得啊,求不得。你们就是一个死循环,每个人的付出都像掉入无底洞般毫无回音。所有的付出既温暖得让人心碎,又化成日后残忍的偏执。于是,每个人的付出,都成了伤害另一个人的武器。"

大卫轻声接着说:"可是,他们既然已经知道付出却没有回馈的无望，那么又为什么要如此对待一个同样对自己付出的人呢？"

"我不知道。"尤欢终于找回声音，却不知该如何反应。

对于外人亲戚，我们很容易知道如何对待。然而面对同样的血肉至亲，比如两个甚至更多的孩子，却很难做到一碗水端平，没有偏心。

一直以来，她认定了父母更爱妹妹，不管这是不是错觉。可是，不管因为什么，结果并没有改变。见不到有趣的爸爸，妈妈又冷漠，伤痕不会因为过往浮现而被抚平。

"你以为爸爸真的像你以为的那么好？他的肮脏，不堪，不比任何其他人更少。"

屏幕里的尤喜，癫狂却不自知，把酒杯像掉下来似的"砰"地放到桌上。她最后的一点理智被淹没在这杯酒里了，她胡乱拍打着面前的桌子，好像它是自己积怨已久的仇人，说话也变得语无伦次。"我从来没想过一定要如何，不过推波助澜也不错，不是吗？"她笑着说道，眼里却泛着泪花，"你为什么不爱我？！你为什么不肯对我好一点！你对我好一点，我就什么都不要了啊……你该死不瞑目吧？"

带着杂音的声音透过耳机传到尤欢的耳中。她觉得一道霹雳下来，整个人都抖个不停。她觉得自己再次被投入了深海，寒冷、刺骨，让人没有办法呼吸。

为什么？为什么会是这样。世上没有巧合，只有巧合的假象。

人们往往用至诚的外表和虔敬的行动，掩饰一颗魔鬼般的心。

你的语言，浸着毒液，是你内心的投射。

第二幕 . 姐妹 .

尤喜每说一句，都是一把匕首刺进尤欢的心脏。她抓着面前的椅背，因为过于用力，鲜血溢出，堪堪忍住了继续下滑的泪水。

全世界都在尖叫，渐行渐远，只有那一道声音淹没了她的身体，自下而上地蔓延：毁了她！毁了她！

"尤欢，尤欢！"

有人在叫我？尤欢呆滞的眼睛渐渐恢复，连同染上的一层恨意和疯狂。

恨一个人，真的要有血海深仇吗？当然不。

恨一个人，很简单。嫉妒就够了。

我什么都不比你差，凭什么你过得比我好？

我活得不痛快，你也别想快活。

于是，尤欢的内心跟屏幕里的尤喜一起疯狂地叫嚣——

我恨不得炸了全世界，这肮脏、龌龊、婊子一样的世界。不不，应该说这个世界很好，因为太好了，所以有了人，从此，天堂变成了地狱。

"从小到大，所有我有的，她都要抢。一件裙子，一支笔，一本画册，爸爸、妈妈，一只猫，男朋友……"尤欢忍不住喃喃地说道。

"你的丈夫？"庆庆接口道。

尤欢苦笑一下，承认道："对。终于轮到我的丈夫了。"

其实，早该料想到今日的，不是吗？事情早在发生之前就是注定了的。

尤欢摇摇头，沉闷地继续说道："是不是我有的，你都要？我问过她。你知道她怎么回答吗？"

169

"不知道。"其他几人集体摇头。

尤欢看着他们，一滴泪顺着脸颊滑落。"当时，她说，'不，不，是我要的，恰好你都有。我拿走，不过是物归原主'。"

我们清醒的刹那，前后皆是黑夜。

当人虐够了自己，就不会再给其他人任何机会虐他了。

"啊！"一道闪电从天而降，天空被人劈开一道沟，再多的雨也洗不净这般罪恶。

从今天起，她的敌人又多了一个。

她收起那些无用的情绪，恢复一贯的理智清冷。

"大卫，我要知道全部。"

18
孤蝉

之后无数次，尤欢都在想：如果当初没有追根究底，如果当初没有知晓全部，是不是一切都会不一样？

"姐夫，我想你了。

"好想要一个姐夫一样的老公啊。

"如果没有姐姐就好了，我就可以做姐夫的尤欢了。

"我分手了……我想，我遇到合适的人了。别对我太好。

"你和姐姐掉在水里，我会救谁？当然是你啊。你不会觉得我恶毒吧？可是，感情这种事根本半点不由人。"

……

一条条通信记录被调出来，尤欢整个人都在发抖。庆庆和大

第二幕 . 姐妹 .

卫担忧地看着她,两人对视了一眼,庆庆主动挤到尤欢的怀里,乖乖坐着,也不说话。

倒是大卫先忍不住开口了:"尤欢,你,还好吗?"

尤欢深呼吸了好几次,强迫自己冷静下来。"没事,继续看吧。"

只是,她抓着庆庆的手却越来越紧,泄露了主人此刻愤怒的情绪。而被攥着的庆庆,即使手上传来一阵阵的刺痛,给人骨头被捏碎的错觉,依然强忍着不发一言。

她知道,此刻的尤欢比自己更痛。

尤欢勉强让自己保持镇静,继续往下看——

"姐夫,我今天读到一个故事。讲的是一个女人在奶奶的葬礼上,对远房表哥一见钟情。然后,没过多久,女人的姐姐也死了,众人都万分同情。你猜,事实是怎么样的?

"姐夫!你好厉害!凶手就是这个女人!

"真正的仁慈,是果决。这样,大家都解脱了。

"姐夫,你跟着姐姐和妈妈生活这么久,医学知识会得不少吧。

"你怎么做我都支持。不过,我当然希望跟你在一起。

"一切都会结束啊,何不及时行乐。

"比起感情,身体的欢愉才是头等大事。

"你决定了吗?我好高兴……

"一切就看明天了。我相信你。"

看着这一条条信息,尤欢心疼得好似痉挛起来。原来,死了的心也是会疼的。自己的亲妹妹,一步步诱惑、控制自己的姐夫,借刀杀人。

自己之前的担心、犹豫,都成了笑话。

自始至终，尤喜就像一只斑斓无辜的花蜘蛛，静心布网，等着猎物自己上门，还一脸无辜地说，我也没想到，这网原来能杀人——原来如此，怪不得自己请她帮忙时，她那么配合——正中她下怀吧；怪不得谈起游艇计划时，马德当时说"听你的"，自己还觉得莫名其妙；怪不得尤喜对于自己不见了这件事安之若素，没有任何激烈的反应；怪不得，怪不得，跟马德的交流会出现断片和漏洞。尤欢万万没有想到幕后还有一个人虎视眈眈，等着一击即中。

原来，尤喜早就想好了鹊巢鸠占，取而代之。她甚至早就想好如何杀掉她，又如何以尤欢的身份活着，占据她曾经拥有的一切。

借刀杀人，步步为营。这是尤喜一开始就想好的计划吧。只可惜，她千算万算，到底算漏了一步——她应该怎么都没有想到，自己还活着。

"你说，人们为什么要当小三？"尤欢讷讷地问道。此刻，她的内心一阵干涩，焦灼，接着就陷入一片黑云低沉，直到狂风暴雨后，方可能天光大亮。

"大概，当小三可以带给人除了爱情以外的所有东西。"乔安回道。

"那她呢？她为什么要这么做？"尤欢不死心地追问道。

"报复？"大卫不确定地说。毕竟，经过这么多年的了解，尤欢和尤喜之间的情绪早就无法一言以蔽之。

有时，一个念头可能就带来灭顶之灾。

"报复？呵呵。"尤欢不禁低着头笑了起来，"那么的不知道羞耻，一定活得很轻松。"

第二幕. 姐妹.

"尤欢……"大卫莫名地一阵不安。

"不用再劝我了。他们对我这么不好，我为什么还要原谅他们？"如今，尤欢终于做了决定。翅膀在风中飞舞，而无法在云中停留。念头一起，再无回头路。

她早就知道不是吗？她早就从过往那里知道不是吗？由爱生怖，由爱生痴，由爱生恨，由爱生怒，这个"爱"就是欲望。

通过这么多年的挣扎，她终于逐渐认识到，人们在最初受到侮辱与伤害时，只会把它们暂藏在心中，然后放任它们在那里发育，等待机会，进行报复。

这么多年，她一直带着对马德的爱，带着对尤金的孺慕，带着对尤喜和芦溪的复杂情绪，幽魂一般独自流亡在这片无垠的荒漠之中……

爱一个人有错吗？尤欢不知道。但是，恨一个人是有原因的。

所以，人惯常看不得别人过得比自己好。面对害了自己的人，双倍奉还就已经是仁慈了。

此时此刻此地，终于到了下决心的时候了：结束，在一切更丑陋之前。

这一刻，尤欢觉得自己充满了力量。她的内心在疯狂地嘶吼，必须得摧毁些什么方能平息——

"我恨她。我恨不得杀其身，啃其骨，饮其血。我恨不得让她受凌迟之痛，死而不得。我恨不得穷尽黄泉碧落，让她痛不欲生。我恨不得让她一辈子都活不好。

"这样，我的痛苦，在她的痛苦面前，就变得不值一提了。

"伤敌一千，自损八百，这种事，可比两个人都安然无恙或者伤敌九百九十九，痛快多了。

"尤喜，马德，你们真的以为自己做得天衣无缝吗？"

19
布局

客观地讲，马德和尤喜都是聪明人，聪明人从不会打无准备之仗。所以，在行事之前，他们会冷静地蛰伏、周详地计划，步步为营，慢慢蚕食，最终得到自己想要的。

尤欢也不例外。

"尤欢是一个聪明人。"对此，就连马德和尤喜也不会否认。正因为他们的"对手"是尤欢这个"聪明人"，所以他们才更加小心翼翼，步步为营。

现在，又轮到尤欢出招了。

幸运的是，她不仅身处暗处，她还有一群不计代价、为她付出的得力帮手。

就如此刻——在马德享受温香软玉之时，他绝对想不到今天的所作所为，如何决定了他之后的命运。

"你的妻子，尤欢对吧？她知道你觅食吗？"床上的女人不着寸缕，媚眼如丝，状似不在意地问道。

"你说的是哪个尤欢？"马德半开玩笑地说，手下是一具滑腻年轻的肉体。在一头红色头发的映衬下，好似最鲜嫩的樱桃般娇艳欲滴。马德发现自己又蠢蠢欲动了。

他握着她的手亲吻了一下——这是一个美人的手：有人说手是一个从根本上看来相当不知羞耻的人体器官，它像狗嘴那样什么都触摸，但在公众场合却集忠诚、高贵和温柔于一身。

"你有几个尤欢啊？"躺在马德怀里的红莲怀疑地问道，手上却把玩着自己的头发，像一只敏感而脆弱的纯色波斯猫。

"一个死了，一个，大概也快疯了。"马德看到女孩瞬间睁大眼睛，一副被吓到又不敢相信的样子，忙安抚地摸了摸她的下巴，印上一吻，"逗你呢。她不介意。"

"真的？"红莲怀疑地问道——毕竟，不管是否出于爱，女人的嫉妒心和占有欲决定了她们很难容忍自己的所有物（包括自己的丈夫）被其他人分享。

"当然。"马德看着女孩依然不怎么相信的样子，连连举手保证。只是，当然是真的，还是当然是假的？他并没有直说。

路人擦肩而过，我们只能通过只言片语或者被割裂的细节判断他的一生，甚至来龙去脉。只是，这还不够，远远不够。

"那你想你的尤欢吗？"红莲追问道。

想吗？想谁？想尤欢吗？还是尤喜？马德问了问自己，发现自己也没有答案。

前者，不敢想。后者，懒得想。

他爱她，她也爱他，可是这爱，注定不会长久。

他甚至有些怀疑，自己是否真的爱过这些女人。

"想吧。"他听见自己这样说。

"你一定很爱她。"红莲撇撇嘴说道，"如果在这样的时刻，你也会想她的话。"

"吃醋啦？"听见红莲的话，马德不知怎么就得意起来，似乎女人臣服于自己的魅力之下，是一件特别值得庆祝的大事。兀自沉浸在自我满足中的马德，没有看见，手掌下的女人脸上毫不掩饰的嗤笑。

"我只是在阐述一个事实。"红莲假装一本正经地说——毕竟，在这样的场合下，像她此刻这样的身份，并不适合"正经"二字。

"或许吧。"马德无所谓地说。他进一步解释道，"爱情，爱情，只是一个念头，一个选择，一个可以揉搓成任何面貌的橡皮泥似的存在。它在面对人性的自私时根本不值一提。爱情是一层短暂的水汽，家庭生活才是最真实、血淋淋的地方。"

"爱情，不就是你爱我时我也爱你？哪有那么复杂。"红莲百无聊赖地翻了个身，准备再小憩一会儿。

马德看着她一副无忧的样子，笑着摇了摇头。

"爱情啊，是年轻人的专利。对于成年人来说，它一点都不可靠，只是在不断制造'自我献身和无私'的假象。比起爱情，人们更在乎'我应该是什么样子'，我应该道德至上，我应该为家人创造更好的生活，我应该活得体面。"

对于爱情，他从一开始就不怀抱希望。比起虚无缥缈的爱情，如何爬得更高，如何在这世上获得一席之地，如何得到自己想要的，要重要得多。

何况，婚姻里的爱，注定不会长久。时间久了，什么都淡了，人们甚至不愿承认那是爱，而是错误。

"你这么想也没有错。"红莲翻个身，说道，"不过女人的爱情，总是更纯粹一些。"

马德对此有些惊奇。"你们这行，还会觉得出轨就十恶不赦吗？"

他顺手推了推床上昏昏欲睡的女人，想听到她的回答。他不喜欢安静。安静，让他孤独。他喜欢热闹、大嗓门和做爱时的忘我，这让他感觉安全。

这大概跟他的童年经历有关。马德的父亲是一个木匠，手里的锯子总是响个不停，唱尽人间的样子，然而，他在家里只会用拳头说话。他的祖父听说是个赤脚医生，大部分时间都在路上，只跟人谈论药草。他的曾祖父，一个戏子，站在台上咿咿呀呀，演尽悲欢离合，等到散场，他就默默坐着，坐完一辈子。这么长的孤独，这么坚韧的孤独。年复一年，日复一日，春风吹又生。他梦想亲手铲除这种孤独，就像农夫拔掉荒草一样。

所以，他不喜欢安静。他需要她说些什么。随便什么。哪怕是漫无边际的蠢话也可以。

"我没有立场发表看法。你知道，我是一个妓女，只谈生意。"红莲打了个哈欠，说道。

"那作为一个女人呢？"马德追问道。

"零容忍。"红莲放弃了立刻入睡的想法，毕竟照顾客人的需求，才是这份工作的第一位。她拿过烟抽了一口，再缓缓吐出，看它在空气中变成一个圆形，又一点一点消失。

"哦？是吗？"这倒是出乎马德意料，毕竟他以为对她们这行的人来说，'忠诚'二字的意义就跟男人的观念一样——没有意义。

"不过，一夫一妻制本来就是反人性的存在。从生物本能上来看，男人的DNA里就刻着好色，他要把自己的种子尽可能多地散播出去。从社会属性上来看，供需自由才能实现资源最优——一旦优质资源被垄断，成为某一个人独享的东西，本身就是一种自私。"马德拿出男人无师自通的辩论天赋。

"我不懂这些。我不反对离婚。爱上谁，这不在一个人的控制范围之内。我反对婚内出轨，这是一种欺骗。"红莲想了想，才接着说，"婚姻好比两个陌生人立了一个契约，如果连婚姻都无法给你安全感，我不知道还能在哪儿睡得着。"

"你觉得出轨是不道德的吗？"马德问。

红莲略带迟疑地点了点头。

她有点厌烦，明明只是一次普通的邀约，这人为什么非要讨论这些不合时宜的话题——何况，他根本没有资格谈论感情和婚姻。

不过，她把情绪掩饰得很好。

"并不。"马德摇摇头，表示不认同。"从来不曾有过真正的信仰、真正的道德和真正的哲学。人类历史反而因了它们的缘故，而兴起不断的战争、卑劣和敌意。"他说，"就本身而言，有道德的人是可笑的、令人不愉快的，一如那些忠诚、可怜的人的名声所表明的，他们把道德称作自己所特有的。其实，不过是一些人的别有所图，和一些人的画地为牢而成的枷锁。"

"可是，我们没有权利去随意伤害另一个人。"红莲反驳道。

"不如我们换个角度，一件事，它没有造成伤害，并且能够满足当事人的需求，这是不是一件好事？"马德循循善诱地问道。

他承认，他无聊了，魔怔了，居然企图去改造一个妓女的想法。

马德在心里自嘲，他什么时候真的在意过女人的想法？

"如果照这个标准，当然是。可是，出轨可能吗？"红莲一派天真地发问，立刻让马德忘了之前的心思。

"所以，人们发明了谎言啊。只要不被发现，对于另一半来说，也就不存在出轨的问题。"马德笑着解释道。

第二幕 . 姐妹 .

"如果一个女人没有发现出轨,一定是因为她不想拆穿,而不是不知道。"红莲不服气地说。

对于这点,马德倒不否认。他点头道:"所以你看,谎言和欲望,是婚姻存续的两大基石。当我们停止把婚姻看作神圣的,人生突然多了可能性。"

"就像,我也是可能性之一。"红莲接道。

马德不置可否地笑了笑。"而且,如果夫妻双方达成共识了呢?甚至各玩各的呢?外人没有资格说什么吧?"

红莲当然知道这种情况的确存在。她大方承认道:"当然。婚姻本来就是两个人的事,选择任何一种存在形式,都是当事人的自由。我见过三人行的,见过分居但不离婚的,也见过过日子却不领证的……"

"那你怎么还……?"这次轮到马德不解了。

"怎么还有那么传统的想法?"看到马德点头,红莲解释道,"因为,一段婚姻或者因为利益,或者因为性,或者因为爱,不愿做出承诺或者有第三方介入的,一定不是因为爱。至少,不够爱。"

"当心玩火自焚。"她最后总结道。

马德愣了下,还是宽容地说:"所以啊,婚姻说到底就是一个合伙生意,最好不要涉及道德。大家各取所需,才能皆大欢喜。"

红莲点点头。"或许吧。就怕有人中途变卦,这是对另外一半的不公平。当初说好的,就应该遵守。"

"我不否认,人是会变的。只要大家还想待在'婚姻'的围墙里,待在里面的人,变成什么样其实根本无关紧要,不是吗?

现在的女人啊，就是太较真，男人玩累了总会回家。"马德的声音愉悦、亢奋，显然正在为自己的理论扬扬得意。

"你们男人啊，就想要一具言听计从的尸体，一个漂亮又实惠的木偶娃娃……"红莲一针见血。

"你们女人，不是也想要一个长期饭票，一个温柔体贴的丈夫和合格的父亲吗？"马德毫不示弱。

…………

"那么，一开始就不要结婚啊。"红莲索性撒娇耍赖道。

"结婚，是打破社会阶级最便捷的方式啊。不然，那些出身不好的人，哪里还有什么出路呢？"马德高深莫测地说。

"我还以为男人都是心高气傲的呢……"她又开始昏昏欲睡了。一个话题进行太久，就会变得无趣。这跟一段关系，一段婚姻，其实没什么两样。

…………

"你有梦想吗？"许是看出红莲兴致缺缺，马德突然换了个话题。

红莲愣了一下，似乎不适应话题突然转向。"什么？"

"你有梦想吗？"马德又问了一遍。

"我禁止自己胡思乱想，因为梦想会使你觉得现实更令人难以忍受。现在就很好。现在就很好。"女人似睡非睡，声音如同梦呓。

马德也不在乎女人到底说了什么。他自顾自地说道："以前我的梦想是拥有很多钱。男人，有钱就可以征服一切。钱，是通行证，是身份牌，是出入人间天堂的终极密码。"

"包括女人的心?"红莲下意识地应付了一句。

"没错。"马德肯定地说,"包括女人的心。有钱的给她温柔,贫穷的给她财富,缺爱的给她独一无二的错觉。"

"的确,这是一个欲望和物质为上的时代。"红莲说道。

"是啊,在这样的时代,犯下一桩罪行,反而让一个人更幸福一点。"马德说,声音有一刻的低沉。

"什么?"马德突然压低了声音,红莲听得不是很清楚。

"没什么。我是说,梦想和现实的鸿沟,会让一个人改变。"他重新自得地说。

"难道你以前不是这个样子吗?"红莲从下往上地看着他,好奇地问。她甚至不忘顺便取悦他道,"我以为你从一开始就如此成功而有魅力。"

"当然。"马德低头亲了她一口,笑了一会儿才接着说,"以前我以为只要足够努力,就能赢得一切。后来我才发现,任何努力,都比不上一个好的出身。"

"所以,你需要婚姻做跳板?"红莲有些明白了。

马德并不觉得这有什么难以启齿。他点点头:"毕竟,只有适应社会法则,人才能活得好。"

"或许吧。"这下,红莲终于彻底沉入浓重的梦乡。

马德对于女孩的怠慢也并不在意。毕竟,他也只是为了打发时间。

他从床头柜上抽出一支烟,放在鼻子下闻了闻。本想点燃的手在扫到熟睡的女孩时,不禁顿了顿,最后还是放了回去。他想,虽然我不是一个合格的丈夫,但作为情人,我是优秀的。

"我们根本就生活在一个悲剧的时代,没有通往圆满的必经之路,却可能突然被掀翻在地。你发怒,是在嗤笑;你悲伤,是在准备着什么;你受到感动,是在拒绝;你欢笑,是在掩饰什么。可是,不管天翻地覆,我们都得生活。"

此时的马德,突然被一种莫名的柔情所笼罩。他没有一点困倦,过往的种种像纪录片一样在他的眼前回放。他突然觉得一切都像命运的推手,不是他犯了错,而是错误找上了他。

夜色里,似乎有人在问:"你为什么要把自己置于这种境地?"

马德觉得有点头晕。他不禁晃了晃脑袋。"除了婚姻,几乎没有其他方法,可以必然打破阶级的水泥了。只是一个错误的念头,引发一系列不得不做的错误行动。于是,一切都停不下来了。人来人往,身不由己。"

他在心底发出一声悠长的叹息。心,是最试探不得的。只是,我们都明白得太晚了。

可是,转瞬他的心又坚硬起来。没有人是彻底无辜的。大家并非不懂是非对错,只是,心有自己的意志,根本不受大脑的控制。到头来,不爱了,对的也成了错的。

他安慰自己道:"有钱人不管是去挥霍,还是认真地拼命赚更多钱,对小老百姓来说,都不是什么愉快的事。"

所以,比起老百姓,还是当个有钱人比较好。就像故事里嫁给了国王的儿子的女孩们,她们从此住进了皇宫,再也不会在洗碗擦碟时弄粗了双手。

以此类推。他不该只因为是男性,就得到责怪。至于尤欢,也只是这个过程中,一个不得不除掉的bug。

马德静静地躺在床上，旁边是一具姣好的年轻躯体。

一瞬间，这些情绪化的想法，就像是闪电一样，变的时候又快又急，马德根本猝不及防，也无力改变。很多时候，不是你如何想定义了你，你的策略，无论形容得多么华丽，注定会被你的行为背叛、诠释。说到底，是你的行为决定了你的为人，we are what we do。

关于明天的事情，就连天气预报也不一定靠得住。无论是战争还是别的什么，大都是在开始以后，才发现它已经开始了。当一颗滚石，因为惯性在轨道上下滑时，是无法靠石子自身停下的。

马德想，我们跟每个人的相遇都是命中注定，我们跟那个人的结局也是命中注定。从此以后，你对世界和自己的认知，突然发生逆转。那之后，他曾陷入长久的沮丧、悲观和无休止的寒冷中，然后，某一天，整个世界豁然开朗……

在这样的念头里，马德的眼前渐渐模糊，沉入一场新的游戏里。与此同时，本应睡着的红莲正睁着双眼，嘴角噙着一股嗜血又得逞的笑——"你期待的可能最终毁了你。你引出的恶魔，当然要由你自己来应对。"

20
人面

尤欢是一个从不后悔的人。

她也许犹豫、心软、反复、清冷，但她从不后悔。一旦她决定了做什么，就不会再回头看。因为她知道，事已定局，后悔也无用。

后悔，是软弱的象征。

然而，她到底没能逃过后悔的魔咒——如果她早知道她和安达的结局是这样的，她宁愿选择一条完全不同的路。

"安达，安达，我回来了。"自红莲把马德偷情的视频交给她之后，尤欢就打包回到岛上了——在做最后的决定前，她需要先了结一些事。如果安达愿意，可以跟自己一起回去。

她已经想清楚了，不论复仇与否，她都需要拿回自己的身份。回到城市，那里才是自己的立身之处。

"安达，安达，你在哪儿？"她曾居住多日的小木屋里，此刻空无一人，似乎几天没有住人的样子。尤欢脸上浮出一丝困惑，安达不是一周前就回来了吗？她想了想，又跑到以前两人常去的海滩，依然没有人。

这时她才留意到，今天岛上格外安静。以往总是在外面的人家都不见了。她的心跳突然快起来，生出一股不祥的预感。

她开始发疯似的往回跑，一扇门接着一扇门地敲过去。"安达？安达？"

直到入到一位年纪颇长的奶奶家里，尤欢被听到的噩耗刺激到几乎疯狂。

"尤欢？安达死了，你不知道吗？今天下葬，就在忘情岛。"老奶奶对于尤欢的突然出现也表现出惊讶，不过她还是尽责地解释道。

忘情岛，岛上人的安居之处，意思是从此忘情，无牵无挂。

"死了？安达死了？"听到这个意料之外的消息，尤欢的脑袋一下子炸了！她不信，她不允许！

第二幕. 姐妹.

跌跌撞撞地出了门，尤欢一路狂奔，甚至因为太急摔倒几次，但她却像感受不到痛苦般，继续狂奔。眼泪早已模糊了眼睛，她甚至看不清路，只是凭着感觉往前跑，似乎这样就能跑过死神，似乎这样就能夺回安达。她胡乱地抹去眼泪，固执地不肯眨眼，却像怎么也擦不干净一样。

那薄雾，那海浪声，那张牙舞爪的螃蟹，那姿态轻盈掠过飞起的鸟，那迎面而来的人，集体从眼前消失了。

过往一个月，漫长得好像一辈子。这是她从8岁以来，真正快活的日子。

"嘿，我是安达。

"我会一直陪着你，爱着你。

"好吧，我跟你一起去。

"不开心就回岛吧，为这样的人不值得。

"这里是西奈山，是神与人立约之地。

"没关系啊。"

安达的出现，填补了她一直以来求而不得的空白——他给予她无条件的陪伴、支持和纯粹的爱。

认识安达以前，尤欢自有一套应对这世界的体系。她会在脑海中掘开了一个坟墓。从从容容地将泥土挖开，直到挖成了一个极深的孔穴。里面尽是悲悲伤伤的过往。可是后来，她开始谨慎地将绿色的草皮铺在洞口上面。再用白色玫瑰花和勿忘我将它覆盖，很快地跑开了。到今天她已经想不起来，或者假装想不起来：到底是什么东西，曾使她那样悲哀。

尤欢是一个健忘的人。

她经常会找不到某些时间的片段。不管她怎么努力在过去的废墟里扒拉，都只能抓住一片片白茫茫的雾团。偶尔灵光一闪，也只是零零碎碎的碎片，没有一点意义。

更糟的是，她对于那些碎片的记忆连几秒都不能保持——她孤零零地站在生命中的某些时刻，就像站在时间长河的某一点上，水淹没了她的脚踝，却无法带着她一起向前。她没有过去（或将来），身陷持续变化却没有意义的时刻中……她是一个活在虚假中的人。

时间长了，她也就习惯了。说起来，人类什么都能习惯。能习惯平静的村庄变成喧闹的大都市，能习惯经久不散的雾霾，能习惯在雾霾里好像高度近视一般只看脚下，能习惯掺杂了各种化学物品的食物，能习惯出门戴口罩白天打雨伞，能习惯离婚的不断开始和结束，能习惯爱人的出轨、欺骗和背叛，能习惯一个人也能习惯三人行，能习惯一墙之隔的邻居却从未说过话，能习惯在网络上满足一切需要，衣服、零食和避孕药，能习惯每天都有人死去，能习惯别人的眼泪和亲人的陌生，能习惯钱和脸定义一个人的一切，能习惯自己活着却像只活了一天，能习惯失去更习惯接受，能习惯遗忘更习惯创造新的记忆……人类什么都能习惯。

对什么都不太在意，对什么都不太关心。

反正，终究都是会失去的。

直到遇见安达，她才终于对未来有了一些不一样的期待，不一样的信任，以及不一样的认知。

明明安达比尤欢年轻得多，却给了她父辈的爱护和温暖，让她上了瘾，着了魔。她无法否认自己对安达的占有欲。

她想让安达一直陪着自己。似乎这样，自己就能够变成好一点的人，而不至于坠入深渊。

那时，他轻触伤口，温柔如水。

21
无心

对于尤欢来说，那天绝对是生命中最黑暗的日子之一。

之后所发生的一切，都被今天决定了。尤欢甚至怀疑，安达之死是命运的一场预谋，逼着她在既定的轨道上一直滑下去。

"到底是怎么回事？他怎么会溺水？"忘情岛的一片空地上，人们已经群集在一起。尤欢知道安达泅水有多厉害，她根本无法接受这样的解释。

"前两天突然有一场小型海啸，安达为了救人，才，才……"

尤欢闭了闭眼。也许，等她再睁开眼，安达就会出现，像往常一样穿着短裤大褂，顶着一头乱蓬蓬的头发。也许，她没有注意到安达躲在人群里的某个角落，为了故意惩罚她。

在她的脑海里，安达似乎在说：尤欢，你不能不爱他吗？尤欢，你跟我一起回去吧？尤欢，我一直在这儿等你呢。然而，等她睁开眼睛，什么都没有。

除了岛上人正不安地看着她，以及陡然发出凄厉尖叫的阵阵海浪，用尽全力往岸上冲来。

天有异象，必起祸端。

看着岛上人躲闪的目光，和那几个跟安达格外亲近的小孩儿被父母拦着藏在身后,尤欢感到一阵烦闷。"到底是因为什么?"

她的声音是从未有过的严厉和冰冷,面前的人下意识地后退一步,似乎又觉得太弱势,便又站回原来的位置。"真的,他是为了救人……"

"你们骗人!"一个小孩奋力地挣脱自己母亲的怀抱,不顾人们的拉扯,使劲儿撞开发言的男人,冲到了尤欢的面前。他痛苦地悲鸣道,"明明是你们!是你们害死了安达!你们说他不祥,逼着他跳海!"

尤欢脚下一软,差点瘫倒在地。她早就该料到的,她就不应该再放安达回到这里。

岛上的人愚昧又质朴。最不吝啬的是温暖,最吝啬的也是。

我们都会露出最柔软的一面,只有面对敌人时,才会不近人情到令人发指。

美丽秩序隐藏的苦难,早已让人心变得麻木。对于自己认可的人的心意,也随着时间的呆板变得面目全非。这里热闹、粗糙而真实,但也同样疏离,冷淡,就跟那随日月轮转、翻腾不息的大海一样。

"啊!"尤欢突然发出一声野兽般的悲鸣,人们被她疯狂的模样钉在了原地,身体却略略发抖,"我,我们……"

"尸体呢?"他们没有错。错的是自己。尤欢不想听他们的解释,那只会让安达的死变得可笑,"棺材里怎么没有?"

"海葬,没有尸体。里面是安达的衣物,作为替身。"尤欢的视线像一把剑射向说话的人,他抖了一下,却坚强地对视回去,自己又没有错,安达生下来就被判为不祥之人,让他活到现在，葬在忘情岛，已经是他们的仁慈了。

尤欢根本无暇顾及他们怎么想。

她跳进棺材，把安达的衣物一件件拿出来抱在怀里。人群里发出一阵骚动，有人想伸手阻止，却被她看一眼，僵在了原地，眼睁睁地看着尤达带着所有属于安达的东西远去。

等到大家回过神来，再去小木屋时，才发现里面所有的东西都跟尤欢一起消失了。

就好像，从来没有过这两个人。

没有安达，没有尤欢。

一切都是幻象。

与此同时，怀抱安达遗物离开的尤欢，内心已经彻底变成一片废墟。她的最后一个念头是："好男人多得是，只不过不是我的。好日子多得是，只不过不是我的。好生活多得是，只不过不是我的。"

她彻底失去了一切。

22
无欲

那天之后，尤欢就没有再画画了。

安达的死好像一股寒风席卷了她。那彻骨的寒冷，她从来没有感受过，寒风吹了一年又一年，她被一个人丢在这里丢给上帝。

尤欢觉得自己的身体被悲伤戳成了筛子，上面是一个又一个的大洞。过往的丁点快乐，好似被乱流冲散的流沙，从体内流出，从她的毛孔，她的口腔，她的耳朵眼儿，她的鼻孔，流出，向四面八方飞去。

直到什么都不剩,一点都不剩。

她开始记日记,但是会在写完之后,把那些字烧掉,就像把曾经的眷恋和残存的善意一起烧掉。她能清晰地感到自己正坐在一条下滑的轨道上,但是,她无力也无意阻止这种坠落。

她变得更安静了。但并不平和。她很沉默。看见的人都说,她只是太悲伤了。

食不念,夜不眠,整个人像被过往吞没,随着杀伐而起伏,随着爱恨而荡漾或落泪。

戒心,献身,宿命的殉道。

尤欢的内心起了翻天覆地的变化——

没有人爱我。没有人爱我。

哪怕是一条狗,也会有人来爱。却没有人愿意爱我。

被欺骗,被设计,被父母抛弃,所有这一切,本不是我的错。

我的一生从未有过快活的时候,哪怕是开心也稍纵即逝,随之而来的只是更大的苦难。

我是一个跟坏运气为伴的人。我不懂,生活对于别人来说那么容易,为什么我就过得这么难呢?

除了把一切归于命运,我不知道怎样才能说服自己,再多活一天。

多活一天,可能运气就轮到我的头上了呢?

一天又一天,日子只是变得更加难过。

于是,我学会了心如止水。

不去期待,就不会失望。

第二幕．姐妹．

假装对一切都不在乎，对钱不在乎，对爱不在乎，对别人的眼光不在乎，对别人拥有的东西不在乎，告诉自己："到头来，大家都是空落落地走，什么都没有。"

我把绝望的水，浇筑在伤痕累累的水泥上，经过岁月的淹没，成了坚固的水泥，再也没有什么能够撼动我。

要想撼动我，除非敲碎我。

直到我遇见你，我发现我拥有了一个机会。

安达，安达。遇见你之前，我从未想过有人纯洁如你；遇见你之后，我看见了天堂的模样；现在，我虽不入地狱，却如被烈火焚烧。

尤欢怔怔地坐在椅子上，教堂里空无一人，除了她和面前的耶稣。只有绝望的气息在这繁丽的空间里飘荡。

中途有一位打扫的中年胖阿姨出现，她也只是把地面清扫一遍就静静地离开了。自始至终，她都没有看尤欢一眼，似乎对这种场景习以为常。

面前是钉在十字架上的耶稣，尤欢怔怔地盯着他，百思不得其解。

他的眼睛，他的下颌，他的脸颊。他那么完美，那么悲悯慈悲，可是为何，他却不愿意庇护自己虔诚的信徒和举步维艰的孩子呢？

尤欢的内心在绝望地呐喊——

为什么上帝要这么惩罚我？恨我？让我如此痛苦？不断地被背叛？

人类应对悲伤的方式是各异的，获取快乐的途径却大同小异。——所以，对于死亡、离别这样的主题，总是不讨人喜欢。

大团圆的结局，却再重复也不嫌多。

人活在世上全是屈辱和痛苦！神经质的妈妈，道貌岸然的爸爸，恨我入骨的妹妹，以及亲手杀了我的丈夫，就连唯一的慰藉——安达也不过陪了自己短短一个月。

她从不敢贪心！可到最后，她的手中空空如也。

"不要去报复了。"安达曾劝慰她。

"不，遇到你之前，这是我活着的唯一目标。如果不能，人生有什么意义呢？"那时，尤欢还放不下。

"就算你复仇了又能如何呢？"他问道。

"我……"尤欢并不知如何回答。因为她也没有答案。她只是需要发泄，需要一个出口。否则，她怕自己会被自己逼疯。

"Call stop！Ignor it，forget it…"虚空里，有人在呐喊。她却选择听不见。

她想着，不久前，还是两个人来到这里。

那时，安达告诉她，只有跟上帝的关系才是永恒的。于是，她以为通过跟安达建立联系，就能建立同上帝的关系。

但是，当时她什么都没说。

安达回岛了。她跟上帝的联系也断了。

人越精明，越趋利避害，便越不会交付百分之百的真心。现代人的感情似乎再也回不到过去：傻傻的执着和奉献，纯粹的爱。

她能看到自己的世界正一点点地崩塌，直到变成一片废墟。

虽然一开始就没有人做出承诺，这仍让她感到庞大的失落。只要想起安达褐色的头发，就让她生出难以排遣的欢娱夹杂着痛苦。

她发现爱他如心跳，很难停下来。

第二幕. 姐妹.

尤欢就在这空荡荡的房间里茫然地牵挂着安达。这种挂念撩拨着她本就敏感的神经。斑斓的光透过玻璃窗户溜进来，使机械、冰冷的房间显得更加苍白与绝望。她轻轻唤了一声"安达"，没有任何回应。她突然产生一股浪潮般的委屈，她觉得很冷。她忍不住再次轻唤"安达"，仿佛多念几次，那个人便会从天而降，施舍她一点暖意和善意。

可是，什么都没有发生。

已经好几天没有见到安达了，她不知道他发生了什么——这恰恰是整件事中最煎熬的部分。

她曾把自己的人生一分为四，就像桌子的四条腿，安稳存世。她失去过一个人，三角还堪支撑；后又失去一角，勉强单腿挺立；经过这两次，她已经做好准备，倘若再失去任何一个，独木难支，她将与整个世界同归于尽。

这样残缺的自己，早已对"幸福"这件事死了心。

她无法复仇啊！她也不能自杀！！她只有痛苦和仇恨啊！！！你能体会到吗，上帝？

看着十字架上的耶稣，尤欢内心的不甘死灰复燃。

没错，不甘心。

人心，是不会麻木的。只有假装不在乎。

那些渴望、欲望，被挤压到深海之下，总有一天会掀起滔天巨浪，灭顶之灾。

尤欢想，如果我注定苦命一生，不妨拉着别人一起下地狱。我得不到幸福，你们也不配得到。

这么多年，我唯一学会的，就是人要想活下去，就得学会自欺欺人。

她喃喃自语，你没见过小丑女吧？她本来很优秀，但出身不好。人们都说，这世界不是给穷人玩的，她却跟我说："生不带来死不带去的，我不在乎。"

我不信。你不在乎，你的孩子呢？说到底，只有两种人可以为所欲为，一种是有钱人，一种是什么都没有的人。没有父母孩子，没有底线原则，你什么都没有，你就无敌了。

那个人不行。她有太多牵绊，她需要太多，但是，她又得不到。

最后，她疯了。

我不想疯。所以，我只能让别人疯。

"Accept who you are."十字架上的男人轻吐箴言，尤欢的心突然就坚定了。

一直以来，她都对自己，对自己的选择游移不定。这一刻，她觉得自己很好，她值得一切，在这一刻，她好像拿到了某种应许和通行证：你可以做任何你想做的。喜欢什么，就去做，并且做到最好。

如果说活着有什么意义，那不是复仇，而是让别人过跟自己一样的生活。

23
则刚

回到城市，尤欢的计划正式开始实施。

"你决定了吗？"大卫看着她，眼里是浓得化不开的担忧。

安达的死，就像压垮尤欢的最后一根稻草，事情已经偏离了

第二幕 . 姐妹 .

原计划的轨道。冥冥之中似乎有一双大手,在每一个分岔路口,都把人推到了更为惨烈的那一条路。她几乎已经看到终点,堆满血泪绝望。

尤欢点了点头,看到大卫不安的样子,难得露出调皮的样子。她轻拍了他一下,说道:"放心啦。不管怎么说,我都会好好活下去,只是……"她的声音突然沉了下去,过了一秒才缓缓地说,"只是我得把战场清扫干净。"

"我还是希望你不要这么做。"大卫顿了顿,才缓缓地说出口,"安达也不会希望你这么做。"

还没等尤欢说什么,红莲插嘴道:"哼,每个人都得为自己的所作所为付出代价。尤欢,"她指了指此刻低眉顺眼的人,"根本没有做错什么。他们是自作自受。对吧?"

庆庆看到红莲朝自己看过来,连忙点头。她也是这样想的。对于她这样的人来说,忘记前尘旧事开始新生活,根本不在选择范围之内。

"别跟着捣乱。"大卫拍了庆庆一巴掌,惹来她不满的瞪视。不过,他这会儿却顾不上哄她了。

大卫面对尤欢,再次尝试劝道:"你想怎么做?这些,录音,足够给他们定罪了,不是吗?他们会在监狱里赎罪的。"

"我必须完成我开始的。他不能简单地进监狱,我要看着他们每天饱受折磨。"尤欢冷淡地说,就像说要养一只小鸟一样。

执念一起,万般皆误。

"可是……"大卫还想劝劝她。

"大卫,我知道你是为我好。"尤欢突然认真起来。大卫从那波光闪闪的眼中看到了深入骨髓的疼痛和委屈,他突然就说不出反对的话来了。成熟女人的泪水,比情窦初开的少女的泪水更加珍贵,每一颗都是无价的宝石。

"现在的我,因过去的席卷而催生。你对我说的一切,我都相信,甚至不去追问它的含义。所以,你要我活下去,我就活下来了;你要求我要抱有希望,我几乎也抱有希望了。一直以来,我都把你当作已经死过一回的长者,我冒昧地问一句,死是不是痛苦的?"尤欢突然问道。

"你……"大卫一时哑然,不知该作何回答。死?当然是痛苦的。然而,它并没有这么简单。

死了,就什么都感觉不到了。真正痛苦的是,将死之时和被留下的人。更重要的是,它会彻底地改变波及侧身其中的人。

当然,尤欢也不是非要听到大卫的答案。

她没有停下来,而是自顾自地说下去。"我觉得死亡也是一件不错的事,但想到安达的生命会在我的身体里、记忆里延续,我就觉得活着也是一件不错的事。"

面前的女人,刚刚经历一场漫长的战役,并且这场战役可能会延续一辈子。大卫突然就想起第一次见到这个女人时,她还是一个沉浸在父母分离之痛中的少女。那时,她一个人静静地坐在花园的椅子上,冷漠疏离。他看到她,仿佛白子变成黑子一般在舞台上亮相。

那时,她抬起头来,淡淡地问:"你是谁?"

那个仰头,略带天真的动作成为一副再也无处可寻的画面。

镜头一转,眼前的成熟女人,只是短短几天,嘴唇上的血色已经褪得干干净净。在这一刻，她不再是女神，而是被痛苦和绝望淹溺的普通人。

他讶异着为什么同是一个人，前后的感觉却判若云泥。神秘、冷漠的魅力像退潮一般消失得一干二净，她被还原成一个枯瘦、苍白的女人，如此而已。

也许是因为，她最终还是爱上了什么人。

"我知道你是为我好。"女人的声音好像投入湖面的一颗石子，把他从湖底拉回到现实中，"可是，我既不甘心另一个人以我的身份活着，也不甘心他们只是天各一方却能白头到老。"

再抬头时，她已是泪流满面，只是那双眼睛却绽放出异光。此刻，冷漠的表情早已分崩离析，泪水模糊了她的面容，也淡化了眉梢那丝倔强。

她终究还是选择了最惨烈的那个结局。

第三幕 . 落幕 .

序

一个人不必是间房间——才会出鬼——

一个人不必是幢房子——

人的大脑有走廊——超越——

物质的寓所——

……

我们自己在自己身后,藏着——

应该是最吓人的——

躲在我们公寓里的刺客

是恐怖的最小的……

——艾米莉·迪金森

1
死讯

那之后的无数次，尤欢都在不停地问自己：那一切是如何发生的？事情又是如何结束的？

她认为的漫长征战，结束得比她设想的快得多。

回溯过往，她能毫不费力地厘清事情的时间线，她能清晰地判断出这场闹剧里每个人的角色。

然而，哪怕一切前因后果就这么赤裸裸地摆在面前，当它结束之时，她还是感到一股夹杂着无力和困惑的不可思议。

她似乎得偿所愿了，又似乎永远地丧失了。

至今，尤欢还记得接到马德死讯时的那天，自己内心骤起的波澜。

"尤女士，经过我们的调查，马先生之死被判定为谋杀。"对面的女人看起来像是刚遭受了一场酷刑。那张苍白的脸上，滑过一片片眼泪，瘦削的手紧紧捂着嘴巴，因为太过用力而青筋暴露，不时有几声压抑的呜咽声从掌缝中漏出。虽然她极力隐忍，悲伤和脆弱依然清晰地显露在外。

通知死讯、告知死因这种事，哪怕做再多次也难以习惯。警官刘哲几乎不忍心说下去。"凶手初步断定为尤喜。"顿了顿，他还是补充道，"您的妹妹。"

"呜……呜……"一直勉力坚强的尤欢，似乎再也扛不住这沉重的事实。她转过身去，一阵阵干呕，单薄的身子转眼之间就变得更为娇小。

面前的女人眼睛红肿着,勉强眯成一条线,放在桌子上的手很白,一看就不事家务。此刻那只手因为太过用力而青筋尽现。刘哲咳嗽一声掩饰尴尬,说道:"结案之后,您就可以领回尸体。"

"尸体"两字震得尤欢发蒙。一阵突来的耳鸣,让她的头蔓延起一波波尖锐又连绵不绝的刺痛,就像,就像蜂针猛然扎进了心尖肉。

这种情况,不论再多说些什么,都不合时宜。

刘哲后来曾无数次想起,这个为马德哭泣的女人,这个几近崩溃的女人,好像一株滴水的玫瑰,怎么也无法跟后来那个样子联系起来。那是他们第一次见面,也是倒数第二次。

他试过厘清来龙去脉,却发现只是徒劳:难道人是会变的?抑或这才是真实的她,或者这只是她的其中一面?

"你们确定吗?"刘哲一直没有说话,等着尤欢的情绪渐渐平复。她不死心地问道,"你们确定是我的妹妹杀了我的丈夫吗?"

"我们在现场发现了一段录音,是尤喜杀害马先生的过程。另外,有证人和摄像头证明,马先生死前见的最后一个人正是尤喜。"

"我,我能听听录音吗?"尤欢紧紧攥着胸前的衣领,仿佛透不过气来。她的眼睛定定地看着刘哲,里面盛满悲伤和绝望,让人不忍拒绝。

"你确定吗?"即使对于旁观者,这也过于残忍。

看到对面的女人点头,刘哲最终同意了她的请求。他随即按

下了播放键:

"我为你付出那么多,你现在说断就断?"是尤喜的声音,没有错。

"我不想再继续下去了。"马德的声音,也没有错。

"最后问你一次,你真的要离开我?"

"你值得更好的人,阿喜。"尤喜和马德的声音交替传来。

随着播放,尤欢整个背都绷得直直的,手也越攥越紧。她费了好大劲儿才能听清楚里面说了什么。

"不要叫我阿喜!你不配!"突然,里面传出尤喜一阵诡异的笑声,"我得不到,谁也别想得到!"

接着就是挣扎,喘息,椅子被撞倒的声音。当事人的痛苦就像冷水浇头,使每一个听到的人都感同身受。

"这就是我们从现场找到的录音。"刘哲适时关了录音,"您还好吧?"

尤欢点了点头,倔强地不让自己从椅子上滑下去。

"请您再说一遍您回到家时的情况。"看到尤欢平复了一些,刘哲这才问道。

尤欢点了点头,配合地回忆起那天到家时的境况。

"那天,我晚上7点到家,发现忘了带钥匙。我按了很长时间的门铃,但是一直没有人应答。我以为阿德不在家,便用备用钥匙开了门。"说到这里,她似乎有些不好意思,"因为我的身体不太好,便想着回卧室躺一下,却发现……发现……"尤欢说到这里几乎说不下去了。眼泪再次控制不住地大颗大颗地往下掉,旋即糊满了尤欢整张脸。

她的眼前一片模糊，却倔强地想继续说下去。"发现他……躺在地上。浑身是血。"

"你发现了马德的尸体。"刘哲重复到。

"没错，我发现了马德的尸体。我发现了自己的丈夫血淋淋的尸体。"尤欢快速地说了两遍，似乎在努力劝服自己接受这个残忍的事实。

进屋之前，她完全没有料到那天会有什么不同之处。一切都没有征兆。一切都没有征兆。直到现在，她都不能确定事情真的发生了。

顿了顿，尤欢继续艰难地陈述那天看到的场景。"整个卧室里一团糟。马德躺在血泊里。我不知道发生了什么，我不知道为什么会发生。"

刘哲把桌上的抽纸盒又往尤欢的方向推了推。"虽然很难启齿，我还是需要问您，您知道您的丈夫，嗯，您的丈夫马先生和尤喜的关系吗？"

尤欢摇了摇头，再也说不出一句话。

"我需要听到您的回答，您知道您的丈夫和您的妹妹的关系吗？"丈夫和自己的小姨子出轨，又酿成情杀，在这个高知社区里算得上是一件大新闻了。

"我不知道。"尤欢轻声说道，全身的力气也像被这句话抽空了一般，转为断断续续的低泣。"我怀疑过阿德外面有女人，却没有想过是阿喜。"她抬起头，眼睛里满是不解。她乞求一般问道，"明明，阿喜在国外啊？"

"尤女士，根据我们的调查，尤喜起码一个多月前就来了风城，并跟马先生联系上了。有证人证明看到过他们在一起。"刘哲不忍地告诉她真相。

这一下，尤欢终于彻底崩溃了。

她忍不住号啕大哭起来，令在场的人无不动容。婚姻8年，那么多次搁浅、分道扬镳，以及越轨，她本以来还会像以往那样，重归于好。没想到，命运竟然就这样把她舍弃了，她才知道原来等他回来会是她这一生最漫长的等待。

马德和尤喜偷情，以及尤喜杀了马德，尤欢已经不知道哪一个事实更令她心碎了。

"尤女士，尤女士，您好些了吗？"刘哲喊了她一声。

"好多了。"尤欢握了握手中的热水杯，回过神来。她勉强翘起嘴角，虚弱地说，"谢谢刘警官。没有其他问题的话，我可以走了吗？"

"可以。如果有其他的情况，我们会随时通知您。"刘哲好心地送人出门，被尤欢拒绝了。

就这样，尤欢一步步地走出警局大门。她拖着沉重的步子，走在日光之下。清清白白地走在日光之下。她的嘴角，却噙着一抹邪魅的弧度。

然后，弧度扩大，她的脸上慢慢展露出一个闪耀的笑容，像是心中荡漾着无法言说的巨大喜悦。那是没有实物支撑的喜悦。缥缈，持久，木讷。要是有他人目睹，一定会觉得：此刻，她是世界上最幸福的人。

尤欢带着这样的笑容，徐徐滑向比夜晚更浓烈的灼灼黑暗。

这是胜利者的笑容。

一个家庭，三人游戏，一个胜者——是她。

一切，还要从三天前说起。

2
重逢

这天阳光很好。

办完事之后，尤欢再次踏入这个曾居住多年的老社区。

"嗨，尤……尤欢？"有人不确定地问道。

尤欢停下脚步，朝声音的来源望去——是隔壁邻居。一对同性伴侣。

此刻，他们正站在屋子和马路之间的小道上，笑得一脸灿烂。尤欢记得她离开的前一天，他们还在冷战，正闹着要分手。

"不。我是尤欢的妹妹，尤喜。"尤欢一边笑着回答，一边故意扭头看了看对面的摄像头。

"哦。您跟您姐姐长得可真像。"他可不是第一个认错人的人。

尤欢笑了笑，跟隔壁的邻居打了声招呼，继续拐弯走向自己的家。

那天，尤欢再一次站在自己的家门口前。在安达死去第10天，在离家45天之后，她站在那儿，却似前世，一切都已物是人非。

门铃响了两声，很快传来开门声。

那个男人——尤欢的丈夫——马德，满脸笑容地出现在她的面前。在看到尤欢的样子时，他呆怔了片刻，然后一边拿过尤欢手里的东西，一边闪身让人。"怎么不戴假发就出去了？不过倒也不必太小心。"

听到这句话的尤欢，心情五味杂陈。她没想到，短短一个多月没见，马德就完全适应了没有自己存在的生活。

哪怕她以尤喜的形象出现，他也只是以为那个鹊巢鸠占的女人忘了伪装成自己的样子而已。那一刻，她突然产生一种感觉——"自己对他来说，早已是沉入海底的死人。或者说，自己从未被他放在心上。"

"我买了瓶酒，想跟你庆祝庆祝。"尤欢软软地说。

"庆祝？庆祝什么？"马德不解地问，倒是没有拒绝。

"庆祝我们在一起一个半月了啊。"尤欢一边回答，一边选了一首维瓦尔第的《冬》——她最喜欢的音乐。

熟悉的音乐响起，马德愣了一下。不过他忙着把东西放好，并没有来得及细想。

等到马德回头，看到的就是这样一个画面——尤喜，这个自己费尽心机得到的女人，正一点点褪去米色外套，露出里面黑色的情趣内衣。然后，她像一只慵懒又撩人的波斯猫，款款向他走来。波浪般的红色长发映着白皙的胴体，他眼中的尤喜美得惊心动魄。马德几乎立刻就有反应了。

尤喜最好的地方，就在于知道如何利用自己的魅力得到想要的一切。

"对不起。"这样刻意示好的尤喜勾起了马德最初的欲望，也让他认真反思起最近的敷衍。他不该像对待尤欢一般对待尤喜。

马德感到一丝难得的愧疚，于是他温柔地把尤喜拉过来抱在怀里，低声赔罪道："这段时间让你受委屈了。"

尤欢的眼泪差点涌出来，内心一阵荒凉。她慌忙把头埋在马德的肩头，使劲眨了眨眼，又撒娇般地蹭了蹭，这才重新投入到角色之中。"那你先自罚三杯。"

"好。"此时的马德，巴不得尤喜多提一些要求，再为她一一满足，"还想要什么？你说什么都好。"

尤欢乖巧地摇了摇头。她的眼睛湿漉漉的，帮马德倒上酒。然后，她一边看着男人一杯接着一杯下肚，一边在一旁数着，"一——二——三——"

然而，一数到"三"，尤欢脸上的表情在一瞬间褪得干干净净，这让马德有点疑惑。他看到尤欢利落地起身，转了个圈，再次面对着他。然后，她用六字一句将他狠狠地钉在了耻辱柱上——她说："我还想要你死。"

马德的瞳孔猛然睁大，他有点困惑，又有点明白，只是还没来得及思考，就陷入一阵接一阵的眩晕中。"我的头好晕。"

他使劲儿地摇了摇头，想看清楚对面的女人。她越是走近，他越是心惊，看着面前的"尤喜"，他全身忍不住微微地发颤。

他有一种强烈的熟悉感。

模糊中他看到，对面的女人摘掉头发，散开那头黑直的长发，脸上冰冷如霜，眼中刮起一阵疯狂又冷漠的旋风——他曾避之不及的那张神似尤欢的脸又回来了。

"你，你是谁？"马德好不容易才找回自己的声音，急急地问道。

此刻，他的脑子里嗡嗡的，就像眼上挂了个千斤顶，脑子里打翻了墨汁瓶，心里装了个轰炸机一样。

然而，对面的人并没有立刻回答他，而是戴上一双白色的塑胶手套，又小心翼翼地从包里掏出了一支针管。

"针管？"有什么东西在马德的脑中炸开——这不是游艇上那支吗？他一直奇怪，事发之后，针管怎么跟尤欢一起不翼而飞了。

"你说呢？"看着男人脸上的惧色，尤欢淡淡地笑了笑。

"你是尤欢？"马德惊疑不定地说。

"我是尤欢啊。"尤欢大方地承认道，"没想到吧？我还活着。"

她忍不住嗤笑出声，讽刺道："亲爱的，你尽可以拿我擦脚，尽可以扭曲我的动机，你可以在我头上垒一堆磨石，把我沉到海底，但你可没法把我赶出故事。宝贝儿，我，正是情节之一，永远别把这个忘了。"

"我，我没想……"马德矢口否认道。

"没想让我活着？"尤欢摇了摇头，"可惜了。看来我不会死在你前面。"她一手拿着针管，一边毫不留情地拆穿他。"这支针管熟悉吧？如你所料，就是游艇上你用在我身上的那一支——只用一滴，必死无疑。"

"你……"这时，马德发现自己全身发软，根本没有力气说话。

"安东·契科夫说过，如果你不打算在第五幕开枪，就绝不要在第一幕的时候出现一把枪。否则，人们会有种被欺骗的感觉。同样地，如果毒药在第一幕出现，我想，我们最好还是把它用了……"

"你……"马德内心发冷，他感到自己体内的血液正在凝固。过了好一会儿，他才勉强吐出几个字，"你的眼睛怎么变成红色了？"

"你是零！"马德惊呼道。虽然是疑问句，却是肯定的语气。

尤欢，或者说零，邪魅一笑，发出"呵哈呵哈……"的奇异笑声，令听的人一阵胆寒。

此刻，她并没有兴趣满足马德不合时宜的好奇心。她的全部注意力都在如何用语言和真相最大程度地打击马德上。

"哦，忘了提醒你——我在酒里加了料，没有力气很正常。"尤欢好心地解释了一句，整个人几乎都要压在马德的身上。这令他胃里一阵翻腾。他听见她凑到自己的耳边，温柔地又加了一句，"那天的红酒也加了同样的料。"

她学着安达的样子，煞有介事地念着："你从我手中接这杯愤怒的酒，使我所差遣你去的各国的民喝。他们喝了就要东倒西歪，并要发狂，因我使刀剑临到他们中间。"

似乎逗弄够了，尤欢很快直起身子，一脸冷漠。"不过你放心，只要半个小时，体内就什么也查不出来了。"

"你……"马德浑身颤抖，脸色煞白。他不知道尤欢要干什么，莫名的威胁感让他一阵心神不宁，仿佛看见了一条赤练蛇的游人一般。于是，他努力向后缩去，跟跟跄跄地靠在椅子上，一下子坐了下去。

"我？我怎么会没有死？"尤欢帮他问道。她笑了笑，就跟逗弄一条毫无反抗之力的小狗，"因为你们压根就没把药注射给我，我只好收起来好留给你们用了——总不能浪费！"

马德的脑子钝了一下，一时没有理解尤欢的意思。

然而，他还来不及细想，突然，眼前光芒大盛，然后一片接一片的黑暗扑面而来，马德的意识随之陷入无边无际的混沌之中。

看着男人的眼睛慢慢合上，尤欢暗骂一句"没用的男人"。然后，她从橱柜里抽出一把刀，朝着他的大腿狠狠地刺了下去。

果然，强烈的疼痛让马德一下子睁开眼，回过了神儿。

3
恨早

客厅里，鲜血很快浸透了椅子的衬垫。

对于马德来说，审判和酷刑才刚刚开始。

"想知道那天到底发生了什么吗？"尤欢拉过一把椅子，坐在马德的对面。红色的战场立刻变成了黑色的审判席。

马德点点头，又摇摇头，根本说不出话来。模糊中，他觉得那一天，自己认为所发生的一切其实并没有真的发生。

可是，他想不通，这种幻觉又是如何发生的呢？

不过，他的困惑没有持续多久，尤欢很快给了他解释。"其实，我早就知道你和尤喜的计划。你说我能怎么办？当然是先下手为强。所以我特意约了小妹一起到游艇，帮我演一场戏。我在酒里放了致幻剂，然后使用催眠术，让你以为杀了我，还把我抛尸到海里。"

"那你……你去……哪儿了？"马德断断续续地问道。他很确定，离开时，只有他和尤喜两个人，尤欢的确不见了——他以为自己把她丢到海里了。

"当然是躲起来了。"尤欢现在还能感受到当时躲在船底时的冰冷绝望。想到这儿，她的心又更硬了一些。她忍不住嘲弄道，"你们真傻。去的时候明明是三个人，回来时却只有两个人，你真以为没有人看到？"

看着马德脸上的恐惧，尤欢感到一阵快意。

"为，为什么？"马德抬起头，吃力地问道。为什么大费周章设计却又什么都不做？为什么按兵不动到现在却又按捺不住？为什么？马德感觉自己身处旋流，上下波动，摇摆不定。头又疼得厉害，那一阵接着一阵啪啪的疼，好像被电击似的。

"为什么啊？因为好玩啊。"尤欢灰色的瞳眸微微一缩，嘴上说得调皮，面上却是不屑。橘色的灯光倾泻而下，给她的脸庞披上了一层华衣。她冷酷地说，"这不是正合你意吗？我正好配合演出，只不过……"尤欢顿了顿，眼睛转了一圈，"只不过，剧情是按我写的演而已。"

"你……你都算好了……"马德倒吸了一口冷气，无力地说道。所谓幻觉，不过是尤欢的精心设计。

尤欢笑着点头承认。接着，她又好像想起了什么，叹了口气。她拿指头点了点马德，就像面对一个不听话的小孩。"喝酒误事。不是早跟你说了吗？"

马德顺着尤欢的视线看过去，落在那瓶未竟的红酒上。尤欢故作语重心长地说道："尤其是苦艾酒，有致幻性，最好少喝点。毕竟，幻觉无法解决我们这个世界实际存在的问题。几年来的孤独才让我懂得这一点。"

尤欢的话如同开花弹一样击中了他的心脏，马德的脸一下子涨得通红。他似乎想反驳，却又实在没有力气。

"对了，还有一段录音，想不想听？"显然，这不是征求意见。说完尤欢就按下了播放键，脸上始终保持礼貌又疏离的笑。

第三幕．落幕．

"真的要这样做吗?"是尤喜的声音,小心翼翼中夹杂着一丝丝兴奋。

"只有这样,我们才能永远在一起。"马德决绝地回到,"你保证药没问题?"

对方似乎点了点头,有一秒钟的安静。"只用一滴,必死无疑。"

"好,我们按计划行事。等到尤欢上了游艇,我会找机会打晕她,然后把药注射进去。"马德安抚道,"阿喜,尤欢必须死。我们注定要在一起。"

"你说得没错。她活得那么不开心,这反而是对她的解脱。她会感谢我们的。"尤喜附和道。

似乎是为了鼓动人心,确保两人同心协力,马德最后总结道:"从现在起,你就是尤欢。"

录音到这里就断了。

尤欢看着马德的面具一点点龟裂,从纹丝不动变成慌乱无措,最后又换上一副强装镇定的模样。"你……我……"马德的内心像是漏着风,里面冷气乱窜,令人胆寒,"你怎么会知道?"

明明,一切都按计划进行,到底哪里出了错?!

"因为从一开始,跟你在一起的人就是我。"关于这个问题,尤欢显然还不想谈太多,"就像我说的,我一直都知道你的计划。给你药的是我,让你以为杀了我又推我入海的还是我。"

"你到底想做什么?"马德受够了这种什么都控制不了又看不到结局的感觉,他愤怒地吼道。

"我本来是想把录音交给警察,或者把它当作把柄威胁你断了念头。"尤欢笑着说,却让人心寒。

"我只是不爱你。这不是罪。"马德不甘心地说。

"我不在乎你爱不爱我,我在乎你的承诺。结婚誓言一旦发下,至死方休。你可以不爱我,但你不能骗我,更不能背叛我。你所承诺的日子,我尚未度过一生,事情当然结束不了。"

"你,你……"马德感觉体内的生气正在快速地流走,整个人也越来越虚弱,甚至无法说完一句完整的话。他想说的是,"你真可怕。"

"刺。"看他又要晕过去,尤欢摇了摇头,又一刀扎下去。

自始至终,她的表情都没有任何起伏,好像面前只是一具医学院学生实习用的尸体,就跟芦溪实验室里的尸体一样,因为长期泡在福尔马林里,显得臃肿可笑。

4
真相

随着谈话的进行,尤欢愿意主动透露的信息也越来越多——反正,这些话说了也传不到第三个人的耳朵里。

至于尤欢为什么会知道自己的全盘计划,马德心有猜测,却因事情太过匪夷所思而不敢确认。

不过,尤欢很快就证实了他的猜测——所有的离奇背后都自有其来龙去脉。

"你……你早就知道……我想干什么?"马德难以置信地问道。既然知道,为什么不阻止?为什么还要推波助澜,陪着自己演戏?

一瞬间,马德甚至有点埋怨尤欢——如果不是她的不作为,

第三幕．落幕．

事情又怎么会发展到现在如此荒谬的地步？——杀妻，替身，复仇……这些本不在他的人生计划里。

妻子的责任，不就是维持家庭秩序并阻止老公犯错吗？

当然，尤欢并不知道，哪怕是到了现在，马德居然还把所有的错误和责任推到自己的身上。

听到马德的疑问，她不禁嗤笑出声，似乎在嘲笑他的愚蠢。

"我？我为什么会知道？不如从头开始吧？"等到马德再次恢复清明，尤欢这才不疾不徐地说道。

此刻，在灯光的照耀下，房间的墙体一时看不出是什么质地，隐隐泛着淡金色的涟漪。看不到灯，却到处都是光。空气中弥漫着血液的腥甜味。

尤欢下意识舔了舔指尖上的红色。世人皆道饮食男女，吃下的每一块肉都是一场爱恨离别。

"你千不该万不该招惹我的小妹。"尤欢开口道，就像在讲述一个陌生人的故事，声音毫无波澜，"我会微表情，你不知道吧？也是，我的事你从来不上心，我又习惯自我催眠。不过，你看小妹的眼神太露骨了，你的反应出卖了你。或许在你看到她的第一眼就被迷上了吧。明明，我俩那么像。"

说到这儿，尤欢倒是显出一丝困惑。她甩了甩头，接着说："尤其是那天晚上的角色扮演，你居然喊出'阿喜我爱你'。你因为太过投入，大概没有记忆，但是浮在上空看着一切的我，灵魂听着你。"

刀子在马德的眼前转了转，仿佛转在他的心上。

尤欢没有给马德插话的机会，她一点一点地回忆着那段对她而言不堪的几十天。"后来我想，既然这样，我就成全你吧。于是，我开始以尤喜的身份约你，跟你见面，跟你做爱。可笑的是，你居然一点破绽都没有发现。说起来，跟尤喜做爱的你倒是花样百出，充满激情。"

说到这儿，尤欢拍了拍马德，眼里居然带着赞赏，当然还混着显而易见的讽刺。"没想到，你居然喜欢玩SM这些东西。你说，同床共枕7年，原来我们一点都不了解彼此。"

其实，每个人都是病人，怀揣着巨大的秘密。两个内心隔着距离的人，居然每晚睡在一张床上，现在想想，也是一件蛮恐怖的事儿。

与此同时，尤欢的话，就像打开马德记忆的钥匙。

那一天的情景，极其清晰地浮现在他的脑海里。他现在亲历的这场横祸，已揭去了他那日醉酒时蒙在记忆上的那层薄纱。香艳，卑微，没有自尊，摇尾乞怜。挥舞的皮鞭，和光溜溜跪伏于地的自己……哪怕此刻想起，他仍然不合时宜地感受到一阵快感。

"我其实……"尤欢"嘘"了一声，按住马德想解释的口。她摇了摇头，继续说道，"哦，那个旧仓库也是我去的。你长大的地方。住过流浪汉的那个仓库。"

提起这件事，尤欢禁不住有些自得。"你看，你不想让我介入的一切我都享受到了——其实，不过是一堆破烂，你本身就是垃圾。这里住着一个骗子。那个人说得可真准……哈哈，哈哈……"

与此同时，尤欢渐渐加大手上的力气，按在马德的肩上，几乎要把他压垮，身体的痛苦让他冷汗直流。只不过，尤欢根本没有注意到，或者她注意到但也不在乎——她从一开始就没打算放

第三幕 . 落幕 .

过他,这个拉自己坠入深渊的人。

接着,她以一种异常冷酷的语调说道:"我只是没想到,对于这些背叛,你不愧疚就算了,你们居然还想合谋杀我!"

亲耳听到自己的计划被揭穿,马德多少感到一阵心虚。夫妻几年,他早已习惯用谎言和漠然粉饰太平。然而,心底最阴暗的角落被人毫不留情地掀开,他还是感到一阵慌张。

毕竟,尤欢知道得越多,自己的结局大概会越悲惨。他只能寄希望于尤欢知道的东西到此为止。

然而,他很快失望了。

尤欢加快了语速,正毫不留情地给予他更为致命的打击。"其实,跟你去游艇的是我,你想杀的其实是尤喜。只能怪她太过配合,你又太过蠢笨——你终究没有认出真正的我。于是,趁着你面对尤喜的时机,站在你背后的我就先下手为强了——说起来,喝下致幻剂的你和尤喜,在催眠术的作用下,真的比狗还乖顺。我也顺利得到自己想要的结果——让你以为杀了我。"

"你,你为什么不揭发我?"马德好不容易积攒下一些力气,不死心地问道。

"大概想看看你们在杀人之后,会怎么做吧。"尤欢自嘲地笑了笑。她本以为他们会心虚、会内疚、会害怕,余生都生活在自己的牢笼里。然而,她太过高估他们的人性,他们根本毫不在意。

她补充道:"我本来是计划拿着录音,消失一段时间,然后再出现。有证据在手,不怕你不乖乖就范,余生按我说的过。当然,这些暗地里的反击,尤喜都是不知道的。"说到这儿,尤欢再次自嘲地笑了笑,"当然,我也是后来才知道,一切都是尤喜主导——我的被害，鹊巢鸠占，她才是真正的操控者。自始至终，都是我跟尤喜两个人的战争。"

"什么，什么意思？"马德有点糊涂。尤喜又跟这件事有什么关系？自始至终，她都是连带伤害而已啊……

尤欢没有理马德的疑问和内心的焦灼。她拍了拍手，心情很好。"后来的事儿，你就都知道了。总而言之，我就是尤喜——你告诉了我你的计划，我将计就计，反设计了一把。你们果然没让我失望。"

这个世界真令人丧气啊，除了相互伤害，居然别无他法。不过，还蛮有意思的。尤欢想。"说起来，我跟尤喜两人果然是亲姐妹——不管表面看起来多么纯良无辜，都流淌着一样邪恶、愤懑的血液。暗红色，如同末日般的潜伏危险。

本质上，我们两个人是一类人。

由小孩长成大人，由混沌逐渐清晰，生活却从云端落入了暗黑深渊之中——焦虑、不安、狭隘、猜忌。她发现原来真实社会是如此的丑恶不堪，人性并非真挚纯良，敏感的思绪为她带来智慧，亦带来纠缠不清的痛苦。这不完全是理论。

马德内心惶恐。他不甘地说："可是，你现在好好的啊。难道因为我只是想杀了你，就要死吗？"

"占了一点上风，就作威作福；有了一点权势，就千孔百面；甚至有一点小小的能力，都用得无所不尽其极，那真是人将不人。这就是你。"

看着他渐渐合上的双眼，尤欢一声冷笑，又是一刀。

"你该死。"

5
群魔

等到马德再次清醒，时间又拉得更长了一些。

虽然对于"她为什么会知道所有的计划"这一问题，尤欢已经把前因后果梳理了一遍，马德的心中依然充满疑问。比如，她什么时候会的催眠术？比如，她离开之后去了哪里？又比如，她这次回来的目的是什么？

此刻的马德，还没有预料到之后的危险，他只是本能地想知道所有问题的答案。

"你？"感受到尤欢投来的目光，马德的耳郭微微地动了动，心脏好似被微微攥紧了。

"我去哪儿了？"尤欢帮马德补充道。看到他点头，她不禁一阵自得。你看，果然还是我最了解你。

尤欢边想边解释道："我去了朋友的一个岛上别墅，那儿一直没人住。本来我只是想把录音交给警察，让你们得到一些教训，再大度地接纳你们。当然，前提是你回心转意。在岛上，我想了很多。"她看了他一眼，那时的心软是真的，那时的受伤也是真的。只是，或许所有一切都是命中注定，因果都是定数。人们没权利问那么多为什么。她接着往下说，"那时，我想了很多。我也有错。我一直在反思，如果不是我一直把自己封闭，或许我们还能回到最初的好日子。我甚至准备放弃把录音交给警察的想法，而是跟你们私下解决。终究，我们是家人。只是，我没想到。"尤欢自嘲地耻笑一声，今天第一次浮现出极度痛苦的表情。

"我没想到，我的亲妹妹才是最想置我于死地的人。估计连你都不知道吧，早在芦溪——我们的妈妈生日那天，她就已经决定李代桃僵。她有意撩拨你，故意邀约你，怂恿你杀了我，从而取而代之。整场游戏，唯一的意外，就是尤喜在背后的推波助澜。不过，结果还是好的，不是吗？"此时，尤欢早已恢复之前清冷的模样，"说到底，你也不过是个傀儡。她不爱任何人。"

"不，不可能！"马德吃惊地瞪大眼睛，整个人如冷水浇头，不可置信地喊道。

"不可能的成为现实，才最有意思。"尤欢好笑地盯着眼前变得疯狂的男人。令她诧异的是，她居然还能感到一丝心痛。

"不……"马德就像没听到般，不停地摇头。这不是真的！绝对不是真的！

对面桌子上的木偶少了一只眼睛，盯得久了，就仿佛能从那黑黢黢的洞里看到另一个世界。有一阵阵冷气从中蹿出。马德莫名其妙打了个寒战。它用仅好的那只眼对他笑，好像在说：可怜的男人！眼瞎了！

"你觉得自己聪明到，不会被一个女人欺骗？还是有魅力到，不会被一个女人利用？"尤欢讽刺地说。

她顿了顿，接着问道："我一直想不通，你为什么非要让我去死。"

"我，我爱过你。"马德语无伦次地说。此刻，因为接连的打击和刺激，他的样子很疲惫。他脸色憔悴，眼里尽是辐射状的血丝。

他再也不复平日里的儒雅俊美，就连所说的话都显得言不由衷。

第三幕．落幕．

"我爱着你。"尤欢自顾自地在椅子上转了个圈。当她背过身时,手擦过眼角,抹去不小心挤出的液体。再面对马德时,她的脸上依然一片漠然。

她咄咄逼人地质问道:"可是,你爱我什么?你凭什么爱我?"

"我……"对此,马德无话可说。

"其实,你大概也不明白为什么会那么恨我吧?"尤欢好心地帮他找了一个答案,"因为尤喜。因为尤喜让你产生'我必须杀了自己的妻子,才能得到自己的情人'的幻觉。"

"不,我不会……"马德摇头否认道。一个女人,还不至于对自己产生大的影响。

"不会那么软弱?"尤欢觉得真是太好笑了。这个软弱的男人,连承认自己软弱都办不到。

"明明是你假扮尤喜……"马德不服气地说。

"唉!"尤欢叹息了一声,"难道你不知道,我有多么希望你能拒绝尤喜吗?"

不等马德再说什么,尤欢就按下了另一段录音的按钮。里面很快传来了熟悉的声音。

"爸爸妈妈不是一直说你聪明吗?其实,我才是最聪明的那个。"是尤喜。音频里她打了个嗝,把自己呛到。她似乎随意地挥了挥手,接着自白道,"我从一开始的计划,就是把你干掉,然后取而代之。但是那个懦夫一直下不了决心,谁知天助我也,你居然打电话让我陪你演一场戏。所以我想,不如假戏真做,各归各位。"

"我根本不在乎那个蠢男人,我就是要做你——尤欢——我就是要占你的丈夫，占你的父母，占你的一切。"

……

听着录音，马德整个人不自觉地变得直挺挺的，一颗心有如在碎玻璃碴上、烧红的炭上行走一般。直到再没有声音传来，他才一下子软了下来，似乎从死中复活。

"你看，这好像一场游戏。我试探，她助兴，你配合，于是，我们就走到了今天这一幕。"尤欢好笑地看着他的表演。

"哦，对了，你的偷情对象，红莲也是我。你不知道我有多恶心，可是为了这个——"尤欢晃了晃手上的录音笔，继续说，"也算值得了。"

似乎不过瘾，尤欢再次认真地强调了一遍：

"那个妓女，是我。"

"嘭！"一颗炸弹在马德脑中炸开。难道？瞬间，锣鼓喧天，钟鼓齐鸣，一切的一切都成为即将落幕的演出。

而这只是首发炸弹，随着真相一颗接一颗地接连炸开，马德大概拼凑出了事实的来龙去脉——从一开始，他出轨的对象就是假扮"尤喜"的尤欢。她让自己误以为自己成功杀掉了她，却趁机跑到小岛上，暗地里筹谋。然后，今天，她再次以"尤喜"的身份出现，并且要杀了他。自己要死了吗？如果死了，凶手就是"尤喜"？

想到这儿，马德忍不住打了个寒战，恐惧几乎要将他击垮。他第一次清晰地意识到——女人不可怕，可怕的是死了心的女人。

可是，她是怎么做到的呢？尤喜又去了哪儿？她配合演出仅仅是利用自己，报复尤欢吗？自己是掉进了圈套吗？谁的圈套？

第三幕 . 落幕 .

尤欢的？尤喜的？还是，自己的？

马德不相信。他不想相信。可是，事实由不得他不相信。

房间里，只有录音机里传出来的声音——

"我为你付出那么多，你现在说断就断？"是尤喜。

"我不想再继续下去了。"马德痛苦地说。但是对此，他毫无记忆。

"再问你一次，你真的要离开我？"

"你值得更好的人，阿喜。"马德说。声音带着一股木讷的机械。

"不要叫我阿喜！你不配！"突然，尤喜发出一阵诡异的笑声，"我得不到，谁也别想得到！"

接着就是挣扎，喘息，椅子被撞倒的声音。当事人的痛苦就像冷水浇头，使每一个听到的人都感同身受。

马德的脸上是显而易见的迷惑。他绞尽脑汁，依然想不起这是什么时候发生的事儿。

"阿喜是我配的音哦。不过，你没记忆吧？"尤欢好心地解释了一下，"这是催眠后的效果。就是召妓那次。那时的你依然很乖，完全照本宣科，让你说的内容简直一字不差。乖得就跟一条狗一样。"

下一秒，尤欢的语气却突然变得冰冷——就跟冬日里的石头一样。

她说："你应该更聪明才对。"

马德只能使劲儿摇头，一句话都说不出来。

然而，尤欢并不打算放过他。她要亲眼看着他的心理防线崩塌，看着他的男性自尊被践踏，看着他陷入崩溃。

她总结道："男人的弱点只有两个，一是权力，二是欲望。而女人，女人，是天生的谎言家。我们仅靠谎言和身体，就能得到自己想要得到的一切。勾引，搜集证据，登堂入室……如果想，女人可以做成想做的任何事。"

至于离婚，离婚有两个困难：一是如何离婚；二是离婚之后，对工作、生活、亲人，以及朋友的破坏性。

经过这么多年，尤欢觉得自己早该领悟到：不是时间杀死了我们，而是我们杀死了时间。

所谓怀念，就是他一笑，你的心都会一阵疼。尤欢觉得自己已经不疼了。

所以，当那一双视线看过来的时候，马德整个人都像是在痉挛。那视线已经不带一丝感情，只剩冷漠。因为紧张，他的太阳穴青筋浮出，看上去分外狰狞。尤欢眼里的倾盆大雨，马德看不见。他只看到一道道冰棱射来，把他的心扎得血肉模糊。

"你，你好可怕。"他浑身颤抖，好像面对地狱来的魔鬼。

"现在才觉得怕？你不是一向不怕我吗？所以才一次又一次出轨，所以才不惜将我除之而后快？所以才敢上了自己的妻妹？所以才想人财两得？"马德的眼睛越睁越大。她什么都知道，这个冷清、永远无喜无悲的女人；她什么都知道，却什么都不说。她是真正的魔鬼。

"再说，你不是最爱这样的我吗？不是我的我吗？你为什么害怕？"尤欢仿佛没有看到他眼中的恐惧，继续往下说，"怕好啊。怕，才是真爱。"

第三幕 . 落幕 .

"我……我后悔了……"马德一不小心说出了心里话。他后悔结婚了,他后悔因为一时贪欢,跟尤欢结婚了……

当然,话一出口,马德又再次后悔了。

他看到尤欢眼中猛然腾起的熊熊怒火。他瞬间反应过来,自己说错话了。但是,已经来不及了。

尤欢没有想到,事到如今,他竟然还在设法摆脱他们的婚姻,他竟然还在推卸责任,他甚至不惜将过往的爱情和美好一起推翻。尽管她已经用事实告诉他,这是不可能的事情,可他居然依然觉得权力掌握在他的手中。

"要是没有这场谋杀,你依然会和我离婚?"尤欢冷冰冰地问道。

"我从没想过和你离婚。我只是不满足跟你结婚。"马德很快把之前的慌乱平复下去,索性破罐子破摔道,"我们都没有错。"

男人。呵……尤欢忍不住冷笑。还不是妄想人财两得,才要结婚,才不选择离婚,才会不惜用最极端的方式得到一切。

说到底,女人最初都太过天真。

对于女人来说,爱情是个伟大的东西。一切乱七八糟的,因为它,都有了理由。而尤欢,整个事件中唯一一个始终如一的人,反而成了最虚伪的人。

不过,爱情就像香料,不经过试探、研磨和时间的发酵,味道就是差了点火候。轻易说爱,不是勇敢,是轻浮。

或者说,没有怕的爱情,只是欲望。如履薄冰,小心翼翼,怕给他带来困扰又怕他跟了别人,怕见到他又想见到他,怕不能给他最好的又怕别人照顾不好他，这才是爱。就跟戏台上的闺秀，欲说还休，一步三回头，这才是爱。甚至愿意以生命做筹码，怕他孤零零一人，这才是爱。

人，不会每一次遇到事情，就杀人。人，会试着解决，修复或者离开。

可是，婚姻中的人不会。

6
24格

经过连续的身心双重研磨，马德已经有点力不从心了。

"还没完，别急。"看到马德昏昏欲睡，尤欢又一刀下去，马德大腿上的鲜血瞬间喷涌而出，就像绽放的音乐喷泉，在进行一场盛大的祭祀。

"你可以提出离婚的。但你不会。离婚会让你一无所有。"尤欢冷漠地说出事实。

"我也不想的！这能够怪我吗？我不流泪，人们说我冷漠；我不爱钱，人们说我不上进；我不执着，人们说我是个loser；我不想跟世界走得太近，人们说我是叛徒。我只想守着自己的心过日子，人们联合起来一起说'不'。我只能这样，只能这样……"马德忍住剧痛，大声控诉道。

"那是你的问题，你不该贪心。贪心，会让你连命都没有。"尤欢根本不为所动。

"你……你的脸……"大腿上传来一阵阵刺痛，吊着他无法休息片刻。马德几乎要对这痛麻木了。然而，他抬起头，却看到了更为匪夷所思的一幕，没说完的话一下子卡在了喉咙里。

尤欢，同床共枕近10年的尤欢，她的脸正在快速地扭曲，变形，重塑，一个个，好像被快进的变脸电影——有红发少妇，有发育不良的小女孩，有金发碧眼的男人，有妩媚卷发的尤喜，还有丑陋的大眼天使……最后，那张脸再次停在尤欢的样子上。

马德感到一阵惊悚。他发现，里面有几张面孔，他并不是第一次见。

"我？我的脸为什么这么多？"尤欢摸了摸自己的脸，声音在不同的角色中来往变换，有点像卡带的录音机，"忘了告诉你，我是多重人格。不然怎么通晓那么多，不然怎么办成整件事？"

"没想到吧？我是人格分裂！surprise,surprise！"尤欢对这个笑话非常满意，这大概是她这一生说得最好的笑话了。她忍不住哈哈大笑起来，好不容易勉强止住，尤欢尽责地继续解释下去，"8岁时，我被确诊。父母带我进行电击治疗，他们以为我好了，其实，我的那些小伙伴们只是躲了起来。"

有时候，我们习惯性地忽视一些看似很弱的人或是很细微的事。我们未能觉察，直至我们错过了真相。

那些蛛丝马迹，无时无刻不在告诉着马德真相。只是他不敢相信，也无从知晓。

"好了，有趣的部分到此为止。来，我给您介绍下。"尤欢指着自己的脸，说道。

这是一个金发碧眼的中年男人，寡言而沉静。"我曾是中情局的情报员，专业是信息收集和微表情分析。"男人鞠了一躬，颇有礼貌地退后一步。他当过阿拉伯王公的保镖，做过杀手，他客串过林肯花园的吉他手，因为跟乐队成员是好朋友，他还做过牧场工人，当过保安……

接着上前的是一个红发女人，马德认出她就是那个跟自己有过一夜露水姻缘的妓女，她的手上是那支熟悉的针管。"我是一名国际救援医生，梦想当大导。这里面的药，"她晃了晃手上的东西，兴致勃勃地介绍道，"不仅见效快，而且无痛，希望你会喜欢。"

什么？！马德头皮发麻，汗毛都立起来了。"我一点都不喜欢！"他不想深究这句话背后的意思，只是本能地动着身体，想离这个魔鬼远一点，却根本是徒劳无功。这是今天第一次，他感到真正的绝望。

"这个，你不需要知道。"尤欢轻轻地抚摸着一张丑陋又空洞的脸，痛苦从脸上一闪而过。那张脸就像死去多时，却被精心保管的皮囊，却令尤欢怀念至今。

"马德，我从未爱过你。"这次是老熟人，尤喜出现了。她依然是一副无辜又性感的模样，"其实，你爱的从来不是真正的尤喜，而是我。可惜，我只是为了取悦你，好请君入瓮。"

马德张开嘴想说话，但声音却卡在喉咙里出不来。最终，他一个字也未吐出。

很快，一个小女孩挥了挥手，似乎在苦恼该怎么自我介绍。"8岁时的那场病，我也是最近才想起来。因为多重人格被做电击，父母因为愧疚对我好了一些，小妹却心生嫉妒，才有了今日发生的这一切——话说回来，谁也不比谁高贵，我们都是病人，带着不同的自己。其实，直到你出轨——很多次了吧？我还自我检讨，想出了角色扮演这招讨你欢心，才渐渐分裂出更多的人格。"

我们都在不停裂变，成为不同的自己。然后，一切都不一样了。终其一生，也无法成为完全的自己。那些看不见的部分，才是真相。或者说，我们都是病人，而且无论如何假装，都永远正常不了。

说到有病这件事，尤欢突然想到："乔安呢？"

大卫回道："她正在当作家呢。"

"我来说，我来说。"庆庆一边扒拉，一边快速接道，仿佛刚才沉重的不是自己一样。她似模似样地咳嗽了一声，模仿乔安的口吻，吐字清晰，"我从小成绩优秀，待人有礼，是众人眼中听话而有前途的好孩子。只是记不得从什么时候开始，我常常感觉到阵阵莫名的烦躁和压抑。开始还能克制，慢慢地这种感觉越来越强烈，已经脱离我的控制了。我必须找到一个出口。我开始每天在情绪来袭时，在墙纸后的墙面上刻东西，用尽全力，什么都刻，数字、古诗、字母，或者随便什么文字……我会处理好剥落的墙灰，却没法处理越来越薄的墙壁。直到某天晚上，我清楚地听到隔壁父母做爱的呻吟声，那么那么的用力，整个房间都在那声音中摇摇欲坠……我知道不能这样了。"

"后来，我便趁父母睡着，偷偷地跑到外面，在一棵树的树根处刻下各种标志。那是一颗香樟树，它笔挺地站着，毫不吝啬自己的肢体。我就每天刻，每天刻，直到那棵树变得越来越摇摇欲坠，直到某天它真的倒下来了。之后，我便将它的树根挖出来，埋好……后来，我就成了一名心理医生。"

"现在是作家。"红莲插嘴道。

"现在是作家。"庆庆瞪了她一眼，补充道。

"你，你到底是谁？"马德已经分不清自己到底是麻木，还是恐惧了，"你怎么？"

"怎么会这样？为什么没人发现？"尤欢觉得自己就像被关在玻璃罩子里，一直以来都在苟延残喘，看着其他人在外面，大笑，快活。她踢，她哭，她大骂，都不能让别人看见自己。现在，她终于要解脱了。她不管不顾，继续自言自语，"有些精神病人，比如我，具备某种极端的天资和意志力，能轻易地掩饰自己的疯狂，让身边的人无法看出，就连精神科医生也能瞒过。"

"你知道吗？我很高兴，我已经30多岁了。我和你们都会慢慢变老，会记不得很多事，这是上帝给我们在这尘世最大的恩赐。想到曾经的残忍，伤害，歇斯底里，终有一天化为尘埃，我就觉得哪怕我做了坏事，也是可以被原谅的。"

尤欢看着马德纤长浓密的睫毛像是蝶翼被扯下，微微发颤。他的脸偶尔会突然涨得通红，神经质地抽搐一下，随即又变得更加惨白——他焦急不安地朝门口那个方向张望，仿佛在期待某个人突然闯入，把他救走。

"求求你了……"他低着头，不知是对尤欢求饶，还是向无常的命运投降。

"可怜的男人。"尤欢想。然后她继续说道，"有时我也会想，我为什么没有被确诊为一个真正的精神病人呢？这样我就可以不管不顾，不闻不问，只用扮演一个精神病人就可以了。这可是最简单不过的了。"

"疯……疯子……"马德忍不住脱口而出。

"是啊。我们都疯了。"尤欢对此毫不介意。

她忍不住轻笑一声,用刀指着马德说:"你知道吗?你最大的错误,在于太贪求。又想要如花美眷,又想要体面身份;既想得情,又想要钱。世间哪有这么好的事儿?"

7
不白

摊牌的时刻快到了。那股不好的预感也越来越强烈。

马德听着尤欢一点一点揭露那些看得见的和看不见的秘密,内心的焦虑几乎将他淹没。

"我不是没有给过你们机会。"尤欢说,"事实上,我给过你们不止一次机会。"

"我真的不知道……"马德痛苦地说。可是,既然如此,何不在一切还未真正发生之前,就直接摊牌呢?

"你看,事情其实很简单。一切都是我自导自演的一场戏。只是,我把戏的大结局交给了你们。如果尤喜帮我举报你,我大概只会把游艇上的录音交上去。如果你和尤喜有一丁点儿的忏悔,我大概只会把小妹一个人送进监狱,把你囚禁在我的身边。也许某一天我突然不想看见你了,你就自由了。不过12个我,并不容易达成共识。"尤欢控诉道,"可是,你们太让我失望了。"

"不可能……"马德瞪大着双眼,就像车灯前的鹿,带着惊慌失措。这让尤欢感到快意。

"这恰恰是事实。"尤欢毫不留情地说,"不过,那些想法都不作数了……你们必须为你们的所作所为付出双倍的代价。"

"不作数?对,不作数……"马德祈求道,"我们一笔勾销好不好?或者你放过我吧?"

"哈哈哈哈……"尤欢好像听到了什么可笑的事,忍不住放肆大笑。

如果能用一句话把过去一笔勾销,那就太轻松了;如果能够这么轻易地放过他,他一定非常乐意。

可是,这未免太便宜他们了。她不乐意。

"我明白了。你想变回那个一无所有的乡巴佬?还是你想一走了之,去欺骗下一个可怜的女人?没门!从你决定对我下手的那一刻起,我们就都不可能回头了!"尤欢漠然地说道,给予马德致命一击。

"你可没有机会重新变成一个假装真诚又有趣的中年男人,和一个无聊透顶的富家女孩在一起,你已经试过这一套了,不是吗,亲爱的?就算你想要这么做,现在的你也办不到了——你的脑门上已经被贴上了一个标签——你是个拈花惹草的混账男人,还是一个杀妻未遂的谋杀犯?或者,你觉得以受害者的体面身份被害更值得选择?"尤欢的话令马德胆战心惊。她讽刺地看着他,打落他最后的幻想,"没有哪个正经女人会理你了……能和你在一起的只能是我……不过,我也不要了……"

"你!你个疯女人!"马德内心惊惧,他颤抖着手指着尤欢叫道。

"不许这么叫我。"尤欢狠狠地刺了刺马德的伤口——她知道如何最大程度地伤害一个人,就像她知道人们如何彼此伤害。

第三幕 . 落幕 .

因为疼痛，马德忍不住"刺溜"了一声。因为绝望，他反而哈哈大笑道："疯女人？哈哈……"

"我所做的一切都事出有因，马德。"尤欢看着过往的余情好像老掉的漆一样，纷纷干裂，剥落。她说道，"如果不是你们步步配合，我又怎么会身不由己？"

"可是，你只是个花心自负、自私自利，又一事无成的乡巴佬而已……"尤欢随意地刺激着马德已然脆弱的神经。

"你根本不是个男人。你只是个平庸，懦弱，被女人玩弄于股掌之间的胆小鬼而已。"尤欢说道，"如果没有我，现在的你不过是被人嫌弃的穷小子而已。我成全了你。你心里清楚这一点。如果没有我，你就只能是你父亲的翻版；如果不是我，你会永远无法摆脱你母亲一样的女人。"

"不许这么说，尤欢！"马德攥紧了拳头，"乡巴佬"和"不是男人""父亲"和"母亲"，马德已经分不清，贫穷和出身，哪一个更令他愤怒，那些他避之不及、穷尽半生去掩埋的来自过去的废墟。

"怎么？被说中事实了？你这个乡巴佬！像你的父亲一样懦弱的胆小鬼。"尤欢毫不退让地继续挑衅道。

"闭嘴，尤欢，我可不是在开玩笑。"他试图去抓住尤欢，却发现使不上一点力气。于是，他不再说一句话，而是花了全身力气来管住自己的嘴。

不知何时，他的双眼已经被泪水濡湿，他发起了抖。

等到他的情绪恢复，他才看清对面的尤欢，正用一种毛骨悚然的眼神看着自己。他突然意识到，语言上的侮辱还不够，这个女人心中的怒火还要更多的东西才能平息。

"我……我错了，我错了！忘了过去，好不好？"马德害怕地求饶道。识时务者为俊杰。此刻毫无招架之力的自己，根本没有任何讨价还价的资格。

"不好。"尤欢断然拒绝道。她心想，从你举起针管的那一刻起，从你准备杀了我的那一刻起，你余下一生都会把我看作敌人。过去不会死去，它甚至不会过去。看向今后，一切都是当下的预演而已，"我给过你机会，你没有杀死我，便不得不为这买单。"

尤欢突然想起安达经常念叨的经文中的一段，觉得把它作为审判词真是再合适不过了——

"你们的罪是用铁笔、用金刚钻记录的，铭刻在他们的心版上和坛角上。你们的恶纪念他们高冈上、青翠树旁的坛和木偶。你们的人心比万物都诡诈，坏到极处，谁能识透呢？"

"再给我……给我一次机会……"马德结结巴巴地说。

尤欢缓缓地摇摇头，怜悯地看着狼狈不堪的马德，"人能知道什么呢——过去是一片迷雾，吐出一个接一个的幽灵，将来是深不见底的黑洞，任何猜测都是徒劳的。是吧？"

灰色的瞳眸微微一缩，尤欢并没有动。橘色的灯光倾泻而下，给她的脸庞披上了一层华衣。马德抬起头，望着她，却说不出话来。

"是吧？"她又问了一遍。

在她的逼视下，马德吃力地摇了摇头。

"对了，其实我还设计了另外一个大结局。"尤欢并不在乎马德的回答，只要看到他的反应就满意了。她自顾自地接着说，

"拿你和尤喜合谋的录音作为威胁,逼迫你们分开。然后,你就永远活在我的控制之下,一辈子。"

马德禁不住打了个寒战。

"然后,我会制造一个孩子,你和我的孩子。"

尤欢面带微笑,优雅地抬起她那张美丽的脸,闪动着她那对明亮的眸子。一看到这双眼睛,马德就禁不住心生寒意和惧意。"你有没有想过,你有了孩子之后呢?你期待他被你养成什么样子?你又想成为怎样的母亲?他应该生活在这样扭曲的家庭吗?"

可是,看着尤欢早已洞悉一切的样子,他突然就说不下去了。巨大的恐惧一下子淹没了他,让他无法呼吸。他突然明白,尤欢早就明白,她只是想伤害他。用她的,也是他的孩子伤害自己。

他觉得她如此可怕,却又为她心疼。

不论女人还是男人,一旦进入婚姻,就像鲨鱼搁浅,或者郁郁而终,或者同归于尽。总之,我还没见过哪个困于婚姻中的人真正得到过自己想要的。

Karma is a bitch。

"你说得没错。"尤欢一点都不觉得被冒犯到,"我不会让孩子来这世上受苦。这世界,配不上那么好的生命。所以,我放弃这个脚本了。"她笑了笑,马德却觉得最危险的时刻终于要来了,来了。

"因为我发现,你必须死。因为有你没我,有我没你。我根本无法在有你的世界里活下去。"尤欢用最温柔的语气说着最残酷的话。

马德禁不住内心发紧——这个女人疯了!他想。

"你知道吗？"冰凉的刀片从脖颈划过，刀下是潺潺流动的温热血液，马德不禁打了个寒战，"等下我会杀了你，以尤喜的样子离开。然后，我会再以尤欢——你的妻子的身份为你收尸。你说，从现场看起来发生了什么呢？"

尤欢的一生都在阐释那些意象，它们从潜意识中迸发，像一条深不可测的河流，在她的内心泛滥，几乎要毁灭她。无从准备，单枪匹马。这些已超出她的一生所能承载的。在一次又一次精神余波的征战里，她终于掌握了一项技能——裂变出不同的自己，一起来分担，这样，就不会那么沉重了。

一次次从内部穿行，她遇见过小丑、心理医生、强盗、杀手、鬼魂、巨人、老者、兄弟姐妹……但是她总是会遇见她自己。

好好看看坐得离自己最近的人，你看到了什么？竞争对手吗？还是那个默默暗恋你你却不知道的人？是一个受父母宠爱的女儿？还是那个早早就承担起家庭重担的苦命人？抑或是即将跳槽的前同事？

任何人在任何时候，都可能是别的任何人。

很多时候，我们通过仅有的一丝线索来了解他人，而处理这些线索的大脑，却满载着我们自身的偏见，我们却以为看见了全部，并依此采取行动。可是，人们的偏见有时毫无缘由又极度偏执，就像我们会因为不喜欢某个演员而拒绝看她演的一切戏。生活中这样的事情很多，我们都逃不过内心的抗拒，这种偏见往往有失公正和客观。

我们靠自己脑补他们的身份，但是我们生活中的人究竟是怎样的？对方到底是谁？我们其实一无所知，我们只能依靠有限的信息进行判断。他们的本性，在他们的大脑里，不在我们的大脑里。

然后，她自问自答道："没错，从现场来看，我的丈夫跟自己的小姨子偷情，又因情死在自己的小姨子手中。从此，你将在地狱受烈火焚烧，你以为爱的人将在监狱里度过余生。"

想到这儿，尤欢终于从整件事中找到了一点愉悦感。

凡事皆有定数，皆有定期，皆有定时。

此刻，她只想道歉。

很抱歉。

很抱歉，我说谎。很抱歉，我还活着。很抱歉，我得到过一点爱。很抱歉，我割了纱窗。很抱歉，我不能在有你的世界里呼吸。很抱歉，我们曾是最亲密的人，却落到反目成仇。很抱歉，我们终究不能白头到老。很抱歉，我没有遵守比你先走的承诺。很抱歉，我讨厌人类。我为用了这么久才说出这些而抱歉。我为自己一直以来什么都不担心而抱歉。我为自己离开而抱歉，我为自己回来而抱歉，我为事情如此发生又结束而抱歉。

很抱歉。

潮起潮落，

我又说谎了，

我一点都不抱歉。

8
其言

某些瞬间，尤欢觉得整件事就像一场闹剧，抑或是一场梦。

那些背叛、谋杀，本不应该是普通人的人生标配。

然而，回到现实，她知道，一切都在真实地发生着，容不得人回避。

"就像常用的开场，我有一个好消息和一个坏消息，你要先听哪个？"尤欢问道，好像在逗弄一个不讨人喜欢的小动物。

然后，没等马德搭话，她接着说："好消息是，你其实没有出轨。坏消息是，你的确想让我死。"

说出这句话时，尤欢下意识地闭了闭双眼。她感到有火球一样的东西在灼烧自己的眼皮。

"我……我也不想的……"马德哀求道，"你相信我……"

"相信你？"相信一个以谎言和欺骗为生的男人？尤欢简直被他逗笑了。

看到马德居然点头，她突然感到一丝无奈——这样的人，早该不抱希望了，不是吗？她讽刺道："相信你，还不如相信一条狗的忠诚。"

"那……那你想怎么做？"马德弱弱地问道。不管蓄意也好，无心也罢，总而言之，开弓没有回头箭。事情都已经发生了，他又能怎么办？

"我想让你付出代价。"尤欢边说边向他靠近。她每走一步，马德的心都跟着抖一下。

他怕。

他哆哆嗦嗦地问道："什么代价？"

"生命的代价。"尤欢突然笑了，"既然在你的心里，我早就沉入海底，那么，现在就轮到你一命换一命了。"

"你不能。你不能杀我。我爱你，不要恨我。"马德瞬间被钉在原地。然后,他一边疯狂地摇着头,似乎这样就能让尤欢停下来,一边使劲儿地往后退去,想离她远一点。只是不管他的脚下如何用力,椅子都纹丝不动。

他语无伦次地辩解道:"我是被尤喜骗了!真的,是尤喜勾引我!"

虽然马德的这句话显得温柔而甜蜜,但对尤欢来说,却无异于一把匕首直刺入她的心脏。她的嘴唇苍白,白皙的皮肤下,可以看见血液突然退去,像是受到了某种意外的压缩,流回到心脏里去了一样。

人失控的部分,往往是暴露本质的时候。"这就是我爱过的男人啊!果然跟阿喜说的一样,我的眼神不怎么好。"

尤欢像看小丑一样看着马德的独角戏,扑哧一声笑出声。"人人都爱马德里。人人都爱马德哩……"

"不!不是这样……"马德徒劳地挣扎着。到了现在,他甚至还存有一丝幻想和期待,"我们去找尤喜……你也说了,一切都是她在背后控制。如果不是她,我怎么会辜负你?没有她,我根本不会背叛你!是她,是她想害死你,是她拉我下水!我是无辜的……"求生的本能好似回光返照,马德快速地表达着自己的意思,试图能改变尤欢的想法。

我需要争取一点时间。马德想,起码能见到尤喜,自己会安全得多。

"无辜?!"尤欢忍不住笑了。马德终于承认自己辜负了她。然而,他居然还敢坚持自己是无辜的。他到底哪里来的底气?他太小看女人了,"你不就是想争取一点时间,最好尤喜当你的替罪羊，甚至帮你逃出生天？"

"我……我不是……你误会我了……"被揭穿内心隐秘的小心思，马德有一刻的冰冷。然而，他立刻调整状态，企图继续辩解。

"是不是误会，大家心知肚明。你太小看女人了。"尤欢没有任何感情地看着他，说道，"不过你放心，尤喜自有代价。她的归宿在监狱。比较起来，你幸运多了……"

"我……"马德抬起头，这才发现尤欢看死人一般的眼神。他浑身发冷，喊叫戛然而止，"你……"

"是不是在你的心里，什么都没有你自己重要，任何人都是可以出卖的？"尤欢突然为自己不值，她淡然一笑，好似烈日灼阳，"我不是为了泄恨去杀人，我是为了好奇去杀人。"

阿喜啊阿喜，到头来你也什么都不是。你还是没有赢过我。

我们都输了。

她想起，就在几十分钟前，尤喜在停车场上看到自己时，那副惊惧的样子，又想到自己将怎样把证据放回她的身上，心中就一阵快意。

"懂医学真好啊！"尤欢想，"只要精心设计，就什么都逃不过我的控制。"

"不，不要！"马德内心恐惧极了，头顶的倒计时似乎马上就要指向0点。此刻的他，早已不再是那个风度翩翩，靠皮囊就能惑乱人心的男人，而是一个毫无尊严，乞丐也不如的困兽。他的面貌比别人憔悴，他的形容比世人枯槁。他整个人状态极差，情绪败坏，像患有贫血症的病人苍白但又直抵人心。"我……我……我发誓，我再也不会背叛你了。"

"熊从第一次尝到蜂蜜,就再也不可能在乎蜜蜂了。有些事,尝过就再也戒不掉了。它就跟融入你血液的灰尘一样,成了你人格的一部分。"尤欢丝毫不为所动。或许是因为,这么多年,类似的谎言她听得太多了,"你这样的人,永远不可能悔改。"

"你相信我!你说!我全都改!"马德还在徒劳无功地挣扎着,"你相信我……"

"酗酒者不再饮酒,瘾君子不再吸毒,政治家不再说谎,冒险家安于平淡……你相信吗?我不是不相信你,我是不相信人。"尤欢直接怼了回去,"何况是你这样的东西。"

"我们可以从头开始!对,从头开始!"马德不死心地发誓道,"尤欢,你忘了我们以前?你都忘了吗?"

听到马德提起以前,尤欢莫名地一阵生气。那段她记忆里的美好时光,难道,他连这点微小幸福都不愿意留给她?既然都要死了,他凭什么还要亵渎那段时光?!

"你闭嘴!"尤欢突然感到生气,她忍不住又扎了面前的男人一刀,"你要做渣男,至少该做一个诚实的渣男。不要死到临头,还让我更加看不起你。"

"你告诉我,告诉我,到底怎样你才肯放过我?!"马德顾不上受伤的腿和钻心的疼痛,使劲儿想更凑近尤欢一点。

"你知道吗?我本想把你弄成植物人,或者弄成残疾。这样你就永远离不开我。只是这太残忍了。后来我想,毕竟夫妻一场,不如好聚好散?"她冷笑道,"你就死了心吧,今天就是你的死期——你逃不过的。"

"你这样是不对的！不对的！"马德崩溃地叫道，几乎用尽最后一点力气，"这一切本可以不发生的！是你放任事情到了现在的地步！我们每个人都有不可告人的秘密，本就不适合示于人前。你却偏偏要让想法变成现实，这本身就是一场灾难。我只是一把刀，你却用它来杀人。不要考验人性，更不要考验婚姻。不要放伴侣见任何人，包括亲人！这都是你的错！一切都是你的错！"

"所以，我现在要拨乱反正啊。"面对马德的惊慌，尤欢只是觉得可笑。

"尤欢，你决定好了吗？"大卫在最后一刻拉住尤欢，又问了她一次，"如果你今天动手了，我害过一个人，这个念头将成为你头顶上的阴影伴随终生。从今天起，你将永远无法真正活在阳光下。"

"对啊，对啊，你不是这样的人。"那种不安几乎要把自己淹没，马德定了定神，快速地附和道。本应温润的男声，此刻却一片晦涩喑哑，如同一把未开刃的刀划过玻璃表面。他说，"我不值得……"

可是，尤欢就像没听到他话语中的颤抖一样，而是对着大卫回答："我当然知道，从此，我的世界，暗无天日，细雨绵绵，活在里面的人，每一个都不幸福。可是，哪怕我们与生俱来一颗纯洁的灵魂，但一旦触碰邪恶，就会想还世界以邪恶。"

我们都生活在梦里，钟声敲打。

"他的确不值得。但是，悲伤是自私自利的一部分，复仇才是对世界的善待。他的假面使我感到非常高兴。我甚至怀着幸福的心情这样想过：所谓爱就是彼此剥下假面的游戏，为此，为了所爱的人，就必须努力佩戴假面。因为如果没有假面，也就失去了剥下假面的乐趣。你明白我这样说的意思吗？"

说到这儿，她再次施舍般地看了马德一眼。"其实，只要你把整件事当作一个游戏，承认自己输了，就不会大惊小怪了。就好像石子沉入湖底，最终，一切都将归于平静，无声无息。"

"啊啊！"男人许是被尤欢刺激得再也按捺不住，他仿佛一头被斗牛士激怒的公牛，忽地一下站了起来，好像憋足了一股劲要向他的敌人冲去似的。

他用尽全部力气，突然弹了起来，冲向尤欢，却在刚刚离开椅子时，脚下一软，再次跌了回去——他根本什么都做不了。尤欢什么都计划好了，自己根本毫无招架之力。此刻拼命陈情、挣扎的自己，在她眼中只是一条任人宰割的鱼而已。

完了，一切都完了。马德绝望地想。他的眼神就像愤怒的毒蛇，不甘地诅咒着："你会去坐牢的"。

"不用着急……"就在马德要跌坐在地板上时，一双手扶住了他。他愣了愣，似乎刚刚从神志不清的状态中清醒，早已布满血污的脸上看不清表情。然后，他的眼中霍地迸出灼人的亮光，就像溺水之人好不容易抓到一根从天而降的稻草。

尤欢一个动作重新点燃了他的希望，马德抱着最后一点幻想说："你……"

"我？"尤欢又笑了笑，本来清冷的脸一下子变得丰富起来，只是那笑、嘲讽依旧，"不要对我抱有任何幻想了。我既不行侠仗义，也不惩凶除恶，这天地任我来去，我却对它毫无好感。"

看着那双瞪得大大的眼睛再次一点点黯淡下去，尤欢一阵快意。她继续说道："至于你，"她看着他就像看一堆没用的垃圾，"进入过我生命中的人，没有逃跑这一说。你只能被我杀死。"

"你会被发现的。真相总会大白。"这下，马德终于死心了。他忍不住虚张声势地垂死挣扎道。

尤欢不在意地说："我也很期待。如果果然如此，至少你我还能对善恶循环有点信心，相信这世界还会好的。"

有人说，女人太过聪明就会让人有距离感。尤欢知道自己犯了罪，她也知道自己的未来将担负怎样沉重的负担。

她都懂。内心深处，她甚至渴望被发现，被逮捕，渴望为自己的所作所为付出代价。

其实，这才是她心中完美的大结局。

只是，她也知道，法律的子弹只能打到摄像头，真理的子弹满世界飞。她的结局，终将与她期待的背道而驰——就像她的前半生，总是求而不得。

不过，关于以后，目前尤欢已经无暇顾及了。毕竟，她还有更紧要的事情需要处理。

感觉到男人瞬间紧绷的身体，尤欢却毫无同情之心。世间礼法道德此刻在她的眼中分明只是一个笑话。"你已经活不了了。我会速战速决。比起生离，死别算是我对你最后的仁慈吧。"

"我……我……求求你……你……"断断续续的语句中，只能模糊辨别出几个字，却好像耗尽了马德最后的一点心力。

一个人心气再高，也敌不过生命的衰败。那些未说出口的话,终将成为彼此永远的遗憾,或者幸运。

"你还是求一求自己,少感受到一些痛苦吧!"尤欢冷冰冰地提醒道。然后,她像是想起什么好玩的事儿,挥了挥手,懊恼地说,"我怎么忘了,像你这种空心人,怎么会痛呢?哈哈哈……"

"救命,救命啊!"马德忍不住大叫道。这个女人已经疯了!没有什么能阻止她了!他越想越恐惧,忍不住徒劳地求救道。

只是他的声音细弱,几乎成了一条直线。他想跑得越快,那些光芒就漂流得越远。他的双脚被注入了所剩不多的力气,却不能将他带到任何地方。那股粉色的潮水仿佛要把他推回到尤欢的身边,固执地阻止着他迈入生的大门。窗户裂开时,一条条光线从他身上滑过,任他如何挣扎,再也无法摆脱地狱的捆索。

"你最好绝望,这样你就会平静了。"尤欢再一次换上了尤喜的脸,一步一步地向他靠近,直走到他的跟前,她蹲下身子,略略俯视,想象着将针管注入他的体内,透明的液体在他的千丝百孔中游走,"离开你,离开你们,离开家——我,只是一个普通的正常人。没有人会相信,我,尤欢,一个体面的设计师,会做出越轨的事。"

尤欢居然从中得到一股杀戮与性欲的满足。她无意识地舔了舔干涩的嘴唇,瞳孔里各种情绪翻涌:原来,杀人,比爱情有趣多了。

然而她知道,所有的这些时刻都终将消失在时间里,就像泪水终将消失在雨水中一样。

死亡的时刻终于要到了。

最后一步，把药注入动脉。

那一刻，尤欢突然顿悟：死亡是我们每个人都无法摆脱的。每个人都有自己的死。我有我的死。尤喜有她的死。父母也会有他们的死。而这，是马德的死。我们无法挽留所爱之人的离逝，唯有让他在记忆里安息。归根结底，太阳还是温暖着我们的身骨，一切都会过去。

马德将不再痛苦。自己将不再记起。有一天，尤喜也将开始忘记。

一切都会过去。

想到这儿，尤欢缓缓地举起针管，按照脑海中演练过无数次的那样，把针头一点点地推进他的皮肤里。

马德下意识地挣扎起来，却只是徒劳无功。他的脑中一片嗡鸣，那声音就像死亡的悲鸣。

看着马德的挣扎越来越弱，看着他的眼睛渐渐合上，尤欢居然有一刻的悲伤——为自己……

我们生来就有一只伴生兽，它以我们的过去和欲望为食，静静蛰伏，等待某天有足够的力量，回头咬上你。

人们常说，人心最是难测，哪怕亲密如枕边人，也不知道有过多少次杀死对方的试探。在如常的睡梦中，在某天准备早餐时，甚至在忘情地水乳交融时，每一个时刻，都伴随着无法预知的风险。

所以，一旦丧失了爱和信任，婚姻就是一场漫长的谋杀。就算侥幸如尤欢，被判无罪，我们的心也早已自判了死刑。

9
不善

时间漫长，事情却发生在转瞬之间。然而，它的余波却将永远延续下去。

自始至终，大卫、庆庆、红莲都在一旁静静地看着。看着这一切迅速地发生，又迅速地结束。

自此，每个人都再也没有回头的机会。

"你开心吗？"大卫突然问道。

"开心啊。"尤欢笑着说。

"真的？"大卫再次确认道。

"当然。你不觉得很幽默吗？"尤欢望着他，专注地说。

"那你怎么哭了？"大卫轻轻地提醒道。

"我哭了？"尤欢不敢置信地抹了一把脸，手底下果然一片湿滑。

她愣了一下，接着不禁大声地笑起来，眼睛里却还在不停地涌出泪水，"原来自己还会哭。"

真好！

"其实，我真的很开心。"尤欢强调道。她是真心的——爱就是一场诅咒。我会永远爱你，从此，永无宁日；我将不再爱你，从此，一别两宽。

"你开心就好。"大卫轻叹道，否则跟一只蚂蚱有什么区别。

与此同时，庆庆快速地走到尤欢的身旁，握住她颤抖而不自知的双手。然后，将她的手指一点一点地掰开，并把针管随意地丢到地上，看着它撞击到大理石板上，发出"砰"的一声。尤欢忍不住跟着抖了抖。她不怕，她只是有点虚脱。

每个人都有弱点。尤欢想。那个男人的弱点就是他自己。

如果不是他太贪心，如果不是他先起杀心，如果不是他毫无悔改之心，她本可以放他们一码的。

一切都是他们自找的。

所谓无坚不摧，只存在于死人。

尤欢想，她也没有办法。自己也是被逼的。

屋外有歌声传来，尤欢感到一阵久违的自由。

过去，她被困在婚姻里太久了。久到她几乎忘了如何表达情绪，如何阐述欲望，如何得到自由。还好，现在她回来了。

痛苦与快乐交织，这就是尤欢的一生。这就是每个人的一生。这是她的欲望，是她的信仰，是她的一生、一世，无怨无悔。

等到收拾好自己的心情，尤欢便开始认真地清理现场。她把书房里的木偶和剩下的酒一起带走，只留下一个完美的情杀现场。

接下来，就是警察们的事儿了。而他们从不令人失望。

"不要轻易爱上一个人。"

"为什么？"那时，尤欢问道。

"遇见一个人只要一秒，

喜欢上一个人只要一天，

忘记一个人却要一辈子。"

她突然想起，第一次遇见大卫时，他曾这么告诫她。

现在，尤欢觉得自己终于能够做到了。

因为无牵无挂，所以无所不能。

空气中的腥味，随着潺潺而出的红色血液，很快弥漫整个屋子，熏得人头晕。庆庆皱了皱鼻子，嘴里发出不屑的一声嗤笑："谁能想得到呢？"

是啊，谁能想得到呢？

谁能想到温文尔雅的马德是衣冠禽兽，利欲熏心，追名逐利，满嘴荒唐？

谁能想到可爱活泼的尤喜内心扭曲，毫无三观，灵魂冷硬，恶毒如蛇？

谁能想到受人尊敬的爸爸道貌岸然，心理变态，身心患恶疾？

谁能想到冷漠如霜的妈妈是软弱可欺、母性淡薄、可怜可恨的受害者？

性格，人格，真的有区别吗？

尤欢想，我跟他们最大的不同，不过是敢于对自己诚实，接纳共生的不同人格。比起伪善，我倒觉得自己高贵多了。

如果上帝认为我们的罪性算不了什么，那就算不了什么吧。

有人说，人格裂变是自我异化的过程。然而，谁人不在说谎？谁人不在裂变？谁人不是假面？谁人不在异化？

或者说，当你变装（是另一个人时）之后，一切都不一样了。

它会改变你。永远地改变你。

每一天，我们都在成为新的自己，以应对不期而至的变故。

然而，我们终究都逃不出命运这平地原野。

剑既然拿起来了，就要刺下去。

临走前，尤欢最后扫了一眼躺在地上的马德，此刻的他就像一袋人形水泥。人死了，就跟垃圾没什么不同。你再也不可能以对待人的眼光去看待他了。

谁人不是千面百态？谁人不是面目全非？谁人不是异化争端？谁人不是各人面前显各形？男人，不是死在女人手里，而是死在自己的欲望里。

我们就像被弃于荒野的小孩，尽管我们并不愿意在此时、此刻下车。

生活没有多大乐趣，除非你偶尔全押一把。不仅仅是犯罪，不仅仅是黑客。生活，不仅仅是黑白。有时，我们只是人。

人们总说，不要被弱、庸、穷压弯了腰，要往高处走，然而，稍有不慎就会堕入"恶"的深渊。

我时常在想，人应该以怎样的方式度过一生？

白天，道貌岸然，黑夜，腐朽不堪。哪怕是人民的公仆，是否能因他的好原谅他的恶，还是由他的善为他的恶埋单？

所谓良心并不是捍卫信仰的善，而是面对内心审判的一种惧怕。

"每个人都把自己当作受害者，这样生活就容易多了。但我不会允许你把别人当作你把生活弄得一团糟的借口。"乔安如此敲打她。

所有的坏人在变成坏人之前都不是坏人。或者说，每个人都多少有被称为"坏"的地方，只是有些坏无法宽容便定义了一个人。旁观者也许唏嘘，也许同情，但绝不能纵容，因为这纵容将使好人无立足之地，将使坏人无所忌惮，将使道德败坏再无约束，将使社会规范毁于一旦，对恶的纵容才是最大的恶。

一个人可能同时集好、坏于一身，在不同的面会有不同的表现。大部分人的一生并不以善恶为基准，而是受教化、个性所限，不断进行。对自我的挣脱，对婚姻的挣脱，对原生家庭的挣脱，对社会道德的挣脱。

说到底，我们看不见的部分，才是真实的生活。

人类如蚂蚁拥挤不堪，纷纷扰扰，惹人发笑却不自知。

10
解脱

回到此时此刻。

走出警局时，尤欢感受得从未有过的轻松。

她穿过长长的狭窄的走廊，黑色的高跟鞋"笃、笃、笃……"地敲击在洁白的大理石地面上。她一脚踏入日光里，就像踏入一场白日梦。然后时空转换。她走在被磨平的小石子路上，再次感到真正的脚踏实地。

她拐入大街上，停下来，拍了拍脸，按了按眼周，又理了理头发，扬起一个常用的30°微笑，这才继续迈开步子向前走。走入青天白日下，走入喧嚣中和热闹的人群里，走入这大千世界。

就像一滴水融入大海，过去了无痕。

一切都结束了。

一切真的结束了。

她将再次以"尤欢"的身份融入人群。自始至终，她就只是这里一户普通的住户。她今年32岁，是一名设计师。她的丈夫在前不久的谋杀案中丧生。凶手是她的妹妹。关于这起案子，她什么都不知道。至少，不比其他人知道得更多一点。

总而言之，她，尤欢，就是这个社区的一个普通主妇，顶多算是一个可怜的受害者——青年丧夫，杀人犯是她的至亲。

不过，这也没什么稀奇的。在这里，哪个人没有几件说不出口的故事，哪个人没有沾满血泪的过去，哪个人不是戴着一副普通的面具行走，又有哪个人不是可怜人？

只有当事人自己知道，到底发生了什么。只有尤欢自己知道，没有一件案子是简单的。只有她自己知道，她并不是一个旁观者，她也是故事的一部分。

只有她知道，一切都是她的自导自演，以及其他两人的成全。

那一天，尤欢就这样漫无目的地走着，不知怎么就又回到那个海岛上。岛上没有人，很安静。尤欢已经没有兴趣去探究了。

她一直走，一直走，忘情岛上耸立着一座新坟，上面写着：吾爱，安达。也不知后来里面是用什么做的替身，葬了进去。

海风从很远的地方吹来，空气变得干净了一些。那感觉就像一夜厮杀后，万物生灵也变得平和起来。

尤欢忍不住裹了裹大衣，空气中海藻和鱼虾咸腥的味道让她饥肠辘辘。突然，不知哪里飘来一曲不知名的歌，"I Wanna Be Free,I Wanna Be Free"。曲子悠扬而真诚，令人沉醉。

在这样的情境下，尤欢觉得自己似乎也要随风而去。

然后，她爬上棺材。

她静静地躺在棺材盖上，就像睡着了一般。远远看去，就像棺木上新长出的茂盛海藻。上面有一头黑色的长发铺开，盖满整个棺材。在阳光的照耀下，她的整个身体柔软如金色的海蜇，有流光从体内滑过，随着垂下的发丝滴落，变成了一片埋葬肮脏的大海。

女人手上摆的正是那个五彩斑斓的小孩儿木偶。她的嘴上下起舞，一句句轻语被风刮起，飘散在空气中，最终全部归于大海深处，说给融于海水的安达听。

你就这样走了，不带一点留恋。这不公平。

一点都不公平。

你无牵无挂，无知无觉。留我独自在这人间，囚禁于思念的荒原永世不得翻身。

一人不知，一人情深难覆。是人间最大的酷刑。

他们并非被判了死刑，而是被判了要生活下去。叔本华这样说。

既然你不再看着我，那么，我就为所欲为了。

我该做的事已经做完了，以后我都会在这里陪着你。

我知道，我知道。你不要生气。

你听我解释啊。

在生活的赌盘上，一旦开局，便没有回头路。

我知道人不是简单善恶可区分，我知道天地万物都有缺，我知道过尽千帆皆不是，我知道时光荏苒终和解。

我知道这个世界不是非黑即白，我知道他并非十恶不赦，我知道我也身负过错，我知道我应该客观、公正，原谅一切。

可是，抱歉我做不到。

抱歉我爱就无法无天，恨就锱铢必较。

抱歉我活一世，只图酣畅淋漓，不负本心。

抱歉我知道应该怎么做，却依然选择原谅的对立面。

抱歉我放不过他，更放不过自己。

抱歉我宁愿在烈火中焚烧，也不愿在灰烬中重生。

抱歉我太过理智，是非曲直太清楚，利弊得失太分明，反而更加决绝。

抱歉，

我什么都知道，

依然克制不了心中恶的一面，

我也不想克制。

我无害，但是，人若害我，我必百倍奉还。还让你，感恩戴德，防不胜防。

我们都像守夜人，用尽办法，穷其一生，都只是为了在不期而至的黑夜，全身而退。

尤欢擦干眼泪，拍拍屁股站起来，脸上已经看不出刚刚才痛哭一场。

人不过沧海一粟，只是在自己所处的位置不断往上爬而已，站在宇宙来看，你动都没动呢，还可笑得很，但是，你却觉得自己做的事情很重要呢（不这样想你也没有活下去的勇气了）。

不知是谁这么说过。

还好。现在，一切都结束了。

我们都是剧中人。

悲剧是底色，丧失是结局。

现在，轮到我了——

从此，背负一切，仓皇度日。终我一生，为自己的罪恶所累。

到头来，坏人还是不快活。

这也是一种正义吧。

第四幕 "终"

"尤欢！尤欢！"

"谁在叫我！谁的声音穿透厚厚的黑夜而来？"尤欢动了动耳朵，用力让自己坐起来。

然后，下一刻，她倏然瞪大了眼睛——

不远的地方，漫天黄蝶起舞，如一道道金色流沙悬空而挂，似瀑布，似帘幕，又似地狱与天堂的交界。

"尤欢！尤欢！"有人在叫她。

与此同时，那瀑布朝着她缓缓而来。近了，才看见在那密密麻麻的金色蝴蝶之中，分明包裹着一个人——是他吗？是他吧！

尤欢的灵魂发烫，心"怦怦怦"地跳起来，每一下都格外有力。她又紧张又期待，忍不住期待：也许，自己也会被上帝眷顾一次？

"醒醒！醒醒！"有人在摇她。

尤欢再次陷入一片混沌之中，眼前是层层厚重的烟雾。过往就像黑白电影，一幕幕地从她的眼前滑过，最后定格在安达那张透明的脸上。

他在说："我很快乐，我时刻安息。"

"不要走！不！"尤欢突然很难过——莫名地，她知道，这次自己将彻底地失去他了。

"醒了！醒了！"有人在叫。

到处都是乱糟糟的脚步声和愈加混乱的说话声。

"呼呼，呼呼……"尤欢不堪其扰，猛地睁开眼，才发现，自己好像被人换了地方。

空气里充斥着消毒水的味道，入目是大片大片刺目的白色，扎得人心疼。左边是一台台仪器，有些还延伸到她的体内。

这里似乎是一家医院。墙体看不出是什么质地，泛着淡金色的涟漪。

"你做噩梦了。一直在叫尤喜。尤喜是谁？"尤欢这才注意到床边的男人，等到看清他的长相，尤欢下意识地往后挪了挪。"马德！他不是已经死了吗？"

她强迫自己冷静，不要做出什么过激的反应，但还是控制不住怪异地盯着他。"尤喜，她是我妹妹啊……"

番外 1. 结婚后的第一年.

尤欢对目前的婚姻生活可以打99分。毕竟，一个工作体面、温润体贴的丈夫，可以让女人的情绪价值得到极大的提升，甚至会让尤欢偶尔忘记原生家庭的种种桎梏。

她很庆幸自己当初的决定。

不管是一时意乱情迷也好，慌不择路也罢，闪婚后的生活比自己最初想象的还要如意。

唯一美中不足的是，马德总是时不时地消失。

这种情况大多源于马德的工作性质。用他自己的话来说，作为一名金融民工，时间跟人都是捆绑卖给了"资本家"的。

久而久之，尤欢也渐渐习惯他的加班、出差。

不过，马德这次的突然消失罕见地令尤欢感到不安。

事情发生在一天前。

尤欢像往常一样等着马德下班回家，然而，人没等到，却等来一条信息：我这几天不在。不要找我。

就是这10个字，令尤欢产生了强烈的不安。她敏锐地发现这条信息的不同之处——它没有像以往那样，交代消失的原因和归来的时间。

时间已经过去20个小时。在这20个小时里，尤欢开始还能勉强保持镇静，甚至自我安慰道，类似的事情也曾发生过。然而，很快她就被不安和焦虑淹没，她不得不画画转移转移注意力，虽然收效甚微。

看着时间像伤了腿的蚂蚁一点一点慢慢滑过，到了某个时刻，尤欢突然察觉一股难得的平静。她想起来，今天就是他们结婚一周年纪念日了，他或许在为此准备惊喜？但是，这种平静和乐观很快就被更多的思绪打乱了。毕竟，尤欢并不是一个充满安全感的人，这一点也常被人利用。

她甚至想到最坏的情况——马德是不是被绑架了？他是不是遇到意外了？他是不是正在经历非人的磨难？这种完全丧失掌控力的状况令她抓狂。

于是，尤欢勉强克制报警的冲动，开始每隔10分钟发一条信息过去——

你在哪儿？

你还好吗？

我很想你。

我在牵挂你。

给我一个回复好吗？哪怕一个字？

……

与此同时，微信的另一端——造成这一系列紧张事件的"罪魁祸首"马德，则在一个类似野外的地方，怡然自得地看着对面不停跳出的信息。

说实话，他很享受。

他很享受这种被人时刻记挂的感觉，这让他觉得自己很重要，被对方完全地需要。这种需要无疑给了他一种权利，能够让他在这段关系中处于控制的地位。

对方这种不合时宜的占有欲和控制欲，总能让马德确认：这个女人爱极了自己。

等到他享用够了这种居于上位的感觉，他这才不慌不忙地发过去一条信息——去驾驶座上。

此时，尤欢正待在家里的独院前。她坐在车里，焦灼地扒拉着头发。头发上鼓起一个个红色的小包，让人忍不住戳一戳，把它们抚平。一个灰色盒子摆在她的膝盖上，她却像盯着一颗炸弹一样——实际上，联系这两天的事情，也不是没有可能。

她当然知道一切可能只是自己的胡思乱想，根本没有什么阴谋迫害。盒子里可能只是马德送她的礼物。

然而，她早就习惯了以最坏的打算面对生活里的所有未知。

盒子就放在驾驶座上，上面写着"尤欢亲启"，打印体，没有落款，也没有地址——总之就是"来路不明"。

这也是她产生犹疑的原因之一。当时，她就有一种不好的预感——这是一个潘多拉之盒，里面的东西多半不会令人愉快。

此刻，盯了半天，尤欢平复了一下心情，这才小心翼翼地掀起盒子的一角，就在盒子即将打开时，她突然猛地倒吸了一口气，就像被不知名的恶灵掐住了脖子。

"砰砰砰。"

突来的响声吓了她一跳，尤欢整个人都弹了一下，像碰到膝盖的条件反射。她的心跟着怦怦跳个不停，她甚至能听到心跳的回音在不大的车内空间里飘荡。她的脸刷一下白了，好像刚经历了什么极大的痛苦。

她勉强平复了一下，一边默默打气"没事的，没事的"，一边摇下车窗——原来是隔壁的怪老太太,人们叫她刘奶奶。

刘奶奶是这个社区的老住户了,据说以前跟老伴儿两个人住,感情非常好,老伴儿总是叫刘奶奶"傻丫头",好像他手中牵着的一直都是嫁给他的20岁少女。哪怕在外人面前也不例外。

不过,这也只是听说。尤欢他们搬来时,刘奶奶的老伴儿就不在了,她深居简出,尤欢也只是偶尔见过几次,实在无法把眼前阴郁枯瘦的人,跟那个众人口中慈祥爱笑的老人联系在一起。

"我看你把车停这儿很久了,赶紧回屋,不要乱转。"说着,她还指了指对面的屋子。尤欢顺着看过去,"出了那种事,最近小区都不太太平,注意点。"

尤欢知道刘奶奶的意思。对面的入室抢劫案也不过过去半个月,虽然警察、记者不再整日守着,但这个社区总是不如以往以为的那么安全了。

"谢谢奶奶,我这就回去。"

看到尤欢听进去了,刘奶奶便不再说什么,转身离开。

从后车镜里看过去,老人佝偻着背慢慢地往家去,不一会儿一个少年跑出来,不知对她说了什么,满脸不情愿地扶着她走。

少年不过十二三岁的样子,身上衣服松松垮垮,顶着一头乱糟糟的黄毛。在抢劫案发生之前,这个少年本是这个平淡的社区最大的新闻。人们都说,少年从很远的地方来,身上背负着一些案子,因为已经失去对这个世界的兴趣,一直徒步寻找适合自杀的地方。

就是在刘奶奶老伴下葬的地方,少年误入园区,被扫墓的刘奶奶领回了家。后来,不知道俩人达成了什么协议,少年帮刘奶奶完成她的一些愿望，比如整理花园、朗读、扫墓、代替她到一些地方旅游……刘奶奶则会给他相应的酬劳。少年渐渐恢复了元气，却依然无法排遣无聊，他决定做一件自己想做的事，但拒绝了老人的资助，从头起步。每个人都值得第二次机会，生活不可能只有好的一面，坏的一面同样是必不可少的，就像太阳和风吹一样重要。

尤欢摇了摇头，把乱跑的思绪拉了回来，准备下车时，眼睛扫到被她胡乱放在副驾驶上的盒子，盒子开了一半，隐约看见里面是一张纸条，她想了想，还是抽出来，上面依然是一行打印出来的字：游戏开始。

"轰"的一下，尤欢的脑子里一声惊雷炸开，她忍不住攥紧了手中的纸，攥成一团。"是谁？到底是谁？什么游戏？ta怎么有马德的手机和家里的地址？"

这下她完全待不下去了，胡乱把纸塞进包里，慌慌张张地下车，开门，进屋，她甚至没有留意到盒子底还铺着一页纸。

坐在书桌前的尤欢，死死盯着面前摊开的纸，就像盯着一个顽固的敌人。纸已经很皱了，不过带给尤欢的触动可是一点没有减弱。

那是一张图，上面是一座山的一角。虽然不够完整，尤欢还是一下子认出来，是西郊的林山，离这里100公里。

"ta想让我怎么做？这是什么意思？是解救还是指引？"

就在尤欢被自己的思绪所困扰时，一条新的信息发了过来——请到纸上的地址。那里有下一条线索。

如果问，马德的出现到底给尤欢带来了什么，那就是另一种可能，另一种可能的生活方式。

作为出身富贵之家的大小姐，尤欢一直过着一种精致、克制的生活。她不喜欢户外活动，不喜欢跟人打交道，不喜欢自来熟的人，也不习惯讨好和迎合。她更喜欢精致的旗袍和室内party。但是，马德改变了这一切。她从这种与众不同的生活中感受到一种趣味性。

就像此刻，当她一身运动装站在林山脚下时，尤欢突然产生了一种夹杂期待和紧张的惊喜感。此时，她还不明白，她对一切不习惯之事的愉悦，全仰仗她对对面人物的情感。一旦情感转换，事情将会袒露出本来面目，那些喜悦也将随之而散，取而代之的是更大的失落和厌倦。

当然，此刻的尤欢，全部的注意力都在新的信息上——门栏左侧的石头旁。

不出意料，褐色的大石背后依然藏着一张纸，纸上画着一处花圃。

很快，新的信息又来了——请找到纸上的位置，那里有新的线索……

很快，尤欢就意识到这是一个藏宝游戏，游戏的尽头大概率就是马德。这一认知，让尤欢轻松不少，她开始慢慢体验到其中的乐趣。

这对于一向对走路、跑步和登山之类的运动避之不及的尤欢来说，可谓是不小的进步。

不得不说，这得益于游戏设置人的精心设计。

一方面，每个关卡的线索图都没有设置太大的障碍，就连不善此道的尤欢也能轻易找到；另一方面，每个关卡都藏着一个小礼物作为奖励，诸如项链、水果、能量棒、香水等小物，都深得人心。更遑论，一旦将游戏设置人代入马德，光是想到马德也曾走过她此刻走过的每一步，认真藏下每一个惊喜，就足够令尤欢雀跃了。

总而言之，这次寻宝登山活动令尤欢足够愉悦。

所以，当她终于伴着夜幕爬到山顶时，尤欢立刻被巨大的失望淹没了……

这里什么都没有。

夜色甚至比山下更深。

尤欢不敢相信自己的期盼全都落了空。

她忍不住喃喃道："马德……你在哪儿？"

没有人应答。除了偶尔掠过的几声鸟叫，再无人气。

尤欢觉得有些委屈：自己跋山涉水而来，是为了什么呢？

巨大的失落甚至让她无法理性地思考。她渐渐提高声音，一声高过一声："马德，马德，马德……"

然后，就在她终于忍不住呐喊出声，声音达到顶点之时，就像触碰到某个时空的机关——"啪"的一声，天光大亮。

尤欢被眼前的情景震撼到了——

30平方米左右的地方，被人细心地缠上彩灯，中间的空场有红色的气球被固定成一个心形，心形中央摆着一个精心布置的烛光晚餐，桌子中央一大束玫瑰花娇艳欲滴，令人失神。

然后，一曲悠扬的旋律蓦然响起，是尤欢最喜欢的维尔瓦第的《春》。

变化来得如此快、巨大，尤欢忍不住捂住嘴巴，喉咙翻滚却发不出一个字。她的身体略略发抖，喜悦显而易见。

身后一阵细微的簌簌声，尤欢忍不住回头。

正是马德。

此刻的他，一身西装，满面笑容，一如初见时令其心动。

他走向她，走近她，用好听的嗓音说："亲爱的，一周年快乐！"

尤欢忍不住叹息一声，灯光好像更亮了一些。

然后，马德摊开手心，里面是一串一看就价值不菲的珍珠项链。"我终于兑现了我们初次见面时的承诺。"

那时，他手捧一把花生，蛊惑了尤欢的心。

此刻，尤欢想，就凭今夜，自己大概永远不会对对面这个男人狠下心。

"罢了罢了，不过是认栽而已。"想到这里，尤欢忍不住猛地蹿到马德身上，用终于找回来的声音愉快地说，"周年快乐！我爱你。"

看着对面的女人恢复一贯的冷静自持，马德的内心是自得的。

哪怕此刻尤欢身着运动服，依然一如既往地优雅。这点令马德着迷。

不同于以往出现在他生命中的女人——她们张扬，粗犷，热情，又不修边幅，尤欢是克制的，是紧张的，是有控制的。

哪怕她脱下了修身旗袍和高跟鞋，穿着并不合身的宽大运动装，她幽幽经过时，马德依然可以感受到她的女性魅力。他甚至可以看到她后颈上被灯光照透的汗毛，还有她鬓边亮晶晶的汗水，眼里含着的泪水和沉重的睫毛。她有着柔软的腰肢、挺翘的

番外1. 结婚后的第一年

臀部，沙漏一般的背影摇曳生姿，吐气如兰，偏偏配以冷淡克制的气质，想想除了尤欢他还未遇到过第二个如此佳人。

望着她的时候，马德在想：她是怎么做到一举一动都美艳不可方物的。毕竟，再美的人也有一瞬间失控的表情，尤欢好像就没有。无论端凝、哀伤、大笑或者愤怒，她都是克制得体的。

她对自身仪态的控制，严谨得令人心惊。从头到尾，她无一刻不是笔挺的。她的腰，背，臀形成了一个弧度，哪怕一丁点儿松懈的时刻都没有。哪怕无人观看，哪怕是睡觉，她的背也一直挺得很直。她弯腰的时候，锁骨会凹出一个非常诱人的角度，令人忍不住想一亲芳泽。

他从未见过她失控的模样。

当初，她坐着，那挺直的脊梁和美好的锁骨，恰恰是收服了他的第一步。

作为一名金融从业人士，他自诩对仪态的把持不亚于一名追求美丽的名媛，然而他也做不到如尤欢般24小时地控制。

要知道，要保持她的仪态非常累，最丑的姿势肯定是最舒服的，比如葛优瘫。所以尤欢能在众人里脱颖而出，成为他的意中人，凭借的不只是姣好的容貌，不只是富裕的家境，更不是因为低俗的放浪，恰恰相反，是因为她比别人更端庄，那种看起来就很难得到的女人。

她的紧张，克制，控制，深深地吸引着马德。征服这种自持的人，看她失控，令马德有一种狩猎的快感。

与此同时，尤欢敏锐地捕捉到马德的凝视。

她一向都是敏锐的。

只是，对于马德的审视，她没来由地感到一阵困惑，还有不安。就像这种审视是不平等的，自己被标上了某种标签待价而沽。

她突然产生一种"好景不长"的危机感，她迫切地需要打破这突来的静默。

"你会一直爱我吗？"

"当然。"马德奇怪地看了一眼，好像尤欢问了一个很傻的问题。

"老了也爱？"尤欢不死心地追问道。她以为问题的症结在于时间，却忽视了男人对新鲜感的追逐跟习惯的恪守一样固执，男人对新鲜感的消逝跟谎言的态度一样无常。

"老了也爱。"

"满脸皱纹，生活不能自理，比枯枝更丑，比海沙更沉重，也爱？"此刻的尤欢，固执地想要一个答案，好给自己一个"一切将会永恒"的理由。哪怕她从不相信永远，她依然是一个女人。

什么是女人？女人就是，她以为男人娶了她，便会永远爱她。这当然是谎言。

马德果然给了她想要的答案。"爱。"

"我怕衰老。"然而，马德的回答并没有让尤欢高兴一点。她觉得自己很矛盾，却无法排解，"我更怕衰老背后的意义。虚弱，死亡，分离，变得愚蠢偏执，跟世界的关系越来越少……"

"你怕死？"马德问。

"不，不。我不怕自己的死亡，这反而是解脱。"

"那你？"

"我怕的是亲人的死亡。那时，我会丧失活下去的理由。它会给很多人带来痛苦。我讨厌痛苦。"

马德一时不知道该怎么说,他难得地有点恨自己的口拙。只能越过桌子坐到她的身边,安抚地拍了拍尤欢的背。

"如果有一天,我突然就不见了,你会怎么办?"尤欢突然问道。

"我会找,一直找,直到找到你。"

"如果我死了呢?"

他怔了怔,似乎接受不了这样的假设,带着茫然的无措。他的确不像人家那样有本领,随声附和,假意关切。"我……"

"答应我,你一定要死在我后面。"尤欢加重语气说。

"我跟你说过我妹妹吧?"看到尤欢点头,马德才接着说,"当你永远失去某人,那种无法置信的不真实感会在心头盘旋许久。最开始是麻木的,要过了很久才敢一点点回忆、谈起过去,然后才掉下第一滴泪。之后,你会千方百计给自己找一点念想,比如他会过得很好、总会再相见……一天又一天,渐渐成了心口永不结痂的伤口,温暖又悲伤。所以,"他专注地看着尤欢,眼里只有她的身影。

"我希望你能陪我久一点,哪怕只是为了我。"他总结道。

"可是,我怕成为你的拖累。"说到底,我们都是自私的。

"不,没有你我才没有意义。你活着,就是对我的祝福。"

尤欢摇摇头。她不喜欢承诺。"以前我一直不懂人们为什么活不下去,直到我受伤卧床一个月。真的,死亡的念头太容易了。一点小事,加一点情绪,就会成为契机。"

"答应我,你会好好活着。"尤欢没有说话,马德便再次说,"答应我。"

"答应我……"

"我答应你。"尤欢定定地看着他,重复道,"我答应你。"

"我证明不了你骗我,却又无法相信你。"

这一刻,尤欢突然理解了他的悲伤。"我答应你,以我的名义发誓。"

晚餐过后,马德提出了一个尤欢无法拒绝的请求——在幕天席地下,真正地自我放纵一次。

如果是往常,马德不会提,尤欢也不会答应。

然而,此刻气氛正好,时机刚好。何况,今天不仅是尤欢的节日,也是马德的节日。面对做了这么多的马德,尤欢觉得自己有义务配合他的一切需求。

于是,她难得地失控了。

她的失控令他的自负开始疯长。当然,此时,两人都以为那是一种自信。

这种自以为是的自信令尤欢欲罢不能。她崇拜他。她喜欢听他讲话。她喜欢他的侃侃而谈和雄心壮志——那是跟她以往所处阶层的虚伪自持不同的真实。

他总是说,年轻一辈的土壤已经有贫瘠和肥沃之分。享用特权,就应该低着头走,目光向下,注视梯子之下是什么支撑起了整个社会。

她认为他说得很对。他不屑于与上流社会为伍。他有自己的抱负和想法。

这种真实令她着迷。为此,她甘愿为阶梯。

番外 2. 结婚后的第三年.

尤欢对目前的婚姻生活打70分。合格，但不达预期。

恰巧今天是她和马德的结婚三周年纪念日。

马德不出意料地消失了。

尤欢知道，今年的纪念日依然无外乎找个户外场所，吃饭，送礼物，做爱。

对于这种年复一年的制式安排，两人从一开始的期待渐渐变得可有可无。就连细节的操作，都开始变得乏善可陈。

随着婚姻生活的深入，尤欢终于开始了解一些关于婚姻和男人的真相。比如，不信任是打破感情的杀手锏。比如，男人的承诺跟海边的沙滩一样不靠谱。比如，要求男人专一就跟要求女人永葆青春一样愚蠢。

过去两年，马德的不时消失变得更加频繁，而且再也不局限于出差和加班，还有约会和背地里的小动作。

尤欢知道，也渐渐开始不耐烦，但她依然尽责地假装不知道。只是不知道马德是否知道她知道。

而且，在马德消失时，她再也不会连环追踪。那种歇斯底里的控制，在经过好多次的争执之后，终究是从爱意的表达转为让他想逃离的枷锁。

于是，她变了。

就像她再也不会被他的雄心壮志和夸夸其谈打动一样，他也再不会因她的追逐和控制而自得。

尤欢时常在想,这大概就是人们说的,深爱时,对方做什么都对;感情淡了,对方做什么都不对。甚至,她对他的要求只剩下:回家。

此刻,尤欢坐在房间沙发里,脑海里想的却是几天前,无意间看到的马德手机里的一条陌生信息——到时见。1024。

这几个字就像是魔咒一样,缠了她好几天。尤欢甚至想,他的节日安排越来越敷衍,是不是就是为了省出时间见其他人?

然后,她又想起对面新搬来的邻居。

自从两年前,对面房子发生入室抢劫案之后,就一直空置着。直到不久前,被一对年轻夫妇接手。

尤欢远远见过几次,但是还没有正式拜访过。

他们牵手,拥抱,对彼此甜蜜地笑,肆无忌惮地闹……看起来很恩爱。

当然,尤欢也曾如此恩爱过。

倒是马德,似乎已经跟对面的人熟悉了。尤欢见过几次他们说话。

尤欢又坐了一会儿,最终还是起身出门。

她已经很久没有出门了。就像她很久没有设计出一样像样的作品了。好像有谁把她的才华拿走了,只剩一个空壳让她徒留挣扎。这样的自己一个人在黑暗中行走良久,已经不习惯阳光。她抬头看了一下,今天的天空很好看,五色斑斓,好像小孩打翻了调色盘,然后,她朝对面走去。

她想,或许自己该去拜访一下新邻居了。

番外 2. 结婚后的第三年

"你好！我是对面的邻居，我叫尤欢。我的先生叫马德，今天不在。"

"你好！快进来！我叫芳芳，我的丈夫——张之，在屋里。"女孩一边把尤欢迎进门，一边热情地说，"这花真美。"

"张之！"她朝里面的一间房间喊了一声，"有客人来了。"

这是尤欢第一次正式见芳芳，那天，她穿着一件白色长裙，头发微卷，目光清淡如水，笑起来时左边嘴角有一个梨涡，让她看起来格外性感，好像那里藏着一汪欲说还休的悄悄话。

她的鼻子很挺，颧骨高高的，侧面的骨架形成一道完美的弧线，充满成熟女人的性感。但当她正对你时，你会注意到，她的下巴较短，上唇成弓形，好像婴儿一般无辜又脆弱。她的眼睛是尤欢见过的最迷人的一双。因为莫测，所以迷人。很大，很深，有些像古怪的精灵。

"这是一个漂亮的女人。"那时尤欢就想，"女人一漂亮，就能让人原谅她很多事情。"

"你先坐一下，我把花先插起来。"

在芳芳插花时，一个男人出来了，尤欢曾远远看到过他们几次，知道他是男主人，不过这是第一次看清他的脸，跟她想象的一样，男人个子很高，五官立体好像刀刻般，有点痞意。

男人大概已经从芳芳那儿了解到她的来意，主动开口："你好，我是她——芳芳的丈夫。"

尤欢起身，再次介绍了一遍自己。

然后，屋里便陷入一片安静。

还好，芳芳很快就过来了："要喝点什么？果汁，咖啡，茶？"

"茶就好。"尤欢说。

"我先回屋了。"张之突然出声。说完就起身离开了。

"真不好意思。"芳芳尴尬地说。她解释道，"张之不喜欢跟人打交道。"

"没关系。"尤欢表示自己并不介意。她主动问道，"你是做什么工作的？"

"占卜师。"她腼腆地笑笑。

"我是设计师。"尤欢一边接过芳芳递过来的饮料，一边好奇地问，"那你一定会催眠吧？"

"催眠？"芳芳宽容地笑了笑，似乎对这种误解习以为常了，"不一样。我是通过制造不同的场景，看到各人的命运。"

"不同的场景，命运会不一样吧？"尤欢试探地说。

"你错了。我看过的客人，哪怕在不同的场景，度过不同的一生，却是同一个命运。你的命运，在你选择之前就确定了。那些细枝末节，看起来很重要，却是混淆视听的杂质。"

说到这儿，她顿了顿："帮你算一算？"

"好哇。"尤欢点点头，没有丝毫犹豫。她高兴地说，"你给我算一算吧。就算一算我的婚姻能维持多久。"

很快，尤欢跟着芳芳来到二楼，打开门，首先映入眼帘的就是一个很大的玻璃桌子，占据了房间一半以上的空间，它的上面放着一个水晶球，里面似乎有流沙流动。

门正对着的墙壁上挂着一幅巨幅油画，上面是一个卧躺的裸体女人,眼角微微挑起,黑色的头发盖满了全身。看起来,就像一个活在过去的人。人与人的不理解,对于她,几乎是无法跨越的鸿沟。

"我们从哪里来?我们会到哪里去?我们在做什么?"望着画上的女人,会让人产生一种自己也只是画中人的错觉。

甚至整个城市就是一幅挂在壁上的画。华丽,却死寂。

画布背后,一个个鲜活的个体,各自过活。她甚至能听见他们的呼吸,一声,连一声,锵锵有力。

尤欢看得入了神,她被其中蕴含的意味蛊惑了。看着看着,它渐渐变成了一个旋涡,疯狂地旋转着,把人的神智都卷走了,于是,她无意识地喃喃道:"看起来这个社会自有一套运作系统,却始终逃不过更大法则的约束。供人赏玩,自娱自乐。"

"你说什么?"芳芳没有听清她说什么。

尤欢看了她一眼,总算回了一些神,眼睛依然没有离开画,于是,她又说了一遍:"不是说占卜师要静心寡欲吗?"

"你一定弄错了,那是尼姑。不是占卜师。再说了,世间多假和尚。"

尤欢点了点头。

"你跟你先生是怎么认识的?"芳芳看似不经意地问道。

"在一个宴会。我在角落坐着,他突然出现。我记不清俩人怎么开始聊起天,又上床,醒来之后觉得甚好,后来就在一起了。"

"你爱他吗?"芳芳又问道。

"你觉得呢?"尤欢反问道。

"你不爱任何人,包括你自己。"芳芳肯定地说,"不过，"落座之后，她示意尤欢也坐到对面，"你丈夫对你很纵容。"

"他需要的是一个妻子，而不是一个人。所以，我什么都可以做，却什么都不可以出格。"

"比如？"

"比如，我可以去烧杀掠夺，只要他知道。或者说，我必须是可预测的，否则我就是坏人。"

只有尤欢知道，这场婚姻发展到现在，对双方都是多大的妥协。"也许在外人看来，马德儒雅软糯，自己温柔无争，只有她自己知道，两个人的性格尖锐，像两把出刃的刀，咣地撞在一起，击出点点火星，从此燎原。不息不休，不毁不灭。"

"你想占卜什么？"芳芳拿出水晶球，没有对此做评论。

"日子。"

芳芳看了她一眼，说："好。"

"你知道我要问什么日子？"尤欢好奇了。

"你父母缘分30年。夫妻缘分10年。孩子缘分7年。"

"你怎么知道？"这下，尤欢有点吃惊了，芳芳的确有业务能力，不过她更关心，"孩子吗？不会的。"

"日子还长，往后看吧。没有人能逃过宿命。"

"没有人能逃过宿命。"尤欢喃喃重复。

"你还在跑步吗？"

"是啊，每天都朝着正确的方向。不过，"她实话实说，"最近事情很多都不顺利，就放弃了，比如这可怕的雾霾。"其实可以做好的，只是因为太早放弃了。

"你认为自己最怕什么？"

"自身潜力得不到充分发掘。"尤欢想了想，说道。

"不。你最怕的是，自身潜力得到完全发掘。"

"什么？"

"你有自毁潜意识。你习惯让自己停在离完美一米处。"芳芳尽量用通俗的话解释，"不管你是否意识到，"她对着尤欢笑了笑，这让尤欢有点紧张，"你这么聪明，应该有意识到。你在避免自己过更好的生活，一切都在你的控制之下。你想回避这一事实，想把它塞进心底的小黑洞盖上盖子，尽量不去想难堪的事，不去看讨厌的事。在生活中把负面情绪扼杀掉，这种防御性姿态成了你这个人的一部分。是这样的吧？但这使得你无法无条件地真诚地由衷爱一个人。"

"你觉得有一天我能逃脱吗？"

"你想逃脱吗？或者说，你想要什么？"

"我不知道。我想……"

"不。你什么都不想要。"此时的芳芳眼睛恢复成平静无波的样子，里面万千圣灵臣服，她看着对面就像看一个闹脾气耍性子的孩子，"你什么都不需要。那些强制出现在你生命中的，总有一天会剥落。他们是负累，是尘埃，是捆绑你的绳索。很快，也许明天，也许10天，总之不会超过一个月，他们就会剥落。"

"你什么都不需要。那一天，你会得到真正的自由。"

"是啊，我其实什么都不需要。"尤欢双手掩面，芳芳看不到她的表情，有声音从她的指缝漏出，变得支离又破碎，"人们总说他们把人生献给了我，我何尝不是把自己的生命给了他们。

我不知道自由是什么滋味。是风吹柳叶动，是入夜送美梦，还是潮起潮落随心意动？我希望，"她抬起头，声音里带着一股决绝的坚定，"我希望，有一天，所有的人都死去，我躺着，直到时间尽头。没有人来打扰，没有来拉我，没有人向我走来，把空气挤压，把我惊醒。可是，这不可能。"

"你真邪恶。"

"我们都生活在if的世界里。"

"你是一个偏执的人。"

"啊？"尤欢不禁瞪大眼，身子微微后仰，从来没有人如此评价过她。人们认为自己是温柔的，有才华的，迷人的，得体的，理智的，没有人任务认为自己是偏执的。

"表面滴水不漏，内心却破了一个个洞。看起来与人为善，做事却狠得下心。这才是你。"

"若不想妥协，就只得靠谎言营造一场幻觉。装的时间久了，连我自己都当真了。"

"你的心里有刺，朝外，隔着一层肉。早晚，它会穿透你，刺伤别人。"芳芳接着说，"你太分明，看起来好相与，却最是残忍。"

"哦？"

"一副好皮相，内里却是黑色的。疯狂如星火燎原，滋生好比风起。"

"不要低估了人的适应能力，或许我能就这样过一辈子呢？"

"所以，你是乐观主义者还是悲观主义者？"

"有关系吗？"尤欢问。

"如果是乐观主义者，或许能假装一辈子。至于悲观主义者，她的宿命是注定的。"

"那你觉得呢？我是乐观主义者还是悲观主义者？"

"乐观的人，容易信任别人，少思量。"

"那我呢？"

"悲观的人，习惯了什么都一个人扛。她认为，只有自己才是靠得住的。"显然，芳芳认为她是悲观主义者。

"因为很多事情都是那么糟糕，真正的救赎，并不是厮杀后的胜利，而是能在苦难之中找到生的力量和心的安宁。"尤欢，这个美得不像话的家伙说得很像话，"医生不相信宿命，只信自己。"

年轻时，我们觉得自己能成为爱因斯坦，能获得奥斯卡，能当总统……突然某一天，自己发现自己其实只能成为现在的自己。这一刻的感觉糟透了。

尤欢在10岁那年就有这样的觉悟了。

"但是，你不能让这种感觉掌控你，就此认命。"尤欢从小就知道，"可以接受，但不能认命。"

尤欢和芳芳一家的初次接触就在一次占卜中匆匆结束了。

她有点儿后悔。毕竟，被人审视始终不是一件愉快的事情。

不过，尤欢没来得及在这种裸露的情绪里待多久，就收到了马德的信息——怡然公园。七点见。

果然，今年的纪念日安排跟尤欢设想的差不多。

省了前面诸如寻宝之类的铺陈，两人共进晚餐和互送礼物之后，便进入看星星的环节——说实话，尤欢实在不理解这有什么趣味。

经过三年，剔除感性的加持，户外活动依然无法讨尤欢的欢心。比起那些，她更中意高级餐厅和party，毕竟那才是她熟悉的生活。

不过，这些她都没有告诉马德，而是选择尽责地配合他的演出。毕竟，她已经开始拒绝他的夸夸其谈，纪念日的保留节目就作为一个不合格妻子的补偿吧。

这么想着，尤欢的心思不知怎么又转到今天认识的新邻居上了。

"我今天拜访了对面的新邻居。"尤欢说道。

"哦。我跟他们打过几次照面。"马德心不在焉地回道。不知从什么时候起，两人之间的话就少了很多。今晚尤其明显，他甚至都不愿意刻意地讨好了。

很显然，他有心事。不过，既然他不说，尤欢也不打算问。

他惯性地补充了一句："都是很好的人。"

"很好的怪人。"尤欢说。

"哦？"

"如果别人的谈话超过3分钟，芳芳就会开始发呆。4分00秒，分毫不差，我偷偷计时了好几次。"尤欢分享着自己的新发现。

"你呀！"马德轻笑了下，也来了兴趣，"那张之呢？"

"张之不喜跟人打交道。尤其是异性。"尤欢强调道，"跟你截然相反。"

马德愣了下，不置可否。不过，尤欢并没有说完。"而且，他谈到不感兴趣的话题时，左耳会间隔性地跳动，"她说，"我坐在侧面，看得可清楚了。"

"好吧，你说服我了。"

"不过也不奇怪。人人都有怪癖。"

"我没有。"马德自信地说。

"你不自信时会抠桌子。"正在无意识抠桌子的马德连忙收回手。

"那你没有啊？"

"不告诉你。"尤欢得意地说，下一秒却又沮丧起来，"如果能看到别人在家的样子就好了。"

"嗯？"

"我画不出来。什么都画不出来……"

"别急，你……"

"如果我能看到别人在家的样子就好了，一切都会不一样。"

"为什么？"

"他们会主动给我提供素材。"

"家庭生活还不是一个样？吃饭，睡觉，热热闹闹。"马德不以为意道。

"不。"谈到这儿，尤欢难得严肃起来，"家的确是最放松的地方，也是最容易胡思乱想的地方。You know？如果你可以暗中看到一个人在家时的样子，你就可以了解他的全部，甚至预判他的未来。"

马德若有所思地点了点头。

她接着说："我的意思是，家才是最血淋淋的地方。这才是最有趣的地方。人前，人们忙着生计奔波，或者交际应酬，或者忙着在别人眼中营造体面的倒影，在家时，才能听见自己的声音，做成一些大事。家，是黑色念头的滋生地，就跟床是欲望的温床一样。"

"你这样说倒也成立。"

"你不信？"

"我当然相信你。"

"等着吧，早晚会出事。"

尤欢不服气地说，越是表面恩爱，越是背地里龌龊。就算不是现在，早晚也会出事。她就没见过，有哪一对夫妻能跟打板式的完美配合。每个人都得遇到些不如意，才是对其他人的公平，不是吗？

"我觉得对面那家有情况。"尤欢认真地说，"一点都不是开玩笑。"

"什么？"

"大概是出轨？"她一边不确定地说，一边仔细观察马德的反应，"你能接受另一半出轨吗？"

马德惊讶地瞪大眼睛，似乎还没从对面出轨的消息里回过神来，又似乎不明白这个假设从何而来。

"只是单纯探讨下。我可是基督徒。"尤欢忙说，谈话这才继续下去。

"应该……不能吧？"马德不确定地说，他根本就没有想过这个问题。难道这是一个考验？但是，"他转念一想，事事无绝对？万一是被人恶意下药呢？"于是，他就拖长声音，好让它听起来更像调侃一样，弱弱地加上一个，"能？"

"这样吧，精神出轨和身体出轨，选一个。"

"精神出轨可以接受吧。"

"如果哪天我出轨了你会怎么办?"

"我不知道。"他想了想,"如果你只是一时兴起或者不小心,咱们继续过日子。如果,如果爱上其他人,我会放你走。只是,你不要骗我。一定要告诉我。"

"我不希望你接受。"尤欢冷静地说。

"嗯?"

"我希望你完全不接受出轨。"她又重复了一遍。

"你不接受,对吧?"他试探地问道。

"当然。被我发现就是离婚。当然,如果我不知道,那就相当于没发生。"她冷静地说,就像一块无情的石头,"可是,哪里能不发现呢?"

马德似乎被她吓到了,他抱住尤欢,说:"我不懂为什么要出轨。"

"你没有出轨过吗?"

"我……"他迟疑却坚定地说,"没有。"

看着马德闪躲的眼神,尤欢忍不住耻笑出声。你能指望一个心虚的人给出多么有力的表白吗?

事实上,马德对这段感情的厌倦早就有迹可循。起码,是对彼此肉体的厌倦。

她曾以为他的口味变了。她知道马德找的女人多是粗犷的妇女,似乎通过贬低对象从而就能贬低自己和作为另一半的自己,证明自己是一个错误的存在。

后来才明白,他的口味一直如此。她才是那个"尝鲜的对象"。

至于他为什么不摊牌,不外乎还另有所图。尤欢确信,一个爱问问题的人，是藏不住秘密的。

巧的是，马德就喜欢问问题，一些自以为重要的问题。比如，你为什么不喜欢过生日？为什么有人会从来不穿裙子？为什么你打了耳洞却从来不戴耳环？

他还喜欢建立仪式感。比如每个纪念日准备的节日。

他以为，这样就可以更了解彼此。但是，人类是善于说谎的物种。

有时，就比如现在，马德放弃了一个海外出差的机会，尤欢表示不能理解。

"我舍不得你。"

"只是半年时间。"

"你会跟我一起吗？"

"你知道我发过誓，永远不离开这个城市。"

马德一副"既然如此，你何必还劝我"的表情。

"这次出差对你的事业很重要。"

"没有你重要。"

尤欢突然觉得很无力。总是这样。总是这样。他总是说"为了你好"，把所有的决定跟自己挂钩，却根本不考虑自己想不想承担这沉重的负担，不考虑自己累不累。

"只是半年，并不会改变什么。"

"我不想冒险。"他在心里默默补充道，"我发现了一个机会。我要献给你。而它只出现在这里。这个社区。"

"你……"

"你对这场婚姻不投入。"马德控诉道。

番外 2. 结婚后的第三年

"你对婚姻太贪心。"尤欢不甘示弱道,"我们根本就不合适。我太安于现状,你太不甘示弱。我们根本不是同路人!"

"我已经回绝了。现在什么也做不了。"马德静静地看着她,一点也不为尤欢的话语所动。他就看着她,一点一点抽空了尤欢的力气,她再一次败下阵来,接受自己"在两人的相处模式上,永远也没有选择权"这件事。

哦,她唯一可以喘息,就是当自己说谎的时候。

尤欢觉得自己生病了。她曾经希望这场病永远不要好起来。作为一个受害者,不管做什么都值得原谅。软弱、伤害别人、不知感恩、恶语相向……都是值得原谅的。

人们对有根源的恶意,远比无端的恶意来得包容。只要你最后乖乖的,所有的任性都只是小孩子的无理取闹。他们甚至会自发为做坏事的人找各种各样的借口:"她生长在家暴的家庭里,所以才喜欢控制别人。""她目睹过父母的死亡,怪不得会伤害小动物。""她有精神分裂,只能判为无罪啊"……

一旦一个人被认定为受害者,她所做的一切,都是无罪之罪。

尤欢披着受害者的外衣,享受过太多的福利了。起码,以前的马德是绝对不会生她气的,她甚至不用再费心找借口。她做了什么出格的事,马德还觉得是自己的不对,是自己没有治好她。

她也见过太多受害者,比正常人过得更肆无忌惮。他们可以活得很自由,因为所有的规则在一个"受害者"身上都是失效的。就好像"受害者"的身份,给他装上了一个防护罩,所有世俗的干扰、要求都不存在了。

尤欢希望自己不要好起来。

一旦好起来，自己就再也没有颓废、任性的理由了，自己就不得不认真地对待生活，承担起自己的责任。或许，连读者都会抛弃她，因为好好的自己是没有资格写出那些带刺的文字的。

甚至，世人也希望这些受害者能病得更久一些，自己就能充当更久的救世主了。

没有病过的人，永远不会懂，没有人能治好另一个人。

除非他自己想好起来。

现在，尤欢突然想好起来了。

"你想要什么？"尤欢终于问出口了。

她根本不相信马德是为了她才放弃出差。这才是她，总是不惮以最坏的打算揣测人性。事实证明，她总是对的。

这次也不例外。

马德今晚的心不在焉的理由呼之欲出。

他说："我不想离开你那么久。"

他说："这份工作没有一点自由。"

他说："我想换一份工作，这样我们就能时刻在一起。"

他说："我看中了一家酒吧。"

他说："要不，我们买下来吧。"

但是，托他浮夸生活的福，他的钱不够。

他在向尤欢要钱。

"哦。"尤欢淡淡地表示知道了。他不摊牌，因为舍不得钱财地位。

番外 3. 结婚后的第七年.

尤欢对目前的婚姻生活打50分。表面光鲜,实则千疮百孔。

今天是两人结婚7周年纪念日。

马德一如既往地消失已久。只留下床头上的一个首饰作为礼物。

对此,尤欢惊异地发现,自己居然毫不介意,甚至有难得的轻松。

人们常说,爱情的消逝跟时间和距离有关。她以前不信,现在信了。

两人之间形成了一种默契的共识,不过问,不追问,不要求,不干涉,维持婚姻的表面张力。

所以,婚姻最好的状态是,久处之后,相爱如初;次之的是,相敬如宾,目标一致;再次的是,貌合神离,各行其道;最糟糕的是,反目成仇,分道扬镳。

尤欢和马德的婚姻虽然很糟糕,但还不是最糟糕。他们只是开始憎恶彼此而已。然而,爱情不是婚姻的全部,婚姻也不是生活的全部。

此时,尤欢想,只要人还在身边待着就好。只是,后来的事情告诉她,人还待着,对于感情来说,远远不够。

何况,就算对方缺席,还有工作、亲情和友情随时在场。

"I wanna be free……"

此刻，尤欢正待在一个装修简陋的公寓里。突然，一阵熟悉的铃声响起——马德，自己的丈夫曾亲自设的专属铃声。

她看了一眼，又看了一眼，并不太想接。最后，实在受不了它没完没了地响下去——她知道，自己不接，它绝对不会停下来，这才按下接通键。

"今天什么时候回来？"电话那边传来马德一贯公事公办的声音。

尤欢这才想起忘记跟他说了。"一会儿直接去桐城，我就不回去了。"

"去玩？"

"交流会。"

"妈妈说让你……"

"你能不能不要把'妈妈说''妈妈说'挂在嘴上了？你是一个成年人。"尤欢有点不耐烦了。当自己的丈夫跟自己的妈妈出现在同一场景时，尤欢觉得年少时的噩梦又再次浮现了。

电话那头的声音顿了顿，带着一股咸味儿的油滑，他又说："我送你去？"

"我跟公司的车一起。"虽然看不惯他总是一副游刃有余的样子，她还是耐着性子加了一句，"明天下午就回来。"

"那我陪你？"

"不用了。我爱你。""我爱你"等于"再见"，对话该结束了。

"我也爱你。"马德识趣地不再追问，只是在电话挂断之前还是尽责地补上一句，"周年纪念日快乐。"

挂断电话，尤欢不禁叹了口气。一切节日都失去了意义，大家已经连演戏都懒得演了。这样的生活不知还要过多久。

最近,她总是有一种不好的预感,就像一根弦被拉到最紧,只要轻轻一拨,就是四分五裂。更糟糕的是,她根本不知道,什么时候,会是谁来弹响最后的丧歌。

这个公寓是自己婚前就买的,处在郊区,离市区很远。离这栋公寓不远的地方,有一栋未盖完的楼,据这里的老人说以前是共产主义的实验楼。那时,里面的居民饿了有免费食堂,脏了有免费澡堂,无聊了还有免费电影院,人在里面什么都无须干,简直就是天堂。这栋楼至今没有竣工,还在荒废着。

除了少数几个人——当然不包括马德,谁也不知道还有这么一处地方。周围的居民也鲜少碰到,即使遇见,也不过是一个陌生人,没有任何探究或者认识的理由。

这也是尤欢时不时就会消失的原因。

日常生活热闹了,很难让人放松下来。她必须喘息一下,让力气凝聚一些,才能继续面对人潮、追逐和那个人。

今天是继续不下去了。尤欢想到这儿,索性收了画板,拿起手机,又拨了个电话:"星宿咖啡店。4点,好。"

你或许有过这样的体验,为了不想见一个人,明明独处的你扯了个谎,说自己正在聚会,于是,你不得不起床、洗漱、化妆,出门,找一个聚会证明自己真的去了。

人们说得真对,一旦开始一个谎言,就不得不制造更多的谎言。

现在她就不得不真的出门,制造一次聚会了。

"你又骗他?"坐在桌子对面的余庆肯定地说。

"这是最便利的方式。我该怎么告诉自己的丈夫,我想一个人静静?"尤欢理直气壮地回道。

"他会理解的。"

"可是我懒得解释。"

"你呀。"余庆无奈地瞪了她一眼,"你应该对自己、对他好一些。"

尤欢苦笑了下:"我已经很累了。实在没有力气应付他的小心思了。"

"老规矩?"

"老规矩。帮我P几张宴会的照片。"

"你应该对他多点信心。"

"我也想啊,可是……"

"他就像你签了卖身契的奴隶了,根本不会背叛你。给你打洗脚水,做饭,当车夫,全程陪护,言听计从……"

"我知道。我都知道。可是我的理智告诉我,防人之心不可无。不付出太多,就不会伤心。"

"那可是你的合法丈夫啊。"

"所以比任何人都危险。"

"你真是……太过理智的人是无法拥有纯粹的幸福的。"

"我也知道自己心理有问题。结婚这么久,我们还是财产独立。泾渭分明。防止自己的人生被丈夫拖下去。可是,能怎么办呢?马德,比我大5岁,事业体面,却少有积蓄。而我自己,家世富贵,财务自由。你猜,我俩位置调换一下,他还会做到如今这般吗?"

尤欢摇摇头。反正她是不信的。她隐约察觉,两人目前的关系,更多靠财产维系。她说道:"我们就像一条平行线跟一条上升线,短暂相交,却无法同行。极端些讲,万一离婚了,受损的会是我自己。所以,我必须提前做好准备,少投入感情,少投入金钱。"

余庆摇了摇头。

"你不赞同我的做法？"

"我赞不赞同不重要，他心里有没有想法才是关键。"

"他，大概有，也不会说吧。"

余庆问："你是没有信心吗？"

尤欢认真想了想："或许吧。我对人性没有信心。我身边的朋友，10对里，两对还没结婚，一半已经离婚，两个二婚三婚，还有一个在出轨那5个圈里。"

"但是这不会发生在你身上啊？"

"你能百分百保证吗？"

余庆不说话了。

"我不喜欢赌。"尤欢补充道。

"那你去确定。24小时全天候监视，这样总能安心吧？"

"不不。完美婚姻，总是毁于严密监视。也许我这辈子最难的，就是去完全相信一个人。"

"我一直不明白你为什么把钱分得这么清楚，就算是他沾光了，凭你现在的能力，很快能赚更多啊。"

"可是，那是我的钱。我不占你便宜，你也不要打我主意，大家只谈感情就好了。"

"你也没有谈感情啊。你就是防备心太重了。"

"不管怎样，我就是无法忍受有人不劳而获。"尤欢顿了顿，仿佛又回到那个略带屈辱又自卑的小女孩，"况且，我不想再体会那种为了一百块钱都要瞻前顾后的感觉了。"

"本质上，你是一个很自私的人。"

"生命太沉重了，我没有心力担负起另一个人的人生。"

"所以，你不要孩子？"

"不。"她摇了摇头，"我可以，也愿意爱孩子。我只是不想让他来世上受苦。"

"所以，你不信任他，马德，是因为没有亲缘关系？"

尤欢迟疑了下，还是点了点头："他需要的东西，不在我这里。"

"所以我才不结婚。太麻烦了。"

"是啊，"尤欢轻声地说，落地窗外，金色的银杏叶纷纷扬扬地落下，带着她的视线滑出去很远，比一生还远，"陌生的个体，跟衰老一样可怕。"

"别想太多。多少人羡慕你呢。"

"对了，听说你们对面的房子又出事了？"余庆识趣儿地转移了话题。说起来，那栋房子也真邪门，两任屋主都不得善终。

"嗯。"尤欢点了点头。那是一起室内谋杀案，凶手依然在逃。死者是女主人芳芳。

尤欢还记得第一次拜访芳芳时，被她的气质容貌所吸引。她说出的自己的命运，让尤欢惶恐又警惕。她曾怀疑，芳芳跟马德之间，有一些不可言喻的东西。尤欢确定，芳芳有情人，却不知道是否是自己所想的那个人。随着怀疑愈深，尤欢再次连通曾经在老房子埋下的监视器。一直以来，尤欢都觉得自己像是生活在一座婚姻的牢笼里，她想逃离，却不知如何打破它。她没有想到，自己的一次偷窥，会卷入一场莫名的杀妻案中。那天，她不仅看到了"分手代理人"强迫芳芳，还看到了张之如何给予致命一击。

然而，所有这些都不足为外人道。

尤欢很快结束了此次会面，再次回到自己的避难所——那所小公寓。

此刻，尤欢呆坐在桌前。

手上是一张照片，照片上有三个人。左边是一个大胡子，国字脸，右眼角有一道疤痕，看起来有些可怖。中间的人看起来很精明，瘦瘦小小的，那双眼睛即使在照片上也像在滴溜溜转个不停。右边的人头戴牛仔帽，嘴里叼着一根烟，穿着油乎乎的制服，一副玩世不恭的样子。

这三个人是凶手，也不是凶手。

过了不知多久，她打开电脑，调出一个文件，很快，屏幕上显示出骇人的一幕：一个女人以极其诡异的姿势，躺在地上，像一个破娃娃，浑身是血，头顶是一个大窟窿。再一转，头发被割去，眼珠色泽灰暗，右肢关节断裂……

逝者已矣，被留在世上的人却也无法再好好地生活下去。人可以被砍一刀慢慢治愈，不能日日被不同的人磋磨，人人钝刀子砍。

尤欢闭了闭眼，那天的情景又浮现在眼前。

尤欢大概永远都不会忘记这一天。

她跟往常一样，一边为画不出来烦恼，一边开着监视器。屏幕里只有芳芳来回走动，却没有任何声音。

她看了一会儿电视，起身倒了一杯咖啡，大概是觉得无聊了，便准备上楼，可能是打算睡一觉，也可能是去占卜室。

做这些的芳芳，此时此刻并没有想到，这会是她一生中最后一次看电视喝咖啡了。

她总说医者不自医，轻易不肯给自己算上一算，在下面5分钟里，她一定万分后悔自己保有这愚蠢的想法。

任何天赋，如果不充分利用，就会受到惩罚。

就在芳芳起身想去楼上时，门铃响起，她愣了一下，似乎没料到有人会在这个时间来。她甚至下意识地看了一眼墙上的表，下午4点。

白天总是最乏味的时间。

等到尤欢注意到芳芳这边的异动时，看到的就是这样一幅画面。

门开着，芳芳站在门口，看不清对面的人，双方似乎说了什么，芳芳便往一边闪了闪身。

接着，三个男人进来了。

尤欢这才意识到，自己关静音了，她忙把声音调大。这时的她，还跟芳芳一样，完全没有意识到她把什么东西亲自迎进了家里。芳芳热情地引他们坐下。

但是他们拒绝了。"你的小情人说不想跟你继续了，让我们跟你说分手。"小眼睛男人先开口，眼睛滴溜溜转个不停，好像在评估屋里的东西值多少钱，要不要征用一些。

"分手？"芳芳那双茶色的眼睛瞬间瞪大了，但她很快恢复神色如常，"我不信。"

"随你信不信，"大胡子粗声粗气地说，喷出的口水把芳芳逼退了一步，"话我们带到了，以后不要缠着他了。"

"你们是什么人？"

"分手代理人。"大胡子说，还自豪地抬了抬胸，"当然，也接别的业务。"说着还不怀好意地笑了笑。

"我劝你还是接受吧，女人，还是矜持一些才讨人喜欢。"小眼睛补充了一句。

芳芳抿了抿唇，还是不肯接受："要分手他亲自来说。"

"你也知道你们不方便见面，别敬酒不吃吃罚酒。"

说着他朝牛仔帽点了点头，示意他拿文件出来："这是分手同意书，你签字，我们收工。"

芳芳不接，明显不合作的样子："要分手他亲自来说。"

"砰！"

在屏幕前的尤欢被吓了一跳，芳芳那里，牛仔帽突然吼了一声，脚还狠狠跺了一下，尤欢觉得自己这儿的地面都震了震。

平复之后，尤欢是有些痛快的，她早就想对她说："离别人的老公远一点！"可是，她并不想置人于死地。

"我这兄弟脾气不好，你还是快签了。"

芳芳显然不是被吓怕的，并不理会他们，抬脚想往屋里走："好走不送。"

接着，场面就失控了。

椅子被摔，身体撞击地板，求救声，咒骂声……连成一片，好像一辆极速前进的火车，轧过尤欢的神经。她觉得自己整个身体都痉挛了，心脏跳得好像要蹦出去一样，很累很紧张。

不知过了多久，可能是10分钟，也可能是1个小时，声音终于停下来了。芳芳躺在地上，血肉模糊，一动不动地，让人担心是不是还有呼吸。牛仔帽粗鲁地扯过她的手，在那张纸上按了手印，还低声地咒骂了一句。

小眼睛和大胡子则仔细地整理了现场，不留下一点痕迹，看起来做惯了这种事。

尤欢瞪大眼睛看着屏幕里，事情发生又结束，似乎不过须臾，她觉得自己全身的血液都凝固了。好像刚刚看了一场合成表演,或者只是自己还在做梦。因为对芳芳心有芥蒂,便投射在了梦里。

"梦醒了,就好了。醒来,"她眨了眨眼,一片酸涩,她想,"醒来第一件事,她就要去拜访芳芳,跟她一起喝杯茶,或者让她再给自己算上一卦。"

"砰!"

直到一声巨响传来,尤欢也跟着抖了抖。她这才回过神来,血液重新流动,身体也软了下来。

那三个恶魔走了,还摔上了门,似乎笃定了没有人会发现。

尤欢下意识看了下电脑右下侧的时间:4点32分。

原来,不是梦。居然不是梦。

她慢慢滑坐到地上,浑身就像刚从水里捞出来一样,抖个不停。她的眼里有泪水,却固执地不肯落下。尤欢是从来不哭的。

大概实在没有力气了,她索性蜷缩起来,半躺在地上,双手盖住了脸,有水流到地上,身体还不时抽搐几下。她不怕死人,她怕看着人从生变死,她怕看着一具美丽的皮囊一点点变硬,生出一个个尸斑,她怕看着一个吸了那么多雾霾的人,一哈气手心一片濡湿,慢慢变冷,她怕看着前一秒还为接下来要做什么发愁的人,这一刻就无知无觉,她怕看着一个人孤零零地躺着,活着的人却不知道她有没有话说。她怕。她怕生前的疼痛、无助和恨不得死去的屈辱,她怕死后的寂寞、静音和什么都做不了的难堪。她更怕,一个人杀另一个人时,脸上的笑和快意。她更怕,这一切都不是新闻,而是眼皮子底下发生的事实,谁杀了谁?怎么杀?有名有姓,有画面,活生生的人……

这场现场直播,将会成为她一生的阴影。

她想打电话,叫警察也好,叫救护车也好,却又怕把自己和马德牵扯进去。"没错,马德会牵扯进去。"想到这儿,她伸出

番外 3. 结婚后的第七年

去的手又停了。

"看到了不该看的东西，怎么办？"尤欢想，"我只是想安静地活着。不想成为告密者，或被认为偷窥狂，毕竟我还有丈夫，还有一个设计师的身份。"从小到大，她都在尽全力避免被非议，被耻笑，被发落凡尘。她可以预见，一旦事情曝光，事情绝对不会朝自己期望的方向发展。可是，她看了看屏幕里的女人，似乎已经没有呼吸了，那毕竟是一条性命啊。值得牺牲自己的名声，未来，甚至她和马德的整个人生去救一个死人吗？

"如果她活了，把那个情人供出来怎么办？马德入狱怎么办？"她会离婚，却无法容忍身上有污点。

尤欢没有犹豫很久，就在她准备打匿名电话报110时，开门的声音又响了，尤欢看向屏幕，却看到了一个本不该出现在这里的人——是张之。

"我本来想杀了他帮你报仇，可是，你还爱他，还是会痛苦。我又不能控制他的心，不如让他杀了你，你不再痛苦，而他会永远记得你。要是你跟我一样不爱他该多好。我爱你，再见。"里面的男人好看地笑着，却说着可怕的话，"其实，我更想把你的皮剥下来，摊在桌上，烘干了，熨平了，贴在墙上当墙纸，穿在身上当衣服。这样，你就能永远守在家里，陪在我身边，再不会离开我了。"

当他抬起头时，眼里一片死寂，好像地狱来的幽灵。尤欢突然觉得冷了，她紧了紧身上的衣服，暗自后悔——如果我不探隐私，如果她没出轨，如果他……一切是不是都会不一样？

她又想到，侵犯隐私权，目睹谋杀案，甚至成为谋杀的参与者，所有这些都是她的障碍。她看了面前的电脑一眼，男人做完这一切，并没有过多停留，整理了下现场，很快就离开了。"那么，我呢？我走不了。我始终走不了。我一直被困在原地。困在7岁父母家暴的现场，困在芳芳被杀的现场，困在有鱼口吐白沫抽搐而亡的现场。我一直在现场，却始终是一个旁观者而已。窥探得来的证据，交还是不交？"

毕竟，独自守着一个秘密，是一件又刺激又孤独的事。

那一天，改变了一切。

尤欢觉得，之后所有的脱轨，都在此早有征兆。

事后调查显示，芳芳已出轨多时，出轨对象另有其人，并不是尤欢以为的马德。张之早有察觉，一直隐忍不发，却敏锐地抓住机会，借刀杀人，远走高飞。

当尤欢终于下定决心，将那张照片和视频匿名投报给警察时，她不禁松了一口气，却又感到一种更为沉重的压力。

她似乎从中看到了自己婚姻的结局。

结婚7年，从最初的宽阔平坦，开始驶入波涛和暗礁丛生的窄地。虽然彼此小心翼翼维持表面的平和，但是大家心照不宣，一不小心，就是搁浅甚至分崩离析的结局。

也是那一天，她终于懂得，婚姻是如此珍贵，赐我们力量和信心；婚姻又是如此脆弱，予我们伤心和质疑。在婚姻的战场上，唯有爱和忠诚，能持有一切，无坚不摧。